U0584953

刘建东 著

春天的陌生人

作家出版社

图书在版编目（CIP）数据

春天的陌生人 / 刘建东著 . -- 北京：作家出版社，2022.11
（第八届鲁迅文学奖获奖者小说精选集）
ISBN 978 - 7 - 5212 - 2036 - 0

Ⅰ . ①春… Ⅱ . ①刘… Ⅲ . ①中篇小说 - 小说集 - 中国 - 当代 ②短篇小说 - 小说集 - 中国 - 当代 Ⅳ . ①I247.7

中国版本图书馆 CIP 数据核字（2022）第 188561 号

春天的陌生人

作　　者：刘建东
责任编辑：史佳丽　李亚梓
装帧设计：琥珀视觉
出版发行：作家出版社有限公司
社　　址：北京农展馆南里 10 号　　　邮　　编：100125
电话传真：86 - 10 - 65067186（发行中心及邮购部）
　　　　　86 - 10 - 65004079（总编室）
E - mail: zuojia@zuojia. net. cn
http: // www. zuojiachubanshe. com
印　　刷：唐山玺诚印务有限公司
成品尺寸：152 × 230
字　　数：189 千
印　　张：15.5
版　　次：2022 年 11 月第 1 版
印　　次：2022 年 11 月第 1 次印刷
ISBN 978 - 7 - 5212 - 2036 - 0
定　　价：48.00 元

目 录

春天的陌生人

春天的夜晚，在宁静中收获着令人不安的消息。

凌晨两点，手机铃声把我从梦境中吵醒。

电话里是一个女人刺耳的哭泣声，"老董，伍青不见了。"那尖锐的哭声穿透了黑夜，刺激着我的神经。

伍青是我的同事，他和我同一年进入社科院工作。他的学历是他秘不示人的一个软肋，函授的师大历史学学历，与我名牌大学本科中文系的学历没有任何的可比性。也正因为如此，他从来都不提自己的大学经历。但是他靠着自己不懈的努力，在事业的道路上一路狂奔，总是领先我半步。就是这半步之遥，便让我与他之间有了不可逾越的鸿沟，如今他是我的顶头上司，分管我的副院长，而我在文学所所长的位置上已经晃荡了十五年。半夜打来电话的是伍青的妻子小宋。

轿车在大街上奔驰时，我的大脑还没有完全清醒，我也没有意识到小宋的哭泣背后意味着什么。我只是本能地操纵着方向盘，让它带我奔向春天的夜晚，奔向未知的那个伍青，那个每天和我在一起的"陌生人"。

小宋比伍青小十多岁。她本来是一个文学爱好者，十多年前总是从保定跑到石家庄来向我请教文学的事，一来二去，却不知何时神秘地与伍青走到了一起。小宋一见到我，像是见到了救星一样，哭声更响亮了。

我说："你先别哭，到底是怎么回事？"

小宋的讲述断断续续，语无伦次，但我大致明白发生了什么，她为何哭泣。昨天晚上，伍青与朋友一起出去喝酒后就没有回来，电话一直处于关机状态。"就像钻到地缝里去了。"小宋哭着说。喝酒对于他来说，似乎是家常便饭，但彻夜不归还是头一遭，这让小宋非常惶恐。小宋说，伍青几乎每天晚上都在应付各种各样的饭局，所以她也从来没有过问他和谁喝酒，去哪里喝酒。她六神无主的样子和伍青一点也不像，多年的婚姻生活看来并不是如人所说的，二人的性情会趋向一致。伍青是那种即使喝醉了也能够控制住自己情绪的人，他出奇地冷静。

我的头脑在小宋丝丝缕缕的抽泣中慢慢地苏醒，夜晚从我的意识中退却，我开始搜寻记忆中的蛛丝马迹，然后按照自己的生活逻辑思维打了无数个电话，比如谁可能与他在一起喝酒。但我的记忆是有倾向性的，我深夜打过去的电话对象基本是我们俩都认识的，这就有很大的局限性，他们大多是我们共同的朋友、同事，而他们大都是社科界的、文化界的、省直机关的干部，这是一个说大不大、说小也不小的人际圈子。对方虽然对我的打扰很不满意，却不便发作。没有人知道他和谁在一起，也没有人知道他去了哪里。小宋在我的不断的小心谨慎的询问声中，由担忧慢慢地变成了恐惧，她细声问我，他会不会出什么事？

这是我最担心的。我脑子里已经迅速地旋转过类似的念头，可是都一一被我排除了。我鼓励小宋，她能想到什么人，我们也可以给她想到的人打打电话。小宋努力地克制着自己的慌张，才慢慢地想到几个人。

"王总。他最近和这个人交往多一些。好像经营着一个房地产公司。"她说。

"他叫什么？有他电话吗？"

小宋摇头，"不知道。没有。"

"张秘书长。"她又想到了一个。

"黄厅长。"她又想到一个。

"常老师。"……

她都是听伍青讲起过，却都不认识，也没有联系方式。而这些人都是超出了我的生活界限的，我无能为力，帮不上任何忙。

我问她伍青有没有电话本之类的。她说，从来没有过，号码都在他的手机里。

线索在一点点地消失。而当夜晚陷入僵局时，我们都能感到时间的撕扯。我只好用了最笨的办法，载着她去他可能去的酒店寻找。保定会馆、七星饭店、河北宾馆、西北人家……行驶在凌晨时分的汽车，头一次让我感觉到有点怪异，像是找不到家的幽灵一般，我们在寻找一个因为喝酒而未归家的男人。小宋显得焦躁不安，她的话明显多了起来，语速快了起来。一个饭店和另一个饭店之间，她都能讲出有关伍青的一个猜想。那是她大脑极度飞转的一个夜晚。

"也许他真的仍在酒店里，喝得不省人事，倒在哪里睡着了。而别人没有发现他。"这是她最希望的一个结局。

我回应她说："这种事发生过。"我便把我见识过的我的一个党校同学的故事讲给她听，党校同学的故事发生在党校学习期间，半夜被友人送回时，已经烂醉如泥，误把公厕当成了自己的宿舍，在公厕的地板上睡了一整夜。

实际上，这个时间点，对于北方的省会城市，喧闹早就于四五个小时前结束了。春天此时的石家庄，静谧而诚实，大大小小的饭馆、烧烤摊都已了无声息，道路两旁的树木在沉思，路灯光顾影自怜，高楼大厦把头扎在没有星光的黑暗之中。那是让思想彻底停止的时间。

小宋的思路格外地敏捷，"我对他喝酒的事，早已经彻底绝望了。开始我觉得这对一个成功男人来说，是必不可少的一种交际的手段，我还没觉得怎么样，可是慢慢地，我发现，他完全沉迷其中，如果有一天没有酒局，没有和人在外面吃饭，他就有些魂不守舍。他有了严重的酒精依赖症，这种酒精依赖症与纯粹物理性的病症不一样，我觉得他完全是心理的因素。他不是为了喝酒，而是满足于他的虚荣，满足于对这种生活状态的流连。"

我说："他有时候也拉上我去一起赴约，我有时候去，有时候也不去。他的朋友五花八门，三教九流，有时也挺尴尬的。不像我的朋友圈，是相对固定的，我们在一起的时候没有戒心，相对自由。和他那些朋友在一起，我都不知道说什么，什么是该说的，什么是不该说的。可是他却游刃有余，好像跟谁都是朋友，跟谁都无话不谈。后来我就躲着，能不去就不去。他也看出我不大喜欢这种场合，也就慢慢地不再叫我。"

前面突然蹿出来一个人影，我急刹车，骂了句娘。小宋却拉开门跑了下去，我看着她跑到那个人身边，仔细地辨认然后又失落地跑回来，沮丧地说："是个流浪汉。"

"你说他到底在哪里？"上了车，小宋问我。

此时，我们已经把我们能够想到的喝酒的地方都去了，都吃了闭门羹。而夜晚疾驰的轿车，有点做贼心虚的样子。

我们漫无目的，任轿车在夜晚的大街上奔跑。

小宋悲切地说："其实他都有了明显的病征。不与朋友相聚的时刻，有时候他变得狂躁不安，脾气越来越大，会因一点小事和我吵个没完。有时候他变得沉默寡言，几天都不说话。他嘴唇开始发黑，眼睛发暗。他爱钻牛角尖，一个简单的问题他能联想得漫无边际。"

　　我说："那应该让他到医院去看看。"

　　"他不去。他感觉超好，他从来没有怀疑过自己的身体。你有这些问题吗？你们经历都差不多，社会角色也相差无几。"她突然向我发问。

　　我一时没有反应过来。"啊，啊啊，我似乎也有一点。"我安慰她说。

　　其实她并不在乎我说了些什么，她完全沉浸在自己的恐惧和想象之中，"也许他被人绑架了。"

　　我故作镇定地说："不可能，你别胡思乱想。"

　　"这极有可能。你不用安慰我。"小宋越往那方面想，她的声调听起来越吓人，"我一直替他担惊受怕，他介入了好多不该他参与的事情，比如帮人从监狱里捞人、帮人打官司、帮人找工作、帮人拿地……尤其是他和那些生意上的人来往密切，称兄道弟。那些人如果没有利益的驱使，会和你交往吗？鬼才相信。我没问过他信不信，反正他是乐在其中，其乐无穷。我却怀疑他到底是干什么的，他最初的梦想到哪里去了，他在为谁为什么在交际和做事。我们的物质条件确实越来越好，他得到了他需要的官职，可是他肯定会得罪很多人，会触犯到其他人的利益。我一直劝他别管那么多事，少和不相干的人来往，自己踏踏实实地工作、生活。可他听不进去，他给出的理由不容我辩驳，他说，没有付出就没有收获。"

　　小宋的话让我陷入了矛盾的思考之中，浮现在我脑海中的伍青面容，渐渐模糊。

　　"他几乎丧失了起码的道德判断。"小宋意犹未尽，"章彦平你认识吧？"

我说："认识。我不喜欢这个人，他四处搞女人，谎话连篇。我很少和他来往。"

小宋说："他也不喜欢章彦平这个人。他曾经和章彦平在酒桌上争执过，为此掀了桌子。就是那么一个令他厌恶的人，道德败坏的人，不屑与之为伍的人，他却帮那个人打赢了官司。他帮那人找律师，找法官，打赢了一场与一个女人的官司。你说他是在做什么。"

我一时语塞。

"我就担心他会沦落成章彦平那样的无耻小人。"小宋忧心如焚。

我说："不会的。"我没有伍青那样的生活背景，所以我说这话时模棱两可。因为我从来没有感觉到自己的生活会面临危险。

"人生就是向悬崖边行走的过程，走得越快，离悬崖就越近。"小宋叹气道，"我给他说过多少次这句话，他都听不进去。"

我没有作声。我在想象着工作之外的伍青，想象着他驰骋在我陌生的那些场景中的形象，却无论如何也无法与他本人联系在一起。毕竟，人的想象是有穷尽的。没有经历过，就施展不开想象力。

"如果他们真的绑架了他，接下来会怎么办？"这个想法催生了她的联想，她不自觉地把手机捧在手里看，"他们会给我打电话吗？"她显然是受了电影中的情节启发。

在凌晨三点多的寂静的街道上，在落寞奔跑的轿车里，紧张与恐惧从她慌乱的思绪中一丝丝地出来，牢牢地缠住她，也让我心神不宁。

"没有的事。"我的声音无助而乏力。

"有一阵儿他经常去歌厅里唱歌。"小宋的脑子里又有了新的线索。

我开车去歌厅，巴黎春天、彩虹、D5 大道、哆来咪……如此难得地去一个个寻找这些隐蔽的所在，我才发现，夜生活与生活真的是两回事，石家庄的歌厅竟然有如此之多，像是落在城市麦田中的麻雀，它们或张扬或故作羞涩地分散在各个角落。

　　但是这个时间点，歌厅也都关张了。

　　"每次他都是后半夜里回到家，浑身的酒气，还有些其他怪异的味道。我能从中闻到不正经女人的味道。他也很自觉，从歌厅回来的晚上都是躺在沙发上睡觉，但就是这样我也不能容忍，我躺在卧室的床上，一动也不动，我知道他回来了，他也一定知道我醒着。我躺在黑暗中，不一会儿就听到他鼾声如雷，他身上的味道却顽强地穿越黑暗，从客厅飘到卧室，飘到床上来。整整一晚上，我都被那难闻的味道压迫着，无法入睡。"小宋仰在座位上，像是仍然被那气味所困扰着。

　　我不喜欢歌厅的那种氛围。自从有一次和一个朋友去过之后我就拒绝再进入歌厅，因为在那里，我看到了朋友放下了所有的矜持，与陪酒女郎毫无下限地调情说笑。我仍然虚伪地习惯于我在白日的生活之中看到的朋友的样子。

　　"他会不会遇到了什么不测？"小宋的念头转得很快，她终于说出了最不想说的那句话。

　　我劝慰她："你别想这些了，老伍吉人自有天相。他不会有事的，就是喝了酒，找不到回家的路而已。"

　　小宋在她不停歇的思路上狂奔不止。"他有外遇。"她歇斯底里地说。这个新思路把她自己都吓了一跳。

　　我大吃一惊，"你别——别吓唬我，这可不是随便说说的。"

　　"是真的。我知道是真的，千真万确。"小宋的声调明显地忽上忽下，"可是我从来没有说出来过，我从来都没对他说出我的怀疑。有一个女的，经常在晚上给他发微信。我一般不看他的手机，可是他每次喝多了回来，我躺在卧室的床上，都能感觉到他手机在一闪一闪的。我反正是睡不着，有时候我就到客厅里去拿他的手机，手机真的在那儿一闪一闪的。他睡得跟死猪似的。我把手机拿回到卧室，真的有微信，是个女的，每天一到午夜十二点就给他发微信，只是为了道句晚安。你说这要是两人没有任何关系，能天天道晚安吗?"

夜晚的路越来越宽，路灯也越发明亮起来。这是个难以忘怀的夜晚：忧虑、恐惧、发现和震惊。更为奇特的是，这是一个比我的印象要宽阔的城市，夜晚和宁静让一切变得皆有可能。

我无法找出合适的理由替我的同事和上司伍青圆场，而且我也感觉怪怪的，一个女人天天在固定的时间给你说晚安，确实是不太正常。我想，如果我自己有这种情况，会羞愧难当的。所以我只能保持沉默。好在小宋也只是为了倾诉，并不希望得到答案。这是个可以让她尽情诉说的夜晚，是个可以让她吐露内心的痛苦和郁闷的不眠之夜。

"这个人你认识。"她的声音很低，可还是把我惊着了，我脑子里快速地闪烁着一个念头，如果她说出的那个名字让我难堪怎么办。

不容我做出选择，她随即就说出了那个名字，"周冰洁。"她吐出那个名字时仿佛很轻松似的，长长地出了口气，就像长时间的潜泳之后终于露出水面可以呼吸了。

而我却感到眼前一黑，这个名字太熟悉了，院办公室的机要秘书。她经常到我办公室给我送院领导批示给我的文件。她年轻漂亮，身材高挑，皮肤白，话不多，不苟言笑，看上去甚至有些冷漠。小宋说出她的名字一下子就摧毁了我的三观。我急忙把车停在路边，我艰难地说："让我缓一缓。"

小宋并没有顾及我的感受，她也没留意车子是不是停了下来，她接着说："我特意翻看了她的微信。她的微信总是发一些花花草草的，看上去是个热爱生活的人。他从来没有对我说起过这个名字，我觉得他是有意的。我特意在你们单位门口等着她，跟着她。我发现她离异了，自己带着一个上幼儿园的小姑娘。"

"你看到他们在一起了吗？"我紧张地问。

小宋怒不可遏地说："没有，没有，我为什么要看到他们在一起的场景？为什么？"

我定了定神，挂上挡，发动了轿车。

夜晚并没有因为忧伤的加入而变得短暂，相反，它悠长而令人心悸。路灯制造的树的影子，毫无婆娑之美，无趣地趴在平坦的路面上。小宋的猜想还在继续，跳跃性极强，在她不断更替的思维中，她在向我描述着一个令我疑惑不解的人，一个我曾经自以为熟悉而了解的人，一个我每天都要面对的人。

白昼是从她渐渐变清晰的脸上慢慢开始的。我惊讶地发现，一夜的奔波，她竟然毫无困顿之意。我把她送回家，安慰她："也许你打开门，他就躺在沙发上。"我的话也许鼓舞了她，她奔下车，没和我说再见就匆匆地奔向小区的大门。

我在路边摊吃了早点，然后直接去单位上班。在电梯里竟遇到鬼似的碰到了伍青，他头发蓬乱，衣衫不整，冲着我笑。我惊得差点坐到电梯的地板上。我说："你这是从阴曹地府来呀？"

伍青吃惊地问："何出此言？"

我说："我和小宋找了你整整一夜。你赶快给她打个电话吧。"

"我手机没电了。"伍青羞愧地说，"我到办公室给她打电话，辛苦你了老董。"他匆匆地出了电梯，急于要避开我，给我留下一个匆忙而令人生疑的背影。

那天下午，我正在家里补觉，沉睡中又被手机铃声吵醒。打来电话的还是小宋。她的声音依然令人担心，伍青不是已经须发无伤地回来了吗？她的声音并不舒朗，没有尘埃落定的悠闲。她问："你在干什么？"

"睡觉。"我说，"你不困吗？一晚上没睡。"

小宋说："我不困，一点也不困。我想告诉你一件事。"

"什么事明天说吧，"我打着哈欠，"反正老伍已经回来了，没什么重要的事了，我要睡觉了。"

小宋语气坚决，不容分说，"不行，必须现在就说。"

我妥协道："好吧好吧，你赶快说。"

我听到手机里她慌乱的呼吸声。"都是假的。"她说。

"什么什么假的？"

小宋喘气的声音让我觉得她就在我身边，"今天凌晨的。"

我更加不明白了，难道今天凌晨我们去寻找酒后失踪的伍青的事是梦境吗？"你把我说糊涂了，小宋。"我说。

"不是今天凌晨发生的事，而是今天凌晨我给你说的那些话。"小宋如释重负。

"什么话？"我仍是迷惑不解。

"就是我说的伍青的那些事。"小宋的语气加重了，"都不是真的。"

我的脑子里还是木木的，没有从困顿的倦意中恢复过来，不明白小宋急于向我说明的事情有什么意义。我努力地回想着她到底给我说了些什么，一时间，空白占据了我所有的思想，凌晨曾经清晰过的场景如今变得模糊不清，离我那么近又那么远，我还犹豫不决。"不是真的？"我嗫嚅着。

"那都是我的想象。"小宋接着说，"你肯定能够理解我。每天的生活都是孤独的，他每天出去喝酒，与各色人等，跟我一点关系都没有，跟我们的生活一点关系也没有。一到晚上，我就陷入了巨大的恐慌之中，我无所事事，只能靠想象打发我的时光，大多数的时间我就是枯坐在电脑前，捡起了我以前的爱好——文学，此时，写作是我最好的打发时光的方式。因为孤独和恐慌，因为一个女人所感受到的生活的危机，我的想象从身边开始，从我感受最深的地方出发。"

"你是说，你说的有关老伍的那些揣测，都是你凭空想象出来的？而并没有真正发生？"我这才慢慢地醒过味来。

"是的。"小宋的语气欢快起来。

"他帮人从监狱里捞人、帮人打官司、帮人找工作、帮人拿地……"我一口气把她说过的那些话重复一遍，令我自己也感到惊讶的是，我竟然能如此真切地记得住她说的话，记得住我熟悉的那个伍青身上的新标签。

"是的，是的，这是我的虚构。虚构的人物。和生活中那个你熟悉的伍青完全是两码事。"她急切地表白着。

"帮讨厌的人打赢官司？"

"没有的事。"小宋斩钉截铁地说，"他不会干那种蠢事。和你一样，他也讨厌那个人。"

"每天午夜十二点给他发微信问候的那个姑娘？"我开始怀疑人生。

"是的，是的，她也是个虚构人物。"

"可是——"我迟疑着，"真有其人。我每天都能看到她，她年轻漂亮……"

小宋打断我，"也许真有其人，但其他的都是我编的。我随便把某些人的特性安在一个随便想到的人身上的，这不是写作的常识吗？"

"我知道，我知道。"我自惭形秽，仿佛是我把莫须有的罪名加在一个无辜的人身上似的，仿佛是我做错了什么事，把人往坏处想。

"你知道就好。"小宋轻松愉悦地说，"你知道就好。"

通话结束后，疲倦更甚，我躺下来，却辗转反侧了许久才艰难地入眠。

　　小宋给我留下的印象一直很好。十多年前她还在保定的工商银行里工作，因为喜欢村上春树的小说而迷恋上写作，零星地写作并在小刊物上发表了几篇没有任何反响的短篇小说，保定的作家桑叶把她介绍给我。大约有半年的时间，只要我不出差，她几乎每逢周六都从保定赶来，让我看她新写的作品，或者和我交流关于写作的问题。她谦逊好学，领悟能力超强。说实话，她确实是个执著的写作者，对于村上春树的小说研究得头头是道，连我也不得不佩服。我是因为并不大喜欢村上，所以，我鼓励她去借鉴一些其他作家的作品。但是始终效果不明显，她说她沉醉于村上小说的那种独特的魅力，她喜欢那种美丽而残忍的孤独感。她也一直想要写出这种美丽和残忍的孤独感，却迟迟达不到预想的效果。直到有一天，她突然告诉我说，她要结婚成家了，而那个人就是伍青时，我大惊失色，无法把她和伍青联系在一起。我大惑不解，感觉她和他，并不是在一条轨道上的人。可是世事难料，我能感受到幸福给她带来的变化，她好像是突然就放弃了村上春树，放弃了那种美丽而残忍的孤独，放弃了写作，她热情地拥抱着生活，结婚，生子，经营家庭。如果不是她在电话里说起，我甚至都忘记了她还曾经有过作家的梦想。

　　重新拾起文学想象的小宋看来并没有就此止步，那天晚上，已经是九点半左右，她又给我打电话。我抢先说："难道是老伍又失踪了？"

　　她笑出了声，"没有，目前他的电话保持畅通。"

　　"那我就放心了。"我刚刚睡醒，吃了碗妻子给我预备好的饺子，倦意全无，如果真的再来一次彻夜寻找失踪人口的经历，也完全能够胜任。

　　"你能不能下来一趟？我就在你家楼下。"小宋的口气并不容我反驳。

　　"怎么了？"我又警觉起来。

小宋笑了，"放心，就是请你喝杯茶，就在你们小区门口的茶室，我都订好了包间，你把嫂子也带上。"

妻子肖燕并没有随我前往。我们在茶室落座后，我调侃说："我们见得这么勤，老伍会吃醋的。"

小宋愣了愣，随即笑笑，说："他要是能有这种反应，说明他还是个正常人。"

"你不会只是请我喝杯茶这么简单吧？"看得出来，晚上的小宋比凌晨的小宋更从容，也更自信。

她急忙说："就是这么简单。想想十几年前，我从保定来石家庄找你时，我们在你办公室，在茶馆，谈天说地，一样地简简单单。"

我说："也许时光荏苒，世事沧桑，人情变故，早就物是人非了。"

"我不知道。"小宋的目光闪烁着。

"你一定还有什么要说的。"我想没必要躲藏。

小宋羞涩地笑笑，说："什么也逃不过你的慧眼，十几年前是这样，现在还是这样。"

我静静地等待。

她说："你了解伍青吗？"

她的问话倒是出乎意料。"我了解，我们俩一起进的社科院，天天在一起，想躲都躲不开，烦都烦死了。工作、去食堂吃饭、开会、喝酒、打牌、抱怨、开玩笑，虽然他成了我的领导，可是一切照旧。没有人比我更了解他了。"我说。

"那你说说，他是个什么样的人。"她目光尖厉地盯着我。

我完全被她搞蒙了，结巴着说："他，他，他诚实、友善，他热情、开朗，他，他德才兼备、光明磊落……"

"你也是这么认为的？"小宋说，"所以你能够容忍我对他的种种想象，种种揣测，你能明白文学世界里的人与现实中的人的区别是吗？"

"我明白。"我说起话来明显地犹豫不决。

她却话锋一转，仍然目光犀利地看着我，"你虚构过你的人生吗？"

"我，我，我没有。"我像是被逼入绝境的落难者。

小宋陷入自我的遐想之中，幽幽地说："虚构人生是件很痛苦的事，所以你没有过。"

那天晚上，她只是想让自己能够真实地感觉到，她当天凌晨的讲述只是出于文学的虚构，她向我描述的那个熟悉的陌生人，仍然是我熟悉的人，与之前相比并没有任何改变。我姑且相信了她，我明白无误地告诉她，作为一个职业的文学工作者，我能清楚地分辨虚构与现实是怎么回事。而且，没有人想去改变我们本来的生活面貌，那是我们熟悉和习以为常的，是符合生活的规律的。为了让她彻底地放心，我几乎是发誓地补充道："伍青还是我的好领导，好朋友，好同事，他在我心目中的地位仍然那么高大。"

我不知道我虚情假意的表白是不是令小宋满意。当我们走出茶室，当她微笑着与我告别，当她潇洒的转身说明了对我的表态的信任，当她消失在迷离的夜色之中，我陷入了深深的怀疑和自责之中。如果当天凌晨的寻找只是一场虚构的情节，那么现实才更为温暖，也更为真实。这是多么美妙的一个夜晚啊！

第二天是个忙碌的工作日，一上班，伍青就打电话过来，通知我开一个会。整整一上午，我们在会议室里一如既往地讨论方案，发言，讲话。伍青精神焕发，思路开阔，最后的总结讲话也富有真知灼见。开完会，他把我单独留下来，告诉我，晚上一起去吃个饭，南方某省社科院来了个考察团，其中有文学所的所长。"你们交流交流。"伍青说。我谢绝了他的好意，我告诉他，我胃病犯了。他拍拍我的肩膀，笑着说：

"你能够时不时地犯犯胃病，我不能呀。"

下午三点，敲门进来的是机要秘书周冰洁，她款款走过来，让我在公文上签字，并交给我公文的复印件。连我自己都不知道是怎么脱口而出的，我说："伍院长看过了吗？"

周冰洁表情自然地说："他看过了，是他批给你的。"

"噢。"文件传阅卡上，伍青圈阅的笔迹很熟悉：仙生阅办。

周冰洁还是不多说一句话，拿起我签名的文件夹走出去了，我真想问她另外一句话，可是没有，我说不出口。但是我长长地出了口气，这才是真实的工作状态。

工作中，我们的面孔在单调地重复着，被我们彼此牢记着。

因为有工作的性质，那天晚上的饭局我仍旧没有逃脱。饭桌上，我和南方某省社科院文学所的林所长坐在一起，他声音高亢，一直在说我们的饭菜没有味道。我让服务员给他找来一瓶老干妈，他这才停止了抱怨。

从宾馆里出来，因为没有喝酒，伍青并没有尽兴，他非拉着我一起去路边的烧烤摊喝酒。基本上是我看他喝酒，他说："我要是不喝点酒，晚上睡不着觉。"

"我跟你正好相反。"我说。

他突然动情地说："谢谢。"

弄得我有些手足无措，"谢我什么？"

"谢你在我危难关头还能惦记我，和小宋一起去找我。"他和我碰了一下杯。

我轻描淡写地说："换作你也一样的。对了，我倒是想问问你，你去哪里了。一晚上。"

伍青叹了口气，"我喝多了。我和朋友告别后，本来想打车回家，却听到有人叫我。我就顺着那叫声而去，那声音始终在我耳边，很迷惑，很动听，也分辨不清是男是女。就像是奥德修斯在茫茫大海中听到了塞壬迷人的歌声一样。那声音牵着我，越走越远，我脑子很清醒，却控制不住自己的身体。我走啊走啊，一直这么走着，而那声音就那么忽远忽近地牵着我。让我始终保持着亢奋的状态。越走我的身体越轻快，想要飞翔起来。那种感觉非常地美妙。我从来没有过这种感觉，那是一种脱离了尘世的感觉，是一种完全失忆的感觉，真是妙不可言。"

"你就那么走了一夜？"我万万理解不了。

伍青说："是啊。真是神奇呀，你要不要今天晚上也喝个一醉方休，去体验一下？"

我急忙摆手，"我可无福去享受。"

实际上，春天里，伍青又失踪过那么两三次，即使他的手机保持着通畅，也没有人接听。慢慢地，小宋也就习惯了，她也不再大惊小怪，这似乎与频繁的酒场一样，成了伍青生活中的常态了。她会整整一夜坐在电脑前，虚构着关于丈夫伍青的故事。而她，再也没有向任何人张扬过她的想象。

而我的睡眠，在那个季节里，突然出现了问题，我和夜晚从密友变成了敌人。这种状况持续了半个月之后的某一个夜晚，我从家里悄悄地出来。已经是凌晨时分，我站在空旷的大街上，想起了伍青的那些话，想起他向我描述的那些动人而美妙的感觉。我开始行走，没有人的夜晚确实看上去更可爱，更亲切。走了仅仅两个路口，我就觉得不对劲，我没有听到空中传来的充满诱惑的召唤，也没有飘飘然的感觉，我大汗淋漓，身体越来越沉重，呼吸变得急促起来，甚至有种喘不上气来的征兆，心脏像在打鼓。我坐在马路边，闭上眼，把头埋在膝盖上，感觉春天在快速地后退，各种熟悉的面孔和事情异常清晰地混合在一起，纷至沓来。

无法完成的画像

屋子里弥漫着一股淡淡的烧焦的味道。女孩被一个中年妇女领进来。中年妇女是女孩的舅妈，脸圆圆的，眉清目秀，却是男人嗓。我们已经见过几次，对她并不陌生。女孩几乎是被她拎着放到我们面前。她粗声说："我外甥女，小卿。"

我们正端着茶杯百无聊赖地喝水，看到瘦弱的女孩，我师傅杨宝丰赶紧站起来，端详着瑟瑟发抖的女孩。女孩宽宽的额头散落着稀稀的头发，有几根遮掩着大大的眼睛，露出惊恐的眼神。我师傅愣了一下，然后轻轻抚摸着她发黄的头发说："别害怕，我们是给你娘画像的。"

时间停留在 1944 年的春末。这一年我 15 岁，我师傅大约 40 岁。我师傅杨宝丰是城里唯一的炭精画画师。三年前，他来到城里，在南关开了个画像馆，专门给人画像，给活着的人画，也为故去的人画。师傅保持着一个传统，画遗像一定得到死者的家里去画。我想，可能是不想把晦气留在自己家里吧。我已经跟他学徒一年，能够简单地比着照片画人像了。

舅妈说："平时就她们娘儿俩一起生活。我这小姑子比较任性，因为恋爱的原因，几乎断了和我们来往。我一年也就能见她几面。三年前的秋天，我婆婆病重，临死前就是想见她这个小女儿一面。我和小卿舅舅来找她时，已经看不到她了，只剩下我这小外甥女独自在家。听小卿说，她娘是刚刚不见了，小卿也不知道她娘去了哪里。我们找了她整整三年，这三年里，我想让小卿到我们家里住，可小卿就是不离开这儿，说要等她娘回来。我只好每天过来照顾她。这三年里，我男人去了很多地方寻找，我那小姑子就是活不见人死不见尸，慢慢地，我们也就不抱什么希望了，只好放弃了，就当我这小姑子是死了，所以才请您来给画一张像，算是有个着落，有个结果。"她说得很平静。

是的，师傅来是给人画遗像的。师傅并不关心这些，他只想着如何对得起这份邀请，把他的工作做好。他把目光从女孩身上移到舅妈脸上，"我需要她的照片，你们找出来，我来挑一张。"

舅妈转向小卿，"快去把照片拿出来。"

因为一下子来了两个陌生人，小卿吓得只顾低头看地，对舅妈的话充耳不闻。只有两间屋子，找起来也不难。舅妈只好自己动手，来来回回在屋子里转了好几趟，却没有找到一张小姑子的照片，只找到了一本薄薄的相册，里面的照片却不见了。可以清楚地看到贴过照片的痕迹，照片一张也不见了。舅妈把相册递到小卿跟前，问："照片呢，照片咋就都不见了？"

小卿落下泪来，抽抽搭搭的。舅妈脸色大变，黑黑的，训斥小卿："你哭啥，又没打你骂你。"

师傅冲舅妈挥挥手，弯下腰来，和颜悦色地对小卿说："孩子，别哭。我们是替你娘画像的，只有知道你娘长什么样，我才能把她画出来。你知道照片在哪儿吗？"

小卿眼中带泪，点点头。"我知道。"她说。

她领着我们走出屋，左拐，在墙角处蹲着一个红花的搪瓷脸盆，已经掉了很多瓷，红花已经残缺不全。她指着脸盆里，小声凄凄地说："喏，都在这里。"

我们顺着她手指的方向，低头观看，脸盆底有一层燃烧后的灰烬。那可怜的灰烬还保持着照片的模样，竖着，横卧着，侧躺着，张牙舞爪。这时，刮过来一阵风，灰烬犹豫地颤动着，然后开始盘旋向上，轻飘飘地飞到空中。隔着散成碎片的灰烬，向阳光密布的天空望去，天似乎阴了。怪不得我刚才一直能闻到一股淡淡的烧焦味。舅妈的声音尖厉起来，抓住小卿的细胳膊，"你把照片都烧了！这是为啥？"

小卿嘤嘤地哭出声来。

我们重新回到屋内，气氛便有些紧张和不安，没有照片，等于是巧妇难为无米之炊。小卿垂手而立，脸上还挂着不屈的泪珠。师傅面露难色，对舅妈说："没有照片，我画不出来。你还是另请高人吧。"

舅妈一时也没了主意，她并不是一个从容淡定的人，一遇到难题，便慌了手脚，只会埋怨小卿，对小卿横加指责。还是师傅处事冷静沉着，提醒她，除了这里，哪里还能找到她小姑子的照片。这一下，舅妈茅塞顿开，跺了一下脚，拍一下脑门，"我都被她气糊涂了，我去找，我去找，我们家里一定有。"

我们便和小卿一起等待她的舅妈回来。

屋子里烧焦的味道渐渐散去。没有了舅妈在身旁，小卿反而没有那么胆怯，她逐渐活泼起来，看看我师傅，又看看我。舅妈说小卿只有10岁，或许是因为营养不良的缘故，她看上去比实际年龄要小。从开始到现在，我一直背着装满画画工具的布包，没有说一句话，她就对我有些好感，向我招招手，说："你来。"我犹豫地看了看师傅，师傅掏出烟来，点着，闭上眼。这就说明师傅并不反对。

我跟着小卿进了另一间屋子，里面摆着一张单人床，叠好的被子上还放着一个草编的娃娃。她把门关上，神秘地对我说："我还有一张照片。"

我大吃一惊，"那你赶快拿出来呀。"

她拿起草娃娃，用手摸着娃娃的头，"我不拿。"

我着急地说："我去告诉师傅。"

她说："你去吧，你去告密，我就说是你撒谎，根本没这回事儿。"

我说："我不告诉他。那你拿出来吧，让我看看。"

她绷着的脸便松弛下来，露出微微的笑容，她指指自己的心脏，"在这里。"

我泄了气，转身要出去，听到她问："你们来干啥？"

"画画。你舅妈请我们来，给你娘画像，把她的像挂在墙上，你就能天天看到她。我师傅画得可好了，就跟活着一样。"我向她解释。

她却噘起嘴巴，翻着白眼，不满地说："我娘没死。"

我猜想，她是不愿承认她母亲离世的事实。这不能怪她，搁到谁身上，都无法接受。于是我问她："那你娘去哪儿了？"

她摆弄着手里的草娃娃，"找我爹去了。"

"那你爹去哪儿了？"

"我娘说，我爹去的地方不能让别人知道。"说到这里，她突然警惕地盯着我的眼睛，"你不能给别人说。"

我说："我都不知道你爹去了哪里，我咋告诉别人。"

她把地上掉落的一根细草轻轻地捡起来，吹了吹，想插回到娃娃身上，可她尝试了几次，都没有成功。我说："我来试试。"我把草插回去，交给她。

开门的声音把我们召唤回师傅身边。师傅面前的桌子上，烟灰铺满了一张纸。师傅手中的香烟燃到了一半，一缕细细的白烟腾空而起，线一样直直地飘上去，似乎是静止的。小卿舅妈手里拿着一张泛黄的照片，递给我师傅："您看，这个行不行，我只找到这一张。"

她拿回来的是一张全家福，六个人，坐在前面椅子上的像是一对夫妻，后面是四个孩子，两男两女。她指着第二排右首边那个年轻的姑娘说："这就是她，小卿的娘。"

师傅掐灭香烟，盯着照片，似是认真辨认照片中的人，半天没有说话。

舅妈焦急地催师傅，"您倒是给个准话，行不行啊。"

"啊。"师傅像是刚刚有了结论，"这张照片是什么时候的？"

"大概十三年前吧。这之后没多久，她就离家出走了。"舅妈说。

师傅没有说话。

舅妈又问："可以吗？"

师傅再次把照片拿近来，端详着。"好吧，就它吧。"他平静地说。

师傅的判断并不总是正确。我看到的那张 7 英寸旧照片，在时间无情的作用下，清晰度已经大打折扣。照片色彩的饱和度明显减弱，眉眼、鼻子和嘴巴虽然还能分得清，但边际间的灰色调正在慢慢地退化，有些暗淡。我有些奇怪，以往，师傅对照片质量的要求是很挑剔的。而这一次，在小卿舅妈真诚的邀请下，他是在勉为其难，在冒一个很大的险。

此时，我才把背包打开，依次拿出画画的工具：素描纸、炭精粉盒、画笔盒、尺子、放大镜、橡皮……把它们按照顺序放到已经清走烟灰和茶杯的桌面上。我坐下来，开始在那张发黄的照片上画线条，横的线条和竖的线条，交叉形成一个个的小方格。因为人头很小，所以我必须小心地以毫米为单位画线。师傅坐在那里，闭目养神，他没有抽烟，画画前，他都会让自己的心境静下来。舅妈出去准备午饭，屋子里没有了她的声音，很安静。折腾了一上午，已近中午，我边打方格，边能听到肚子里的叫声。偶尔，还能听到远处传来的隐隐约约的枪炮声。这两种声音在我的耳朵里交替回响，就让我有些分心。师傅闭着眼都能感觉到我的神不守舍，他轻轻敲了敲桌面。"把耳朵放到照片上。"

我安下心来，继续打格子。

小卿在一旁好奇地看着，她问："你把我娘怎么了？你把她关到笼子里了。"

我说："这不是笼子。这是方格。我把照片上的你娘挪到这张大纸上，她就更清楚了，更像活的一样了。"

她便安静下来，站在一边，静静地看我打格子。

简单地吃过午饭，我在铺展的素描纸上，以放大 20 倍的比例，开始打格子。铅笔在尺子的指引下，上下为竖，左右成横，雪白的素描纸被逐渐分成 280 个方格。小卿显然没有见过画像的过程，她看得兴高采烈，笑颜逐开，脸上早就没了泪水。

我放下笔，把铅笔放在打好格的素描纸旁，放大镜放在打好格的照片上，压好素描纸，看着师傅。师傅缓缓睁开眼，目光在纸上扫视一遍。阳光正好照在密密麻麻、方方正正的格子上，那格子犹如一个个开着天窗的房间，敞亮而温暖。师傅起身，净手，擦干，揉揉眼眶，松松筋骨，然后端坐在桌子前，拿起铅笔，开始画头像的轮廓。他画得很慢，比平时要慢许多。我从来没有见他如此小心谨慎、畏首畏尾。铅笔拉成的浅浅的线在一个一个的格子间缓慢地前行，犹疑不定地寻找着方向。平时干净利落的线条也显得笨拙而胆怯。我站在旁边，感觉特别紧张，仿佛这不是平日里的一次寻常的画像，而是一次艰难的在丛林中的探险。我暗暗地捏着一把汗，开始为师傅担忧，不知道师傅是不是能够把人物肖像画好，是不是能得到亲属的首肯。这还是我学徒以来，第一次为师傅忧虑。

还有小卿舅妈的唠叨，对师傅是另一种干扰。她坐在一边，并不像小卿那样安静，她控制不住自己想要数落小姑子的欲望。也许，对这个倔强的小姑子，她早就心存不满。她说："这兵荒马乱的世道，您说一个年轻女子，不好好在家，找个安分守己的男人，守着自己那个小家，好好过活。天天在外面疯跑，尽和一些陌生的人打交道。谁知道她找的那个男人是谁，是干啥的。是好人还是坏人。她都自己决定了，也不让我们参考一下意见，甚至都不让我们见上一面。您说，哪有这样的。"

师傅紧皱眉头。

"后来我们连她也见不到了，不知道她去了哪里，大约有三年的时间。等她再出现在我们面前时，她怀里抱着一个娃娃，就是小卿。我们问她，那个男人去哪儿，在干什么，为啥他不管她们娘儿俩了。我这小姑子啊，倔得像头驴，死活就是不说。还是我男人东打听西蹎摸，找了间房子，把她们娘儿俩安置在这儿。"她继续喋喋不休。

师傅手中的笔前行的速度越来越慢。

我把小卿舅妈请到了屋外，悄悄告诉她，我师傅画画时需要绝对的安静，不能和他说话，让他分心。

舅妈说："真是毛病多，我闭嘴就是。我又不喜欢看画画，多无聊。"

屋子里能听到铅笔在纸上滑动的声音。师傅缓慢的勾勒无法吸引小卿的注意力，她看了一会儿就没了兴致，拉了拉我的衣袖，示意我出去。我跟着她悄悄地出了房间，来到院子里。院子里种着一棵枣树，枣树婆娑的影子正好遮住我们。她问我："画到那张纸上的人就死了吗？"

我奇怪地看看她，那双大大的眼睛衬托得她的脸更瘦削。"不一定啊，我师傅也给活人画像，有年纪轻的，还有小孩子，还有人请我师傅给他们家的猫画过像。我师傅画得可好了，他们都说，比照片上的人还好看，比真人还耐看。不过，我们是来给你娘画遗像的。"我细致地解释道。

"那人死了为啥要画到那张纸上？"她还是有太多的疑问。

我挠挠头，"我也不知道，反正有人愿意挂在家里，愿意找我们画，我们就画。"

"你画过没？"

我摇摇头，"还没有，我画得还不大像。我师傅说，我得再画两年，才能够正儿八经地给人画像。"

"那你能不能给我也画一张？"

我犹豫着说："能，只要我师傅同意。"

她撇撇嘴，"真没出息。"

聊天中，我看不出她有多么悲伤，也许，三年的等待和期盼，对于一个孩子也有些倦怠了，麻木了。

天擦黑的时候，师傅才把人像的铅笔稿画完。白色的素描纸铺在桌面上，借助灯光，我们看到了一个清秀的脸的轮廓，眼睛、鼻子、嘴巴、耳朵都已经就位。虽然漫长，但那是一个好的开始。小卿盯着那张画稿，看了半天，晃着脑袋说："这不是我娘。"

我对她说："别着急，这是草稿。明天就让你见证奇迹。"

披着夜色，我们告别了小卿和她的舅妈。那张画好轮廓的素描纸就放在桌面上，慢慢地被黑夜覆盖。在同一屋檐下的黑暗中，可能还有一双明亮的眼睛在闪烁。

并不像我承诺的那样，奇迹却来得并不及时。第二天画像的过程仍然延续着昨日的艰辛。

这是画像的关键环节。

师傅净手后闭目而坐，等着我把一切准备就绪。师傅的表情看上去波澜不惊。微风穿堂而过，师傅的头发微微颤动。炭精粉盒打开，露出细细的黑黑的炭精粉。小卿对灰烬一样的黑色粉状物十分感兴趣，伸手想摸一摸盒中的炭精粉。我抓住了她的手腕，制止了她。

而后是毛笔，按照大中小号，并排放在右手边。这些毛笔都是经过特殊处理过的，把柔软的笔头浸入糨糊中半个小时，等每一根狼毫都与糨糊充分而亲密地接触，拿出，在阴凉干燥处慢慢阴干。此时的毛笔头是饱满的，坚硬的，再把笔头捏松，修剪好，适于沾上炭精粉。一根根黑头的毛笔面朝桌外，等待着我师傅的召唤。

一切准备停当，师傅开始作画。每一次，都是从眼睛画起，这是老规矩。师傅告诉我说，眼睛是一幅肖像画的魂魄，只要魂魄活了，这幅画就成功了一大半。而这一天，1944年春天的一天，面对草稿，他稍微犹豫了片刻，然后，用小楷毛笔沾上炭精粉，落笔在了鼻子上。我万分诧异地看着师傅的手。一旦落笔，他的右手便没有犹豫，没有迟疑。鼻头的阴影慢慢地擦出来了，然后是深色的鼻孔。当师傅用炭精粉擦出第一笔黑色的线条时，像是广阔的平原上吹过来一股春风，等风慢慢地吹遍了平原，黑色的线条铺满了一张白白的纸，人物浮现了，春天也就到来了。

往常，师傅画出一幅8开的人像，大约是一白天的时间。可是今天，我向小卿夸下海口的奇迹却迟迟没有到来。一天下来，他只画了鼻子和嘴巴。但即使是如此，当那秀气挺拔的鼻子和有些倔强的嘴巴，以黑白灰的搭配，变得立体，呼之欲出时，也足以令在场的小卿舅妈不住地赞叹："真像，真像。"小卿则牢牢地盯着那鼻子和嘴巴，眼睛瞪得很大，睫毛不住地闪动。

太阳快落山时，师傅便停止了作画，这也是一贯的规矩。我用一张宣纸把那张素描纸蒙住，细心地在四边压上镇尺。我叮嘱舅妈和小卿："谁也别动下面的纸！"

第三天，师傅画了脸部、耳朵和头发。第四天，他才最后画眼睛，画一幅肖像的魂魄。一直到傍晚，漫长的作画过程还未能结束。只留下一只眼睛，他再也画不动了。那一小块空白，像是一个深不见底的洞，特别突兀刺眼。我看到，师傅的右手手背上已经布满了密密的汗珠。而我自己也已经精疲力尽，仿佛是跑了四天三夜。从来没有，从来没有过，这么难熬的作画过程。我反复看着那张旧照片，看着照片上青春而朦胧的脸庞，再看看素描纸上，那一个意气风发而清晰的面孔是多么得来不易啊。

师傅疲惫不堪而且声音虚弱地说："明天早晨收尾。"

按照惯常的规矩，我把缺了一只眼睛的肖像画用宣纸蒙住，镇尺压住，嘱咐小卿和舅妈，别动那张画。我们走到街上，师傅的身子一软，险些摔到路上。我扶住他，说："师傅，您累了。"

第五天一早，我们就赶到了小卿家。清晨，金黄的阳光里有一股甜甜的蜂蜜味道。舅妈忙着给我们倒水沏茶。照例，我开始为师傅做准备。我掀开宣纸，惊得大叫一声："哎呀！"镇尺掉到地上。

宣纸下面是空荡荡的桌面，陈年的桌面映着冷森森的光。听到我的尖叫，师傅站起来，凝着眉，有些惊恐地看着空空的桌面。我伸出手摸摸桌面，桌上桌下，都找了个遍，也未见踪影。我哭丧着脸，看着师傅。师傅便叫住在眼前晃来晃去的小卿舅妈，问她看到那张画没有。舅妈说："没有啊，你们走后不久我也回家了，我走之前，还看了看桌子上，和你们走时一样，蒙着一张白纸。"她又风风火火地把屋子里能找的地方挨个找了一遍，最后无奈地对师傅说："没有，哪儿也没有，怪事了，难不成是有贼了？可是贼不偷别的偷一张遗像有啥用。又不能卖钱。”

师傅对舅妈说："你把小卿叫来。"

舅妈把小卿从院子外领进来。小卿垂着手，一脸无辜地看着师傅。师傅想拉拉她垂着的手，可她缩了回去，师傅只好和蔼地拍拍她的头，问："你见那张画像没？"整晚，只有她一个人在家里。

小卿摇摇头，又摇摇头。

站在一边的舅妈把她一把拽过去，手上的力气明显加重了。小卿被舅妈拉扯着，龇着牙，咧着嘴，眼里闪着泪花。舅妈吼道："是不是你？你说到底是不是你？前两天你把你娘的照片烧了，这次你又把你娘的画像弄到哪里去了？你说呀，你倒是快说呀！"

舅妈越是逼迫，小卿越是不从。她倔强地憋着眼泪不流出眼眶，昂着头不回答舅妈的问话。舅妈气鼓鼓地说："你们看看，跟她娘一样一样的，死倔死倔的，认准了理，八头牛都拉不回来。"

师傅上前扒开舅妈愤怒的手，劝慰她："让我来。"

师傅轻轻地拂了拂小卿发红的手臂，安抚她："没有人怪你。不关你的事。你别怕。"又拍拍她的头。小卿怯怯地看了看师傅，又垂手站在那里，默不作声。

师傅挥了挥手，然后坐在椅子上，大口大口喘着粗气。我胆战心惊地看着他，束手无策。

舅妈跺着脚说："这可咋办，这可咋办？"

师傅淡定地说："我重新画。"

重新画像的决定让小卿舅妈放宽了心，却令我忧心忡忡，我知道，师傅做出这样的决定是非同寻常的。在这一年学徒当中，类似的事情从来没有发生过，师傅最忌讳的就是重画。他说过，重画就是对自己的否定。

不出所料，重画的过程是一场灾难。我师傅杨宝丰要克服他内心的那份执念，并不是一件容易的事。每一天下来，他都疲态尽现，像是经历了一场永无尽头的长跑似的。他甚至忘记喝水，吃起饭来也毫无胃口，如同吃糠。返回的路上，他走得比平日里要慢许多。夜幕四合，街道上人流稀少。偶尔有辆自行车响着铃铛疾驰而过，还把他惊得歇息几分钟才继续前行。我听着他软弱无力的脚步声，能感觉到，两只脚几乎是拖着在行走，我不忍心地说："师傅，要不我们放弃吧。"

师傅说："不能。"

师傅回答得那么坚决，我就越发觉得肩上的分量重了。我背着大大的画夹，里面是没有完成的画像。那张薄薄的素描纸，因为有了未完成的人物肖像，仿佛有雕塑般的形态，厚重了许多。我几乎能感觉到已经画完的鼻子、嘴巴的重量。除了要应对师傅心里的信念，我们还得防着画像再次消失。所以，我背来了画夹，每天回家时，我都把未完成的画像小心地装进画夹。而每次，小卿都非常庄重地看着那幅半成品的画像在她的眼皮底下消失，她问我："你为啥要把它带走？晚上我给你守着，一定不能再丢了。"

我不能把心里要说的话全盘托出，我不能告诉她，我们不信任她，不敢把画像留在她身边。我哄着她说："我师傅回去还要加班画。你看看，这幅像画的时间太久了，耽误好多事。必须加班加点把它画出来。你舅妈放心，我们也安心。"

小卿嘟着嘴，不信任地看着我。

如此谨慎，如此艰辛，又过了五天，时间像是在一个个的铅笔线条围成的方格中，缓慢度过的。小卿母亲年轻时的画像即将大功告成。除了要修整一下细微处的头发，连最后的那只眼睛都已经画好了。那一刻，在傍晚来临之前到达，师傅四肢摊开，瘫坐在椅子上，面色苍白，汗湿衣袖，头发打着绺垂在额头上。我轻轻地给他捶着肩膀。

师傅闭上眼，没有说一句话。小卿和舅妈并排站在桌子旁，她们已经忘记了我们的存在。她们被那幅画像吸引了，静静地观看着基本成形的画像，一向爱说的舅妈，也变得沉默了，她盯着那幅画，我在她脸上看到了一丝羞愧。小卿看了一会儿，突然间趴在桌子上，放声痛哭。我害怕她的泪水把画像打湿，急忙把那幅画像向里挪了挪，尽量离她一起一伏的头远一点。三年多来，舅妈说她从来没有哭过，她一直相信，她的母亲，一定会在某个黎明时刻，在她睁开眼的一瞬间，回到她的身边。现在，当她看到自己的母亲以这样的方式出现在她面前时，也许她意识到了那个黎明永远不会到来。她的绝望与痛苦，就这样，把时间，重重地推向了夜晚。她的哭声嘹亮而尖厉，高亢而饱满，像是色彩浓烈的炭精粉，把没有点灯的房间里，染得漆黑。

没有人阻止她。

也没有人，说一句话。

就让那夜晚，快速地降临，快速地把所有人吞没。

等她的哭声渐渐地减缓，变成溪流样的节奏，我师傅才站起来，把她揽在怀里，像哄睡觉的婴儿一样拍着她的背。在师傅的安抚下，哭声才来到了溪流的尽头，她安静下来。我感觉到，夜色像水一样缓缓地分开。

我照旧背着画夹，回到了店里。这几日，我都没有回家，而是在店里看护着画像。画夹被我放在柜台上。柜台里的墙上，贴着几张画像，有一个七八岁少女的画像，画像上，明眸皓齿的少女笑颜盛开。师傅睡在里间，而我睡在柜台旁边。临睡，我的眼睛看看画夹最后一眼，才沉沉地闭上。黑夜像是流动着的炭精粉。躺在黑暗中，我似乎能听到细细的炭精粉流动的沙沙的声音。一粒粒一颗颗，互相依靠着拥挤着，成为磅礴而密集的黑色力量，柔软而不顾一切地吞没了一切。

不知睡了多久，我突然醒来，暗夜中恍若传来细碎的声音。顿时睡意全无，我侧耳细听，那声音细若游丝，若有若无。我从床铺上爬起来，蹑手蹑脚地摸向柜台，柜台上的画夹已经不见了。我惊出了一身的冷汗。我摸索着走到里屋门口，轻声喊道："师傅，师傅。"没有人回应。也许师傅太累了。我只好放弃打扰他，循着声音而去，声音仿佛来自屋外，店门虚掩着，我轻轻推开它，脚落下去，感觉像是落进了深渊之中。我深一脚浅一脚地迈出来，汗毛都立了起来，身后的画像馆好像立即就远去了。借着淡淡的月光，浓浓的夜色中隐约有一个人，正专注地站在那里。我掐了掐自己的大腿，算是壮胆。我停下来，不再向前走，唯恐惊动了那个人。我屏声静气，躲在黑暗处，观察着前方的人。夜晚仿佛是由无数黑色方格组成的世界，每一个方格里都藏着一个妖怪。我缩成一团，想赶快回去。前边那人终于有了动静，他打着了火，他在烧什么东西。他点了几次才点着，我立即闻到了燃烧的味道。燃烧的面积越来越大，被火映照的地方也扩展得越来越大，我的视线顺着火光向上移动，一屁股坐到了地上。那个人竟是师傅。我的脑子瞬间便凝固了。

我不知道自己是怎么回到店里的。我躺着，眼睛闭着，能听到轻微的脚步声由远而近，关门，上锁，从我身边过去，在柜台边停留片刻，折进了里屋，然后一切归于宁静。夜晚再也无眠。泪水从我的眼角慢慢地滑落，在等待黎明的过程中，变成干枯的泪痕。

画像的事就此结束。师傅彻底放弃了为小卿母亲画像。我和师傅，谁也没有再提起画像的事。一年之后的某一天，我在店里等着师傅，等了一天，两天，一个月，两个月，没有等到他。师傅杨宝丰再也没有出现，我不死心，走遍了整个城里，也没有见到他的踪影。没有人告诉我发生了什么。我央求父亲，替我盘下了那个小店，我继续着师傅未教授完的技艺，渐渐地成了城里一个有名的炭精画的画师。我想一边画像，一边等待着师傅回来，就像小卿等待她的母亲一样。我相信有一天，师傅也会突然站在我的面前，他一定会为我的炭精画而骄傲的，我能够滔滔不绝地给他讲，我攻克的各种技术难题，画出的令人难忘的肖像。又过了一年，遥远的枪炮声终于来到了城外，清晰而响亮。

1951年的一天，我的画店里走进来一个年轻的姑娘，她面色凝重，年轻的脸上写满了哀伤。她端详着墙上的画，再看看我，说："我想请你画一张肖像。"

我觉得这个陌生的姑娘有些眼熟，"好的，把照片给我。"

她摇摇头，"有照片，但不在我手里。"

我微笑着向她解释："没有照片我画不了。"

"你肯定能画。"她坚定地说，"也只有你能画。"

我诧异地看着她，"为什么？"

"因为你画过。"她确定地说，用忧伤的目光鼓励我。

我更加疑惑。

"我是小卿。"她说。

我一下子明白了，为什么我觉得在哪里见到过她。记忆像是泄下来的洪水。数年前的接触虽然短暂，却给我留下永生难忘的记忆。我内心涌动着一股暖流，不知道是因为见到小卿，还是想到了当年画像时的师傅。我急忙热情、手忙脚乱地请她坐下来，给她沏茶。我小心地问她："找到你娘了吗？"

坐下后，小卿努力克制着自己悲伤的情绪，对我说："邯郸解放后，我一直在寻找我娘，我不相信她会丢下我不管，我相信一定有什么原因，阻碍了她回家。我找了很多地方，就像我舅舅当年寻找她一样。虽然我一无所获，可我并没有像舅妈他们那样绝望，那样灰心丧气。我漫无目的地找啊找啊，找了一年又一年，直到去年秋天。有一天，舅舅突然来到学校，把我从教室里叫出来，他满头大汗，气喘吁吁，表情很奇怪。他并没有告诉我是什么事。他骑着自行车，骑得飞快。坐在后座上的我能听到耳朵边的风声。我们停在了晋冀鲁豫烈士陵园门口，舅舅连车锁都来不及锁上，拉着我就向里跑。烈士陵园刚刚落成，有很多单位在组织参观瞻仰。今天轮到舅舅单位。我一路跟跟跄跄，被舅舅拉着狂奔到烈士纪念堂里。我们站在一张照片前，一张模糊的照片，是一张合影。我能感觉到舅舅的身体在颤抖。合影上是四个微笑着的人，两个年轻的男人和两个年轻的女人，女人在中间，男人在两边。我站在那里，惊呆了，我越看，其中一个年轻女人越像我娘。而照片中的人像，似乎也越来越清楚。我确信，她就是我娘。我蹲在那里失声痛哭，根本不顾及周围有多少人。后来，一个陌生的女人走到我身边，问我为啥哭泣。我指着照片说，那是我娘。她把我揽在怀里，也是放声大哭。等我们哭完，她脸上挂着泪花，告诉我说，她是照片中的另一个女人，他们四个是曾经的战友，这是他们分别时的照片。她让我叫她黄姨，我觉得她特别亲，我喜欢听她讲话，软软的，带着南方口音。她指着我娘左边的那个年轻男子问我，你知道他是谁吗？我摇摇头。她说，那是你爹。我泪眼婆娑地看着那个陌生的男人，他的形象并没有像照片上的母亲那样越来越清晰，相反，却越发难辨。她再次把我抱在怀里，她的眼泪冰凉地落到我的脸上。"

　　我默然无语，看着她眼角不断滑落的泪水，不知道如何安慰她，这既是一个好消息，又让人伤心不已。

她的脸上除了哀伤，还挂着几分自豪。"我想请你给我娘画一张像。"她说。

我跟着她来到晋冀鲁豫烈士陵园，在烈士纪念堂，看到了那张照片。她指着那张照片，对我说："你看，我娘，还有我爹。"

我的目光随着她手指的方向望去。小卿的爹头发很密很长，看上去刚毅英武。那张照片虽然清晰度不高，但他们四人快乐的笑容溢出了照片，明显感染着小卿。她看着照片，眼里含着泪，却微笑着。我的目光重新回到照片上，我紧紧盯着照片右首的那个男人，我有点怀疑自己的眼神。我使劲揉了揉眼睛，指着照片惊呼道："小卿，你看，那个人，那人是我师傅。"

黄姨领着我和小卿来到一个烈士墓前，她告诉我说，这就是你师傅，这里面埋着他的一顶帽子。黄姨说，他曾经化名杨宝丰，在城里工作过几年，他在南关开了一家画像馆，专门给人画像。我这才知道，我师傅叫宋咸德。

我潸然泪下。

删　除

　　他们身着便装，态度和蔼。这让董仙生稍稍放松了戒心，却仍然对他们的突然到访心存不安。他说："我从来没想到，会和你们打交道。"

　　两人都很年轻，三十岁左右，一男一女。男的姓梁，女的姓于。小梁说："这就是我们和您的区别。在我们眼里，每个人都有可能成为我们调查的对象。"

　　小于说："您别紧张，只是找您了解一些情况。"

　　董仙生故作镇静，说："我不紧张，我又没犯法。"

　　"是这样，前天在五洲大厦发生了一起命案。"小于说，"您别紧张，真的不用那么紧张。现在还无法确定是自杀还是他杀。死的是一个中年男子，五十岁，名字叫徐德文。"

　　小于在介绍案情的时候，小梁一直在观察着董仙生的表情变化。当提到死者的名字时，董仙生没有任何反应。小梁便问："这个人您不熟悉吗？"

　　董仙生摇摇头，"不知道是谁。从来没听说过。"

　　小于说："他可认识您。"

　　董仙生眉头紧锁，"怎么可能？我可一点印象都没有，你们一定是搞错了。"

　　小于诚恳地说："没有搞错，是真的，我们查阅了他所有的通话记录和短信记录。他单身，几乎没有亲人。说实话，他生活的范围很窄，通话记录和短信记录很简单，很少。由此可以猜测出，他是个内向而不善交际的人。我们整理后发现，他每年元旦这天都会给您发一条短信，问候您新年快乐，持续了有十年。当然您也从来没有回复过。他每年都问候您，而没有如此殷勤地问候别人，那肯定是和您特别熟悉的人。所以我们想通过您了解一下徐德文这个人。"

　　董仙生大吃一惊，"你们说的是真的吗？"他掏出手机，翻看着，令他感到震惊的是，手机联系人里居然真的有徐德文这个人，短信中也保留着今年元旦早晨八点的记录："新年快乐！"他没有回复。他摇摇头苦涩地笑着说："我真的忘记他是谁了。我想，我之所以没有回复他，就是因为我不知道这个人是谁。"

　　"可他每年都问候您？"小梁说。

　　董仙生无言以对，停顿片刻才说："我也搞不懂。你们想要从我这里了解这个人，恐怕让你们失望了。无论如何，我也想不起来这个人是谁。你们总不能让我随便编一个假的信息吧，对你们，对我，都没有什么意义。"

　　两位年轻的警察失望而归。呆坐在办公室的董仙生，眼看着屋内的光线暗淡下来，黑暗包围着他。他陷入沉思，他的手机里怎么会有徐德文的号码，而这个陌生人又为什么如此执著地问候于他？直到电话声响起，他才陡然意识到，黄昏已过，夜晚如此真切，而黑暗并没有打消他的疑惑。电话是妻子肖燕打来的，问他怎么还不回家。他问肖燕："徐德文是谁？"

肖燕被他问愣了，"是谁呀？"

他说："我也不知道。"

没有人知道徐德文。那几日，这个名字始终萦绕在他的脑海中，他每天都要打开手机联系人，找到徐德文，盯着那个名字看，越看越让他后背发凉，越让他感到恐惧。在翻找徐德文中，他才震惊地发现，自己的手机电话本有1200多人，重新审视那些人的名字，竟然有一多半都想不起来他们的模样，想不起来他们的职业。他出了一身冷汗，这些从来没有联系过的人，会不会成为另一个徐德文？这些陌生人是他手机里潜藏的一份危险。这让他很不安，于是他开始给那些从来没有联系过的人一一打电话，以便确定他们到底是谁，确定他们还有没有必要继续留在自己的手机里，继续留存着一份随时可能爆发的危机。

有些人也早已经忘记了他。这些人对他来说是一个福音，他毫不犹豫地把对方从电话本里删除。而那些似熟非熟的人，却令他犯了难。方丹就是其中之一。

这是个陌生的名字，他甚至不清楚对方是男是女。电话里十分嘈杂，对方的声音很大，像是处在一个人声鼎沸的商场之中。是个女的，她激动万分，大声说："我从来没有想到会有这一天。"

这令董仙生感到十分疑惑，"你说什么？"他的声音随之也大了，像是他自己也处在那样的一个杂乱的环境之中。

对方更换了多处地点，但通话的背景始终无法改善，她有些语无伦次，但大体上董仙生还是理出了头绪，原来这个叫方丹的女人是他的小学同学。他依稀记得多年前，有一次回邯郸时，与一帮小学同学有个聚会，人很多很乱，他回忆不起来方丹的模样，也许就是那次乱哄哄的聚会上，他们互留了电话。方丹仍在喋喋不休，她感谢他给她打电话，感谢他在她人生的低谷给她打来一个振奋人心的电话。其实董仙生什么也没有说，他打去电话的唯一目的就是想确认一下，她是谁，还值不值得留在自己的电话本里。

当他终于下决心挂断了电话后，那嘈杂的声音仿佛还在。他没有拿定主意要不要把她从电话本里去掉，犹豫了片刻开始打下一个电话。

他很快就忘记了方丹，就像忘记了打过电话的其他人一样。他们暂时浮现在他脑海中的形象，很快就沉入了记忆深处，只不过，他得到了片刻安全的安慰。意想不到的是半个月之后，方丹竟然不期而至。

没有任何征兆，周一的上午十点，方丹突然敲门走进了董仙生的办公室。董仙生一时想不起这个不速之客是谁，中年女人笑容可掬，主动伸出手来自我介绍，"不认识我了？我是方丹。"

茫然显露在董仙生的脸上，他惊讶地看着伸过来的手，竟有些手足无措。

方丹说："怎么，不欢迎我啊？"

董仙生急忙给自己找台阶，"哪里哪里，我只是感到幸福来得有点突然。"

"我到石家庄办点事，顺路来看看老同学你。"方丹没有电话里那般拘谨和语无伦次，显得落落大方。

方丹坐下来和他聊天，她并没有说她来的目的。她说得最多的就是他们共同的那些同学，而大多数人，董仙生都已经忘记了。他有些不好意思地说："我都忘了他了。"

方丹善解人意地说："你上大学就离开邯郸了，不在一个城市，见面少，联系少，你当然就想不起他了。"

在董仙生看来，早已不再熟悉的小学同学方丹是一个善解人意的人，她分寸掌握得很好，令他感觉自在而舒服。她也没有说她现在做什么工作。后来她提到了一个人，她像是言谈中突然想起来一样，提醒董仙生："在石家庄，还有一个咱们小学同学。"

董仙生说："我知道。"

"你们常联系吗？"方丹随意地问。

"不经常，有时候在酒场上会碰到，都不是刻意的。算是不期而遇。"董仙生回忆着说。

"他一定特别忙。"方丹是一个能从对方的立场考虑的人，在董仙生看来，这是难得的一个好品质。

董仙生说："我想是的。所以我很少去打搅他。"

"但是见见老同学总是有时间的吧。"方丹试探地看着他。

"那应该不成问题吧。你大老远来的。"董仙生不假思索地说。

方丹脸上露出一丝的兴奋，满怀期待地说："那你联系一下他，我请客。一起吃个饭。"

董仙生笑着说："哪儿用得着你请客。你不用管，我来。"

在董仙生的办公室，方丹全神贯注地看着董仙生给老同学发了短信。等待的时间有些漫长，一直没有等到回信，他们有一搭没一搭地聊着天，都有些言不及物。眼看着到了中午，董仙生带着方丹在单位附近吃面，而方丹抢着付了钱。董仙生觉得在饭馆里两人拉拉扯扯地争着付钱有失体面，便随了她。两人一边吃饭一边闲聊，其实是等着短信。

"平时都这样吗？"方丹忧心而直爽地问。

董仙生愣了一下，"怎么会呢，毕竟，我们还是同学，这一点是不能更改的。他是看重我们之间的同学情谊的。"

方丹长长地舒了口气。她的眼睛不停地看着他的手机，仿佛她能看到手机的响声。

吃完面，期待的短信仍然没有到来。方丹说："要不，你再给他发个短信？"

董仙生说："不用了吧。他一定会回的。"

"或者，"方丹又用商量的口吻说，"你给他直接打个电话？"

董仙生犹豫了一下，还是拿起手机，拨通了电话。方丹盯着他，他感觉方丹能听到手机里长时间的等待提示音，脸上有些发烧。过了会儿，他挂断了电话，摇了摇头，"没有人接，我估计肯定是在开会，或者有其他重要的事情。你也知道，领导们日理万机。他手机里肯定存着我的电话号码，他知道我是谁。"言外之意，他的电话是不会被拒接的。

他们走出饭馆，不知道要去哪里。方丹建议去西清公园走走，董仙生默许了。他们边走边百无聊赖地闲扯。董仙生问方丹："你有多久没见他了？"

方丹心里默算了会儿，说："三十八年。小学毕业后我就没见过他。"

这时候电话响了。董仙生看了看她，急忙接通，"是的，是我。我们的小学同学方丹来了，我们晚上一起吃个饭吧。"

董仙生在耐心地听。方丹攥着拳头，略显紧张。

"是的，她吃完晚饭就回邯郸了。"董仙生说。

"是的。"董仙生说。

"好的，好的。"董仙生说。

他挂断电话。方丹忐忑地问："约上了吗？"

董仙生轻松地笑了，略显一丝得意，"当然。"

方丹又长出一口气。她说："我不耽误你时间了，饭店我早就订好了，我发给你，你发给他。我们晚上六点，不见不散。"说完，也不等董仙生表态，就轻盈地转身离开了。

董仙生盯着她的背影，突然意识到，她好像不是专程来望自己的。他摇摇头，解嘲地笑笑，不管什么原因，同学相逢总是令人感动的。

推掉了早就约好的一个饭局，董仙生早早地就来到了饭店。方丹比他到得更早。她换了一件外衣，雅致而不失艳丽。他说："我都忘了你小学时的样子。"

方丹笑着说："那不重要。我也不记得你的样子。可我们记得现在的样子。"

董仙生也跟着笑了，"对，记着现在就好。"

两个人可谈的内容并不多，毕竟，将近四十年的时间，已经使他们成为路人，成为彼此都不熟悉的陌生人。所以两人聊着聊着就无话可说了，时间便凝固住了，两人都觉尴尬。他们都不约而同地看手机上的时间，都在拼命找个话题能维持住这个令人有些压抑的场面。董仙生突然想到了跳楼的那个人，于是他把那件事绘声绘色地说给方丹听。方丹有些心不在焉，所以听得并不认真，她不停地问他已经讲过的内容，而且会问些莫名其妙的问题，她问："为啥他要跳楼呢？"

董仙生愣了愣，他并没有给她讲那个叫徐德文的人为什么跳楼，他只是在向方丹陈述这个发生的事实。他说："我也不知道。也许是他自愿的，也许他是被人推下去的。这都说不好。"

"要是那样得有多惨。"方丹说。

"谁说不是呢。"董仙生回答。

"那个楼高不高啊？"方丹问。

董仙生一时没搞清楚她在问什么，"哪个楼？"

方丹说："当然是他跳的那个楼。"

董仙生想了想，"还是挺高的，大概得三十多层吧。"

她还问："警察为啥找上你？"

董仙生只得又重新解释说："因为徐德文给我发过短信问候我。每年的元旦这天，他都会给我发一条短信。前后持续了十年。"

"时间可够长的。"

"谁说不是呢。"董仙生回答。

"那你到底认识不认识他？"她问。

董仙生觉得她的腔调与警察的几乎一样，"我也不知道，或许见过，或许只是见过一面，或许根本就不认识。"

方丹显得有点紧张，"那你说，他还认识我吗？"

"谁呀？"董仙生没明白过来。

"他呀，老同学。"

董仙生说："这是两码事。当然会认识你，虽然这么多年没见过了，但是共同拥有的岁月是无法改变的。"

直到晚上七点四十，他们等待的人也没有现身。在方丹的催促下，董仙生第三次打电话询问。对方用很小的声音说，正在开会，无法脱身。董仙生说："他建议我们改天再聚，因为他无法预测，会议要开到几点。"他补充道："一定是个重要的会议，不然，我约他，他从来都是很准时的。"

失落的方丹并没有完全放弃机会，她说："要不我们边吃边等他？"

吃饭肯定索然无味。董仙生觉得这是一场毫无意义的饭局，而方丹的心思完全在没有到场的那一位身上。董仙生后悔推掉的那场酒宴，今天晚上如果去那里，好歹能让过剩的酒精兴奋一下自己。

九点，等待已经没有结局。执著的方丹也放弃了。她甚至放弃了回邯郸的打算，她说，她既然来一趟，干脆就不要留任何的遗憾，她要等着和老同学见上一面。董仙生打车把她送到酒店。他百思不得其解：为什么她非要见他。

第二天，方丹早早地就订好了饭店，给董仙生打电话，让他约对方。董仙生打过去电话，周强接了电话，上来就为昨天的爽约而连声道歉。董仙生说："我没关系的。我们什么时候见面都可以。可是她大老远来的，她是真想见见你。"

周强爽快地答应了，而且强调说："老董，小学同学，多遥远而美好的回忆呀。就是有天大的事儿，我也要见的。你安排吧。"

方丹的担忧完全没有必要，周强如约而至，他笑容可掬，像是昨天才和她见过一样，上来就给了她一个大大的拥抱，然后说了句暖心窝子的话："没变，你还是小时候的模样，就是比小时候更漂亮了。"董仙生看着那一幕，想起自己见到方丹时的一脸茫然，真的由衷地佩服起周强随机应变的能力和水平，怪不得他能当这么大的官。

那天晚上的气氛很活跃，周强说出了许多小学同学的名字，说起他们当年的一些趣事，甚至是一些调皮捣蛋的事。这着实令董仙生和方丹惊讶万分。他超强的记忆力令人惊叹，甚至他还说出了方丹在操场上练习翻跟头的情节，说得栩栩如生，仿佛昨日。方丹眼睛湿润了，脸上挂着羞涩。董仙生是丝毫想不起有过这样的场景，而方丹的表现却让他也不得不确凿地相信，三十多年前，在那个叫胜利街小学的操场上，有个叫方丹的小姑娘天天在那里练习翻漂亮的空翻，她上下翻飞，如同燕子一样矫健轻盈。

但是周强待的时间并不长，半个多小时的时间已经足够把他们遥远的记忆寻找回来，把他们的距离拉近。周强和方丹互相留了电话、微信，然后匆匆地赶往下一个酒场。临走，他又和方丹热烈地拥抱，并叮嘱她，一定要常来，来了一定要给他打电话。方丹感动地说："好好好。就怕你烦我呀。"

周强说："怎么可能。我求之不得。"

看着饭店包间的门，方丹仿佛还沉浸在刚才周强带给她的喜悦和感动中，她说："他真好。"

留下来的两个人再叙旧已经失去了意义。董仙生提议他们也好聚好散，他问方丹什么时候回邯郸。方丹说，现在。他把她送到了车站，然后挥手告别。在送站口昏暗的光线中，他记住了她告别时满意而兴奋的表情。

这是一次温暖而令人难忘的聚会。在接下来的几天内，它可以把董仙生带回到天真无邪的童年，短暂地抛弃眼前的种种烦恼。所以，一度他感觉到，从手机潜伏的那些号码中，还是能够找回一些美好的东西的，它们不光是潜伏着危机，同时也孕育着希望，孕育着温暖与感动。这给了他些许的信心。他接着从手机电话本中寻找那些僵尸号码。此时，想要删除多余号码的想法似乎已经退居到第二位，意识深处竟然有点想要寻找抚慰的念头。然而事实再次重重地打击了他，他几乎没有找到温暖和安慰，更多的是一些失落、感伤。他知道了一个叫黄东君的人已经进了监狱，一个叫宋娜的人已经移居加拿大，一个叫马明扬的人正在为自己的职称而烦恼，一个叫王宇宙的人已经瘫痪在床，一个叫童庆祝的人对所有人充满着仇恨，一个叫黄辰的人得了不治之症……他发现，那些看似差不多的号码背后是一个个不同的人生，而那些千差万别的人生，让他抬头看到的窗外的风景，每时每刻，似乎都有着别样的感觉。

方丹开始往来于两地之间，邯郸与石家庄，一百六十多公里的路程，在高铁的帮助下，就像是一个城市的两个方位。她一来，就让董仙生约周强吃饭。有时候能够约到，大多数情况是无法成行的，毕竟周强比他们每个人都忙，是可以谅解的。即使约到了周强，每一次，周强也都是点个卯，喝两杯酒就匆匆地赶往下一个酒局。这样的局面大约延续了有半年。直到有一天，董仙生接到了周强的电话。

周强的口气听上去并不愉快，有些生硬，"如果方丹再约我们吃饭。你就替我推了，编任何理由都行。天天开会，哪有时间见她呀。"

他没给出任何理由，为什么不想和方丹见面。董仙生也不便多问，他只好说："好的。"

和周强通话后没多久，方丹便打来了电话，说她明天来石家庄，他们三人一起吃个饭。

董仙生其实还没想好怎么拒绝她，可是却张口说道："你别来了。周强出差了，可能要挺长时间的。"

方丹的语气里透着失落，说道："好吧。"

她失落的情绪瞬间感染了董仙生，突然间感到了羞愧，他忐忑地问她："你是不是遇到了什么困难？想请他帮忙？"

方丹略微犹豫了一下，便立刻否认："不，没有。"

董仙生无法再追问下去，他知道，每个人内心的隐私都是脆弱的，自尊也是强大的。他安慰方丹："他真的很忙。我见他一面都很难，他现在的社会地位，不是由他自己说了算的。"

"我知道，我理解。"方丹的声音变小了，"好的，谢谢你呀。那我明天就不过去了，但是你要是回邯郸，一定要给我说一声，一定啊。"

在随后的一个月之内，方丹来过石家庄两次，她都没有提前打招呼就兴冲冲地出现在董仙生面前。每次都以来看董仙生的名义，顺带请董仙生约周强。而每一次董仙生都经过激烈的思想斗争之后，替周强找出各种借口，开会或者学习之类，回绝了方丹。他看着方丹眼神中一闪而逝的失望，就有点自己做错了事的感觉，非常内疚。他也屡屡尝试着想要打开方丹的内心世界，让她敞开心扉，可方丹总是笑呵呵地顾左右而言他。

之后很长时间，方丹再没有消息，董仙生隐隐地有些不安。在一次全省大会结束后，他急忙跑到主席台前，等着周强从主席台上下来，和他友好地打个招呼。周强拍拍他的肩膀，笑意盎然地问他最近有什么大作出版，也不给他送一本。周强说："你别忘了，我也是个爱读书的人。"董仙生说："我的书不值一读。"两人说了几句无关紧要的玩笑话，董仙生便急着把话题引到方丹那里，他说："方丹又和你联系了吗？"

周强说："她再来，你们聚，就别叫我了呀。"

董仙生还想说什么，周强就拍拍他，去和其他人打招呼去了。董仙生等了一会儿，见他没有要回过头来继续和自己聊天的意图，便放弃了，随着人流走出了会堂。

之后，董仙生与周强又零星地见过几面，大都是在开会期间，他坐在主席台下，而周强坐在台上。他们再没有说起过方丹，仿佛，方丹从来没有在他们习以为常的生活中出现过。

董仙生似乎也渐渐地忘记了方丹，直到有一天清晨，六点半，他接到了方丹的电话。那是在邯郸，他前一天晚上刚刚结束了在此地的一个讲座，当天上午要乘车返回。方丹怪罪他说，来了也不和她打声招呼，她想表达一下老同学的情谊都不给机会。不容分说，方丹果断地说，今天中午不能走啊，你不能不给我这机会啊。董仙生只好改签了下午的高铁，在宾馆里静候着方丹。

中午，方丹招呼了一帮同学，为董仙生送行。大部分人他都忘记了他们的姓名和模样。席间大家共同追忆儿时的时光，他发现，自己早就遗忘了的往事，却那么清晰地印在他们的脑子里。方丹活跃而兴奋，她频频地与董仙生喝酒，并鼓动其他人敬他酒。董仙生本来就酒量不大，那天喝得多了，身体有些飘，所以后来坐上去火车站的轿车时，他竟然一时叫不上送站的同学的名字。

同学微胖，憨厚地说："我叫王军，小学时我们一起去滏阳河游过泳。"

"嗯。"董仙生说。

王军没喝酒，快到火车站时，一路上都少言寡语的他突然说："是我们鼓动方丹去找周强的。"

董仙生脑子昏昏沉沉，反应了一会儿才问："为什么呀？"

王军停顿片刻，说："我想她一定没有给你说。她是个特别要强的人，如果不是遇到解决不了的困难，她是不会听我们的劝告去找周强的。"

董仙生一头雾水，刚要问仔细时，车已经到站。王军最后叮嘱他说："我们都见不到周强，你要是能帮上忙，一定得替方丹说说好话呀。"

这是唯一的一次能够接近方丹真实目的的机会，可是它在董仙生迟钝的意识中，瞬间就消失了。等回到石家庄，睡了一夜，他才意识到，自己错过了一些什么。他急忙拿过手机，在手机电话本里翻找王军的号码。手机里有两个王军，一个是石家庄的，一个是广西的，显然，他从来没有存过他的小学同学王军的号码，这是个早被他遗忘的人。他只好给方丹打过去电话。令他惊讶的是，方丹的电话号码已经停机，明明他们前一天才与她通过电话，她热情的声音如今还回荡在他的脑海中，怎么可能这么巧她的手机就停机了。他隐隐感觉哪里有些问题，可是又想不明白。他只好求教于手机的电话联系人。一千多个电话号码，他想不起来哪个有可能会与方丹有关系，能够知道方丹新的电话号码。最后他的目光停留在周强的名字上。他略为犹豫片刻，还是打了过去。

"老董，有事吗？"周强问。

董仙生迟疑了片刻，"我找不到方丹了。"

"方丹是谁啊？"周强漫不经心地问。

董仙生愣了，周强事务繁忙，一时想不起来倒情有可原，"我们的小学同学啊，前一段我们还经常在一起吃饭。"

周强似乎是突然想起来，"噢，对，似乎有这么个人。怎么了，她怎么了？"

"她好像失踪了。"董仙生忧心忡忡地说。

周强轻描淡写地说："她和你有什么重要关系吗？"

董仙生略作沉思，然后说："那倒也没什么关系。"

周强宽慰他："兄弟，别自寻烦恼了，我们这个年纪的人，还是不要给自己增加不必要的负担了，有空闲时间了，去打打球、散散步，出门旅游。要不我给你安排一下吧，浙江有个好朋友，一直邀请我去，说他那里山清水秀，空气怡人。我给他说一下，你去那儿散散心吧。"

董仙生感觉这话不大自在，好像是他自己出了什么毛病，需要去风景秀丽的地方去缓解一下。他态度生硬地说："我不去，我又没有病。"

如同周强所说的那样，方丹的消失与他们的生活并没有太大的关系，她彻底从他们的生活半径之中失去了踪影。这像是生活的常态，就是董仙生和周强，也并不是经常能够见到，他们就像是奔跑在两个不同场地中一样。直到一年之后，方丹的名字才重新被提起。

深秋的一天，接到电话的董仙生匆匆赶到医院时，已经是傍晚时分，躺在病床上的周强完全没有了主席台上的风光，他神情恍惚，气若游丝。这是他脑溢血手术后的第十天，他让妻子把董仙生叫来。一路上，董仙生都在不安地想，平时看着身体强壮的周强怎么会突遭厄运。周强看到他，眼珠转了转，泪水溢满了眼眶。周强摊开的手软绵绵的，董仙生几乎感觉不到一点力气。周强的意识已经恢复，他请董仙生去找个人。

董仙生问："谁啊？"

"同学，"周强说话有些困难，"忘了叫啥。"

董仙生提了几个名字，周强都闭下眼，否定了。他似乎也在努力想那个人是谁，脸憋得红红的，可就是想不起那人叫什么。

董仙生求助地看着周强妻子，她也摇摇头，悲伤地说："也不知道是怎么了，为什么那个人如此重要。"

"吃饭……"周强想到了与那人有关联的一件事，他用手指指自己和董仙生。

"方丹？"此时，这个久违的名字也才突然地冒出来，仿佛，那是很久以前的一个人，他都忘记了她的容颜。

周强强作出一丝欢颜，兴奋地眨眨眼。

看着周强请求的目光，那份渴望，那份期待，董仙生无法拒绝。他答应周强一定要找到方丹。

要找到方丹，可不是他答应的那么爽快。他专程跑了几趟邯郸，没有人能够告诉他，方丹究竟在哪里，或者去了哪里，她就像是许久之前的一件往事，在董仙生熟悉的那些人的记忆中，已经人间蒸发了。

有些人想找找不到，而有些人，并不想见却偏偏遇到了。董仙生在公园里散步，这是他唯一的锻炼身体的方式，听到有人叫他"董老师"，停下来，侧对面站着一个身穿警察制服的年轻女子，在对着他笑。董仙生问："是叫我吗？"女警察说："您不记得我了？我是派出所的小于。去年找您了解过情况。"

董仙生拍拍脑门，"想起来了，对了，那个案子后来怎么样了？查出他是自杀还是他杀？"

警察小于说："查清楚了，自杀。他有严重的抑郁症。对了董老师，后来您想起来是怎么认识他的吗？"

董仙生皱着眉，"没有，到现在我也想不起来。我早就把他从我手机里删除了。"

小于说："删除掉好。因为他也不可能给您发短信了。"

看着小于的背影，他想，要是方丹能这么巧遇到多好。

正当他一筹莫展之时，有一天接到了一个陌生的电话。电话里的声音也很陌生，"我是王军。"

"哪个王军？"董仙生一脸茫然。

"小学同学，"对方说，"我听说你在找方丹？"

董仙生立即愁眉舒展，急迫地说："是呀，王军哪，她在哪里？"

"在她该在的地方。"王军平静地说。

方丹并没有离开过她生活的城市，只是，她躲开了其他人的目光。在王军的引领下，他们来到了郊外一处非常偏僻的小区内，王军说："12栋2单元7号。"

"你不一起上去吗？"董仙生诧异地问。

"不，她不想看到太多的熟人。"王军说。

董仙生下了车，问车内的王军："你为什么帮我？"

王军叹口气，说："我想让她不再悲伤。"

董仙生揣测不出王军的真实想法，站在方丹门口时，他能够清楚自己此时的内心感受，忐忑不安。他无法预知自己这次相邀的结局。他知道，等待他的也许是失望。

方丹的家简朴，很整洁。方丹对他的到来还是感到意外，她说："我没想到你们还记得我。"

"没有人忘记你。"董仙生说了句言不由衷的话，然后补充道，"你还记得周强吗？他想见你。"

方丹紧咬着嘴唇，把嘴唇咬成了紫色。

董仙生说："他病了，很严重，是突发的，脑溢血。他的头脑还清醒。但他的政治生命可能就此结束了，这对一个那么热爱他的工作的人来说，是致命的打击。他现在最想见的人是你。"

方丹问："为什么？"

董仙生被问愣了，他没有问过周强为什么。他愣了会儿，为了避免尴尬，解嘲地说："也许他只想表达一下歉意。"

"我从来没有怨恨过谁。他也没做过对不起我的事呀。"方丹说。

董仙生想了想，"或者，他只是想见你一面。我也不知道，我只是来完成他的请托。"

她低下了头，泪水奔涌而出。

这让董仙生始料不及，他连忙说："如果你不想去，不勉强。"

等她抬起头时，用纸巾擦了擦挂在脸上的泪水，挤出一丝笑容，"对不起，我想起了另外一个人。"

董仙生没有问她想到的那个人是谁。他沉默着，等待着她的回答。他已经意识到，这会是一个不出所料的拒绝。

五分钟，他们都没有说话。当时间在猜疑中度过时，显得悠长而紧张。时间像是一个影子，越来越重地压在董仙生的心头。

她站了起来，长舒了口气，"我跟你去见他。"

这是个意外的结果，董仙生喜出望外。坐在王军的车里，董仙生由衷地说："谢谢你。"

"不必了。我知道，当一个人面对困境时，有多么煎熬和绝望。"她忧伤地说。

汽车载着他们，一直向北，向着方丹并不熟悉的那个城市奔去。他们都不知道，周强要对她说什么。

丹麦奶糖

开车经过大门口，门卫曲辰挺直腰板，恭敬地向我的车行了一个军礼。看到他，我突然想到了皮包里放了几天的那盒丹麦奶糖，便摇下车窗，从包里拿出那盒糖扔给他。那是个精致的圆形铁盒，上面印着最著名的美人鱼雕像。他诚惶诚恐地接过去，又行了一个军礼。

这盒奶糖是数天前收到的。寄件人那一栏是空白，没有姓名和地址。外包装上全是英文，我拿出英汉词典，研究了半天，才明白是产自丹麦的奶糖，随手把它放在包里。时常会有这样的情况，莫名地会接到一些茶、土特产之类，往往很快就有人短信或者微信告知，这是他的一番好意。一般我都会笑纳。可一连几天，这盒奶糖却一直无人认领，这倒出乎意料。

我把奶糖交给了曲辰，我相信，这二十年里，他没有见过外国糖果，他一定喜欢北欧的口味。曲辰其实是我的大学同窗，大学时期，我们志同道合，情如兄弟。这一年，因为成就突出，我开始享受政府特殊津贴；这一年春天，曲辰刚刚告别监狱。

一个多月前，我和肖燕站在监狱门口，看着曲辰从大铁门里出来，产生了某种错觉，像是回到了二十多年前，我和肖燕站在兰州大学的门口，看着最后一个豪迈地走出大学校门的曲辰。那个时候，在即将踏上社会的曲辰眼里，世界就像是一个等待他去收割的广袤的田地。时光流转，此刻的曲辰明显苍老许多，颓废许多，他看上去要比我大五六岁，抬头纹像是被刀子随意刻上去的。阳光其实并不强烈刺眼，他却下意识地眯起眼睛。我们相互拥抱，并流下了相对复杂的泪水。

在车上，我寄语曲辰，"出来了就从头再来，好好混出个人样。"

肖燕一反常态，"先别说理想和未来，先解决吃饭穿衣问题吧。"

曲辰吐了一路，把胆汁都吐出来了，其间我们还把车停在路边，等着他还神。他说他看见自己的魂儿被这辆汽车带走了，他蜡黄着脸，摩挲着车的座椅，问我这是什么牌子的汽车，他好像记得他们监狱长就有一辆这种汽车。肖燕告诉他是迈腾。曲辰感叹说，他进监狱前坐过的最好的车是桑塔纳。他问我，现在还有没有这款车。我拍拍他摇晃的身体，"老曲，还有。不过二十年，时代还是这个时代，没有任何变化。"

实际上，在随后的生活中，曲辰会日益感觉到，对他来说，这句话不过是安慰他而已。

1989 年夏天，我们仨从兰州大学毕业后，一起分配到石家庄工作，他的梦想就是做一名无冕之王。他的梦想是最早实现的，他得到了命运之神的垂青，按他的意愿被分到电视台做新闻记者。他生命中最闪光、最值得骄傲自豪的，都集中在最初的那几年时间里，他拼命地工作，努力地付出，经常加班加点，很快他就脱颖而出，成了电视台的主力，年纪轻轻就做了新闻部的副主任。更让我羡慕不已的是，没两年他就神秘地向我们宣布，他恋爱了。那个叫孟夏的姑娘经常在电视屏幕里出现，主持《影视大世界》，他嘚瑟得要命，对我和肖燕千叮咛，万嘱咐，要我们一定每期都要看孟姑娘的节目，每次他打电话过来，印证我们是不是履行了承诺时，我都敷衍他，说看过了看过了。最不可理喻的是，他非逼着我们说出观后感，当我正犹豫地想说点什么来应付他时，他却迫不及待地，略有激动地说出他的观感。那长长的观感让我昏昏欲睡，而他语无伦次的声音，却能让我想象得出他手舞足蹈的样子。我从来没有面对面地接触过孟夏姑娘，也没见过他们俩成双成对在一起，在我的印象中，那个年轻貌美的姑娘，只适合出现在电视里，而不是我们真实的生活中。曲辰却生活在半虚幻半现实之中。所以，某一天，当我在炎热的广州出差时，竟然接到了他的长途电话，摊派给我一个匪夷所思的任务时，便没有什么大惊小怪的了。我都不知道他是怎么打听到我住在哪家宾馆、房间的电话号码的，他几乎是对我下达命令，要求我必须替他买五斤荔枝，他特别提示我，孟夏超级爱吃荔枝。上世纪九十年代初，在北方，荔枝还极其罕见。当我坐在拥挤的火车上，小心地看护着那一包荔枝时，突然就想到了"一骑红尘妃子笑，无人知是荔枝来"那句诗来。在曲辰眼里，孟夏简直比杨贵妃还珍贵。

就是这样一个爱吃荔枝的姑娘，却让爱得疯狂而执著的曲辰，在命运的波涛中翻了船，落了水。1995年的冬天，大雾时常光临这座北方城市。那一年发生了后来震惊全国的聂树斌案，聂树斌在当年的4月被枪毙，只不过，那时候的一声枪响，像是鞭炮声一样仓促地湮没于历史的喧嚣之中了。1995年，河北的省会石家庄，萧条，灰色，没有一点现代化的气息，从曲辰工作的电视台向南走一百米，就是一片一望无际的麦地。那之后一年，北国商城才开业；那之后两年，石家庄地标性建筑电视塔才开始建设。雾和曲辰后来一直纠缠在一起，留在我的记忆里，是因为出事那天，是一个雾锁全城的夜晚。肖燕先得到的消息，第一时间里，他想到的是打电话给肖燕。我骑着自行车，赶到电视台的集体宿舍时已是午夜时分，肖燕先我一步赶到，此时，曲辰正蜷在床上瑟瑟发抖，我闻到了一股浓烈的酒味。那个雾气弥漫的冬夜，曲辰前程似锦的生命黯然跌落，梦想从此消失。据曲辰的描述，那天夜晚，他在外面与人喝了酒，回到电视台集体宿舍时，听到对面主持人孟夏的宿舍里人声鼎沸，原来是一个陌生的男子在为主持人庆贺生日。他怒气冲冲地冲进去，责问主持人时，孟姑娘却勃然大怒，毫不客气地让他出去。曲辰灰溜溜地回到宿舍，越想越生气，等他再次闯进主持人的宿舍时，手里拿着一把很小的水果刀，那是在兰州买的。就是这把不起眼的水果刀，要了那个陌生男子的命。愤怒冲昏了曲辰的头脑，刀子被他疯狂地挥来挥去，最后捅进了男子的大腿。曲辰复述时，故意漏掉了那个男子的身份，后来我们才得知，那个男子是位大学老师，主持人孟夏的男朋友。男子被送到医院后不久就因失血过多咽了气，因为刀子扎破了他的动脉。那是一个难熬的夜晚，曲辰完全傻了，他还不知道那个无辜的年轻人已经躺在几个路口之外的市三院的太平间里，他一语不发，静待着命运的夜晚快速地逼近。天还没亮，警笛声就在电视台大院里响起来了。他被带上警车的最后时刻，含泪叮嘱我，要我替他照顾衡水乡下的双目失明的母亲。

曲辰被判死刑，缓期执行。二十年来，我遵守了我的诺言，定期去看望他的母亲。而曲辰，如果不是自己的原因，在第十五年就能够出狱，死缓后来改成了有期徒刑。但是在临近出狱时，曲辰却试图越狱，延长了自己的刑期。又过了几年，他又涉嫌袭警，再次人为地延长了刑期。他害怕从监狱里出来。这一次，当他再次想法赖在监狱里时，没有得逞。

出狱回城的车上，我问曲辰是不是回老家去看望一下老母亲。曲辰坚决而悲伤地摇摇头，"我哪有脸去见她，就当她老人家没我这个儿子吧。"

在酒店里给曲辰接风洗尘。曲辰却一滴酒也不喝，这就让气氛有些压抑，他显得犹豫，目光躲闪，连他以前最喜欢的鱼香肉丝也不敢轻易动筷子。人显得颓废，没有自信。肖燕问起他对未来的想法，曲辰万分沮丧地说："不知道，我本来是想一辈子都躲在监狱里不出来，不见亲人，也不见你们。可是不知道哪儿出了问题，我尽了力，可他们说什么也不让我在里面待着了。"

我张了张嘴，本来想告诉他，我与第二监狱的监狱长是省委党校的同学，我送给他一幅著名书法家黄绮的书法作品，才换来没有对曲辰再次袭警追加刑期。肖燕偷偷拉了一下我的衣角，我便作罢。

曲辰无法预知和谋划他的未来，这和二十年前那个意气风发的年轻人已经不是一个人，他可怜巴巴地看看我，又看看肖燕，说："反正我无处安身，你们要是怜悯我，就给我一口饭，如果有下辈子，我做牛做马来报答你们。"

他的话让我和肖燕心情很糟糕。半夜，肖燕从噩梦中惊醒，她把我推醒，问我为什么曲辰会变成这个样子。我打着哈欠说："如果你在监狱里待上二十年，还不如他呢。"

大学时期，曲辰是校园里的明星，校学生会的主席，深得女生们的喜爱。肖燕也是其中之一。她说她从曲辰的身上看到了年轻时革命领袖的影子。但是她却没有选择曲辰，而是在大学最后一年接受了我。她明白地告诉我，曲辰强大的外表下隐藏着内心更加强大的不安。这一点不知她是怎么看出来的。

"你打算怎么安置他？"肖燕问。

"他要想有什么大的作为已经不可能了，我相信他自己也明白这一点。"我想了想，突然脊背上发凉，谁也无法保证，什么时候，你的生命就停留在某处，虽然躯体存在着，却已经失去了任何意义。

　　肖燕甚至比我还要悲观，她说："也许我们真的不应该费这么大劲把他弄出来，也许他已经不适合这个社会了。"

　　"在外面总比里面好。"我说。其实我们还没有做好充分的准备，让他如何融入这个已经完全不同的世界中。

　　"谁知道呢。"肖燕忧虑地说。

　　我给曲辰找的第一份工作与他的经历有关，在一家婚庆公司做摄像。可是只做了两天他就不去了，我问他为什么，他低着头，憋了半天才说："人多，太热闹。"他是羞于见人，不想抛头露面。第二份工作他倒是比较满意，在社科院当门卫。我每天从大门口经过上下班时，他都从门卫室里的椅子上站起来，毕恭毕敬地向我敬个礼。后来我就对他说，不要那样，我又不是什么大领导。他答应得好好的，可我再从门口经过时，他一如既往。后来我就懒得说了，慢慢地，对他这个动作也就习以为常了。

　　曲辰像是一个外星人一样，出现在我们的生活里。除了在我单位看守大门，他整天猫在我借给他的那套房子里，害怕和人打交道。为了让他早日适应这个全新的社会，我尽量让他多参加一些聚会和活动，对于我的安排，他没有拒绝。

　　我拉上他参加朋友间的私人聚会，都带着家属，而我是三个人，我、肖燕和曲辰。介绍曲辰时，我丝毫没有隐瞒，告诉他们，我大学同学，刚从监狱出来。省二院的副院长刘同取笑我，说我真会开玩笑，搞社会科学的人就是比他们更能想象。他是个心血管专家，他说："不像我们，太实际，不浪漫，盯着的就是那些红红的血管，看它是不是堵塞了，是不是需要把它给疏通了。哪像你董所长，这么会编故事，做评论，把人生弄得像一出戏。"

曲辰真诚地补充说："今天是我出狱的第二十天。"

大家一哄而笑。酒席间，曲辰照例是沉默不语，滴酒不沾，看着大家笑。不管爱说笑的刘同怎么劝，曲辰也不喝一口，弄得刘同很扫兴，他大声说："你说你是从监狱里出来的，你就讲讲监狱里的故事，给我们听听。"

曲辰看了看我。我挥挥手，"讲讲讲，我还没听过呢。"

曲辰正襟危坐，真的一本正经地讲起他在监狱里的事情。曲辰不说话则已，一张嘴就吸引了大家，他说了同监号的一个男人的故事。"聂树斌你们知道吧？"

刘同好奇地问："他跟你在一个监狱待过？"

"不是，我没见过他，我进去时他已经被枪毙了。"曲辰停顿了一下，"我说的是和他有同样经历的一个人，这人姓张，比我晚进去十年。我开始以为他比我大十几岁，后来才知道他其实比我还小五岁。他犯了强奸罪，他逢人便说他是被冤枉的。可是没有人信他的话，只有我肯听他的。前几年，聂树斌的案子出现逆转后，他十分兴奋，他觉得自己也看到了希望，每天都看报纸，看电视上的新闻，指望出现聂树斌那样的奇迹。"

"你觉得他是不是另一个聂树斌？"肖燕问。

实际上，除了肖燕，没有人太认真地听他的话。在他讲述的过程中，我们照样互相转圈敬酒。大家完全忽略了这个讲述者，他的讲述也有点孤芳自赏的意味。最先的提议者刘同在和我喝了一杯酒后转头问曲辰："谁强奸谁了，谁又进了监狱？老董，你这位朋友是不是一位受人尊敬的作家？真会编故事。"

曲辰没有回答肖燕的问话，对刘同露出一副讨好的笑脸。

回到家里，躺在床上的肖燕表达了对我的强烈不满。她说我不应该那么对待曲辰,"在你那帮朋友面前,曲辰就像是一个被围观的猴子。"

喝多了酒的我头重脚轻,只想睡觉,我吃惊地说:"你怎么能这么想?我都是为他好。让他早日融入正常的生活之中,要不他以后怎么办?"

肖燕说:"不对,二十年前。我们是平等的。每个人的生活都是自己设计的。而现在,当他一出来,他就低人一等,生活需要别人来设计。他学会了看人的眼色,揣摩别人的心思。而你,你们,其实已经居高临下……"

我没有听完,便睡着了。

从那次聚会后,在对待曲辰的问题上,我与肖燕渐行渐远,她也拒绝出席类似的活动,她不认为这些做法对曲辰有益。好在曲辰并没有感到厌倦。当他能从倾听者眼中看到一丝的等待或者期盼时,他的内心就得到了巨大的满足。

还有作家诗人们的聚会。

这是我最基本的生活圈,文人们的圈子。每个人都有一个相对固定的圈子,这个圈子里的人互相喜欢,互相讨厌;互相欣赏,互相猜忌;互相排挤,也互相利用……面对他们,我游刃有余,如鱼得水。我喜欢那种被众人推崇的感觉。这一次,曲辰讲了另外一个狱友的故事,一个失手杀掉自己妻子的男人的忏悔。他说,那个狱友天天想着在外面的两个儿子,不知道他们会变成什么样子。说者无意,听者有心。就是那次不经意的聚会,诗人何小麦被曲辰这个人以及他的故事,深深吸引了。她是报社的记者,诗人的气质加上职业的敏感,让她心潮澎湃,她说她一夜未眠,曲辰的故事激发了她的灵感,她诗性大发。第二天,她特意请我去喝了咖啡,希望我答应让她采访曲辰。我说:"你可以自己去找他呀,我又不是他的经纪人。"

何小麦说:"董老师,我看他好像很听你的话。没有你恐怕不成。"

"他现在是自由身,我又不是监狱长,他不用任何事都向我汇报。"我虽然嘴上如此说,却有些小小的得意。

我把女诗人的想法说出来后,曲辰果然犹豫地看着我,"你说答应还是不答应?"

我笑笑,说:"这是你的事,你自己拿主意。不过,这也是你全面了解社会的一个渠道,你得多和人交流、沟通,我看可以试试。"

"仙生,你说行就行。"曲辰诚恳地说,"只是我有一个疑问。"

"说出来听听。"

"我讲的故事都是社会的一些阴暗面,这些人也都是杀人越货的坏人,为什么她会对这些感兴趣?我记得以前这些人是会被人所鄙视所唾弃的,是反面典型。"曲辰眉头紧锁。

我试图向他解释时,感觉自己就像是这个时代的代言人一样,"时代在变化。单一的思维模式,单一的对事物的判断,现在都已经失效了。"

"那么,这是好还是坏呢?"曲辰问了一个非常尖锐的问题。

我没想到,他的思想还是那么直接,那么天真,"我没法给你答案,你自己去判断吧。但是我提醒你,你的思维得跟得上时代,不要再用二十年前的思想去评判一切。"

曲辰忐忑地去赴女诗人之约时,我却又收到了一盒一模一样的丹麦奶糖。这样的事情重复两次,我便提高了警惕。暗自倒吸一口凉气,到底是谁在给我不断地邮寄同一件礼品?什么原因?这一次我给予了足够的重视,认真仔细地查看了所有的蛛丝马迹,快件寄自本市,寄件人做得很巧妙,只有收件人的地址和名字,其他的无迹可寻。坐在会议室里,这盒奶糖让我心神不宁,思想本能地向不好的方向滑行,和我坐在一排的科研处处长老焦冲我笑了笑。那一笑也让我感觉很暧昧。老焦和我是同事，又是潜在的对手，我们俩都是副院长的有力竞争者，彼此见面都十分客气，甚至还互相恭维几句，但谁都心知肚明，对方不是那个能坦诚相待的人，都在暗暗较劲，我在自己的事业上一路狂奔，而他已经修炼成一个职业的官僚，据说他已经攀上了省委副书记。我一直自信自己的专业能力，不屑于搞这一套，觉得还是得靠实力说话，他一个军转干部，丝毫没有业务水平和能力，凭什么与我相抗衡？我也冲他点点头。那一刻我突然联想到，奶糖与他有关？他要给我某些暗示还是什么？一想到此，我的神经立即绷紧了，再次把目光转向他，老焦却装作很认真地在本子上记着什么。也许是我心理起了变化，看他时的感觉便不一样。

那天晚上，当肖燕提到要去北戴河时，我有些心不在焉。这几年，肖燕成了一个梦想破灭的人，她心绪很差，时常感到不安，对现状越来越不满，牢骚满腹，对社会上的任何事情都看不惯，对我，也是不断地流露出不满。她越来越固执地怀念起以前的梦想，想着重温旧日时光。每年的夏天，她都会安排去北戴河的行程，因为大学时期，我们俩就是在北戴河的鸽子窝确立的恋爱关系。在那里，我们恋爱，是因为我们从对方身上看到了对美好事物的向往，看到了未来明确的目标，梦想仿佛就在我们憧憬的前方等待。在鸽子窝，我们看着海鸥飞起落下，就像是海鸥想飞得更高一样，我们互相表白着对美好的前景的向往。我要成为一位像马尔克斯那样的作家，而肖燕，只想做一名教师，像她的妈妈那样，桃李满天下。肖燕越来越想念那个地方，她说，真实的我们留在了那里。只有回到那里，短暂地忘记现实，她才感觉到内心的安宁。

当她再次提起去北戴河一事时，我有些敷衍了事地哼哼了一声。肖燕推了推我，"你哼哼是怎么回事，到底去不去？"

"去吧。"我说。

"你要是不情愿，你就说出来。"肖燕生气地说，"我就看不惯你这样。你看看你现在什么样，心里想着的都是什么？"

我说："什么呀？人生不就是如此吗？"

"真的是如此吗？你的官位，你的社会地位。除了这两样，你还有什么？"

我辩解道："这不是一个男人成功的标志吗？你以前不也是这么认为的吗？"

肖燕翻了个身，说："反正我不喜欢。我感觉不像是一个有个性的人，而是被驯化出来的产品，好像这个社会是个庞大的机器，专门生产你们这样的人。你和那些人一样，留恋自己的成绩，沾沾自喜，喜欢被捧上天，有天生的优越感，觉得这个时代就是你们的。你们变得自私，高傲。你们更像是守财奴，固守着自己的那份累积起来的财富，守着自己的已经获取的地盘，小心翼翼地看护着它。容不得别人觊觎，容不得别人批评，容不得被超越，容不得被遗忘。有时候，当我教育学生，让他们畅想他们的未来，当有学生说起想做你们这样的人时，我都觉得心虚。"

"你有些牵强附会了，那你告诉我，我应该怎么做才算是一个成功者？"我反问她。

梦想早就破灭的肖燕一时语塞，支吾着："我不知道。我真的不知道。"

肖燕的话并没有在我的思想中起什么化学反应，有时候我感觉自己根本停不下来，没有时间思考自己是个什么样的人，自己要做什么样的人。就连曲辰，这样一个彻底失败的人，他也没有充分地认识自己，在去往师大的路上，我问坐在后排的曲辰："你能认识你自己吗？"

曲辰犹豫着不知如何回答，出狱之后的曲辰完全是一个陌生的人，早就没有二十年前的坚毅和果断，这很正常。我说："你实话实说，怎么想的就怎么说。"

他试探着说："说实话，我白活了这一生。我为自己的冲动与不理智付出了一生。"

"你后悔了？"

"不是后悔，是忏悔，我一直在忏悔。"他低声说。

我接着问："你还有梦想吗？"

"梦想？"曲辰笑了，这是我第一次听到他的笑声，"早就没了。从那天晚上就结束了。我以为我会在监狱里待一辈子，会在无数个夜晚，仰望夜空，跟随着月亮的移动，想象月光照在高墙之外的情景。"

我试图和曲辰回忆一下我们在大学时期对未来的憧憬与畅想，可是想了半天，我也没有想出来，便打消了主意。

在门口正好看到曲辰要下班，我问他，想不想去大学校园里看看。曲辰眼睛里闪现出一丝的期待。我说，今天要去师大做一个文学讲座。也许你能从那里的气氛中找到一点当年梦想的影子。我相信，已经出狱的曲辰不会就这样沉沦下去，他内心深处仍然有未能燃尽的梦想的种子。他忐忑地坐在我身边，问我，我出现在课堂里会不会格格不入？我说，你放心，他们不会关心你，不会去无端揣测一个陌生人，他们的注意力只在我身上。曲辰说，谢天谢地。

师大博物馆前竖着一块大大的广告牌，上面有我的大幅照片和介绍。曲辰羡慕地说："你看上去像我们大学时教我们民俗学的柯杨教授，很有学者气质。"我说："你要是奋斗到今天，也一样。"曲辰低头不语。

报告厅里挤满了学生。我一进去就看不到曲辰了，后来我在讲座里看到了他，他在最后一排的边上。我讲座的题目是《哈姆雷特与我们》。

我讲的是我们在现代社会中的焦虑与不安，讲了我们与哈姆雷特遇到同样的命运抉择时的软弱无力感。实际上，我的讲座部分地借鉴了肖燕对于我的批判，但是仅此而已，当我在说这个十分尖锐的问题时，我根本没有意识到，我是在说我自己，我感觉我说的那部分人，他们在芸芸众生之中，他们与我无关。

我的讲座不断地被学生们的掌声所打断。这份热烈，坐在他们中的曲辰也深切感受到了，所以当讲座结束，当我开车行驶在槐安路上时，曲辰仿佛还能听到教室里的掌声，他说："你不是问我有什么梦想吗？我坐在学生们中间，听着你游刃有余地从莎士比亚讲到鲁迅，从卡尔维诺讲到《水浒传》，我似乎意识到，这好像曾经是我的梦想之一。他们好像在我的生命里也曾经那么地清晰，那么地逼真，那么地令我感动。"

"做一个有良知的记者？"我试探着问他。

他若有所思，"没有那么具体，就是这种感觉。"

"现在还会有吗？"我追问他。

他躲闪着我的问题，"现在？我从来没想过，对我，可能有点太奢侈了。"

我掏出那盒奶糖，递给他，他说："我已经有一盒了。"

我笑着说："这又不是梦想，你紧张什么。"

他接过来，借着外面闪过的灯光看了看，"和上次的一样，我一直想问你，这是什么东西？哪个国家的？我早就把英文忘掉了。"

"丹麦的，奶糖，我相信比大白兔好吃。"我说，"丹麦你不会忘记吧？"

"安徒生的老家。"曲辰说，"童话的故乡。我在监狱里只看一个作家的书，就是童话，安徒生的每一个童话我都能倒背如流，有时候我还会给狱友们讲，而且能让他们感动得哭了。"

"童话。"我想了想，对我来说，读安徒生已经是二十多年前的事了，那些故事的细节我都快想不起来了，"也许你可以与我的研究生一起做个讨论，题目我再想想。"

曲辰百般推辞，他直言自己会很紧张。我鼓励他，当年你也是中文系的才子，就这么定了，这是个很好的课题。我接着说："科研处的焦处长你认识吧？"

曲辰想了想，"是不是那个戴假发套的焦处长？我给他办公室送过快递。"

"对，就是他。"我看着他说，"我需要你再去送快递的时候帮我一个忙。"

曲辰毫不犹豫地说："我肯定要帮你的。"

我伸出右手拍拍他，"关键时候还是好兄弟最让人放心。我实话给你说，现在他和我是竞争对手。我们俩要竞争一个副院长的位子，任何风吹草动都可能改变最后的结局。你手里的这盒奶糖，为什么会有两盒。连我自己都搞不清。"我把我如何收到奶糖，如何疑虑重重，一股脑地告诉了曲辰。

曲辰说："仙生，奶糖是好东西呀。有人给你送这么好的东西，是多么美好的一件事呀。"

我忧心忡忡地说："你不在我的位置上，你没有腹背受敌的感觉，你体会不到有什么事情会发生在你身上的某种不祥的预感。所以你不可能了解。小心一些总是好的。我怀疑是老焦在背后搞鬼。我需要你能够找到写着他的字的东西，本子呀、信件呀等等吧，只要是他手写的字，我想辨别一下，是不是他。"

"你是不是太多疑了？"曲辰小心地问。

"我知道自己多疑，但它让我感觉到安全。"

曲辰显然还没有意识到这项任务对于他的难度，没有意识到，在他思想的深处，还有另外的一条线在牵着他。他拍拍自己的胸脯，赌咒发誓说，没问题，保证完成任务。

讲座后我便去上海出差，参加一个关于文学的传承的研讨会。开完会后我没有直接回来，而是应作家胡克之邀去了趟黄山。等我回到石家庄时已经是一周之后，一进办公室，看到了一堆信件、快递之中最醒目的那一个，外包装都是一样的。我不禁倒吸了一口凉气，看来，这个寄件人真的是很有耐心和恒心，他究竟要干什么？他在考验着我的神经、我的耐心。又是丹麦奶糖。我抄起电话打到了门卫。今天当班的不是曲辰。而且，据门卫李师傅说，曲辰已经有两天没来上班了，说是请了假，不知去干什么了。我来到曲辰的住处，这套建于上世纪八十年代的房子，是单位分给我的，一直空着，现在成了曲辰的容身之处。家里没人。他手机关机，我联系不上他。

晚上回家，肖燕很晚才回来，她一进门就喝水。喝完水才说："你知道我今天干什么去了？"

我翻了翻白眼，"你还能干什么，上课呗。"

"No，"肖燕说，"我今天请了假，带着曲辰去找人了。"

我疑惑地看着她。

"你还记得上次吃饭时他讲的那个故事吗？"她坐下来，"就是和刘院长他们吃饭那次，他讲的那个强奸犯的故事。"

我摇摇头。

"你呀，只记得你那点事，什么名呀利的，别的一概进不了你的脑子里。"肖燕说，"就是那个自认为与聂树斌一样被冤枉了的男子。曲辰也觉得他有冤情。他出狱时答应那名狱友，替他找到当事人，帮助他解除他内心的痛苦。他说这是他出狱后最想做的事，就像当年怀揣的那些梦想一样。按照狱友的提示，他已经自己去找过那个当年的姑娘，那个当事人。可是没有找到，十几年了，街道变了，房子没了，人更不知道跑哪儿了。他向我打听老棉七的那栋宿舍，我是这土生土长的，那栋楼我还有印象。于是我请了假，带着他去找棉七的那栋集体宿舍。"

我轻声说："我不知道，他现在仍有梦想。但是，这梦想似乎……"

"似乎什么？"肖燕问。

"没有什么。似乎也不能算是梦想。"

"这怎么能不算梦想呢？这总比你那些虚名更真实一些。"肖燕不满地说。

"你们找到了？"

肖燕神情疲惫，目光炯炯，"没有。棉七宿舍早就拆了。但是已经有了一点线索。"

我提出了自己的质疑，"你相信他的话？"

"为什么不呢？"肖燕看着我，对我的疑问很是奇怪。

"你们把中国的法律想得也太不堪了，太经不起推敲了，难道监狱里都是聂树斌？"

肖燕嗫嚅着："如果有这个可能呢？"

"曲辰这么想也就罢了，枉你作为一个人民教师，想法也和他一样简单。"我批评他们非常可笑的做法。

"我不同意你的说法。"肖燕反驳我，"你这是惯性的思维方式，你和大多数人一样，什么事情都是从自己的立场和利益出发，为什么不站在别人的立场呢？"

那个夜晚，我们无法达成一致的意见。我说服不了她，她对我也感到失望。

我说服不了肖燕，同样，我也没能阻止曲辰。我觉得应该制止他

们这种不理智的行为。第二天，我直截了当地告诉曲辰我的想法。曲辰
为难地说："仙生，你就让我放手做点自己想干的事吧。你觉得我的人
生还有什么意义吗？而这件事，我既然答应了小张，我就要兑现我的
承诺。"

"仅仅是兑现承诺吗？"

曲辰无助地说："或许是的。我觉得活得有点意思。"

我落败了，缴械投降。我不能再勉强曲辰什么。

我想起自己找他的目的，"你答应我的事办了吗？"

曲辰一听我问这事，立即就明白了，他局促地坐在沙发上，挠着
头，"没，没有。"

"怎么回事？"我不禁有些气愤。一周过去了，他什么都没做。

曲辰站起来，摊开手，"仙生，请听我说。不是我不守承诺。我也
去过焦处长的办公室，我也有机会拿到你想要的本子、信纸什么的，可
是我伸出手去，却突然觉得有些不对劲。我这才意识到，我自己的身
份，我曾经的往事，我做过的错事。你可能不会觉得有什么，可是那些
事，像个尾巴一样，长在我身上，终究会跟随我一生。"

"那又怎么样呢？"我若无其事地说。

曲辰严肃地说："一想到此，我就停下了手。我犹豫了。我觉得又
像是往错误的方向走。我陡地就想到那个错误的夜晚。我惊出了一身的
冷汗。这一周我都纠结着，痛苦着，我向你道歉。"

我没有责怪他，他的想法可以理解，我让他坐下来，心平气和地与
他摆道理，"你想得太多了，这与你长期与这个社会脱节有关。你不大
了解，现在是一个复杂的时代，你不能简单地把一件事定性为好还是不
好，你得放在特定的环境或者特定的条件下去比较。就说这个事儿吧，
也没有什么大不了的。人与人之间，就是这样，在怀疑、鉴别、揣测、

辩解、确定之间来来回回，这就是丰富的人生与社会。"

"那为什么，当我想要去伸手时，还有一种深深的犯罪感？"曲辰忧虑万分。

我哈哈大笑，"犯罪感？如果都像你说的那样小心谨慎，我们每个人都是罪犯了，你看看，不是所有人都活得比你好吗？"我安慰他说，没有人会把他的犯罪感当回事。你看看老焦，干了多少那么多你认为的坏事，可是他心安理得，照样官运亨通，事事如意。"就拿我来说，我打过别的女人的主意，闯过红灯，进过歌厅，骂过人，给写得很烂的作家写过书评，要照你说，我该进监狱了？"

我与曲辰的谈心，不知道是不是产生了效果，但是结果是令人满意的，他在内心挣扎了数天之后，还是帮我拿到了老焦的一个笔记本。当那个红色的笔记本交到我的手上时，曲辰几乎是虚脱了，他说："这事以后还是别干了。"

那天，曲辰忧国忧民地和我谈了次心。

谈的不是我，而是肖燕。他叹口气说："肖燕变了。"

"她不再年轻了。"

曲辰说："我说的不是年龄，而是心理。她的内心世界以前是那么丰富，那么阳光，那么富有激情，充满幻想。可是现在都没了。"

我默然无语。日子一天天过来，我还真的没去想过身边的妻子有什么变化。

曲辰接着说："我们俩去寻找那个女人的路上，她说起了孙尔雅。"

"谁是孙尔雅？"我一无所知。

"是她的同事，一个年轻的女同事。一个中学语文老师。"曲辰看着我，像是看一个怪物，他显然不了解，为什么我会不知道肖燕想要说的一些事和一些话。

"啊。"我装作轻松地说,"孙尔雅。"

他接着说:"孙尔雅是一个非常年轻的姑娘,研究生毕业后分到十五中做语文老师,和肖燕一个办公室。她业务很优秀,工作能力很强,已经独立带毕业班,也获得了不少的荣誉,可有一天她却突然辞了职,远赴云南勐海一个偏僻小山村去支教。她的举动对肖燕震动很大,走之前,肖燕曾经问过孙尔雅,问她为何选择如此的方式去挥霍自己的青春。那个姑娘的回答让肖燕一辈子都记得,她说,没什么特别的理由,就是在网上看到一张一个旅行人拍的那所山村小学的照片,便有了去教书的冲动。她很佩服小孙老师的行为,这让她觉得自己非常无能。她这种想法很奇怪呀。我觉得她很好啊。特级教师,十大名师。可她怎么就觉得自己是个理想幻灭者呢?"

我摇摇头,"我也在想,这是怎么回事呢?"

曲辰说:"我觉得你们俩很奇怪呀。你不告诉她糖果和老焦的事,她也不向你说心里话。我说仙生,你们过的是什么日子呀。"

我打哈哈说:"没什么,仅仅是不想说而已。"

曲辰白了我一眼,继续说:"不说你们了。真是看不懂,我也不想懂你们的事。你知道吗,肖燕请求那个孙老师,加上她的微信。现在,每天,你知道肖燕最快乐的是什么吗?"

我摇摇头。

"是看孙老师在微信上发的照片,有山村小学的一砖一瓦,有小学生们稚嫩而灿烂的笑容,有崎岖的山路,有湛蓝的天空,还有新长出的路边的小草。通过那个孙老师的眼睛,通过她的镜头,世界是那么地美好,而孙尔雅就是那个制造者。"

我低下头来,我想想象一下曲辰向我描述的那个山村学校,可是我想象不出来。我的脑子里浮现的是一个笔记本。是一本党员学习笔记。这是曲辰经过漫长的思想斗争，从老焦办公室帮我拿到的。不得不佩服老焦，他很认真，形式做得非常过硬，字体刚劲有力。我坐在办公桌前，花了一个小时的时间来做对比，把快递单子上的字与他的字相比较，实际上，我没有得出令自己满意的答案。字体并不相符。这让我长出了一口气。那个笔记本，我不再让自责的曲辰放回去，我对他有些担心。再一次开会时，我拿着那个笔记本，直接交给了老焦。老焦惊讶地看着我，我轻松地说笑道："那天开党支部会，我借了你的笔记，学习学习。你忘了。"我没理会老焦的表情，径直走开了。

刚开始的几天，我想问问关于孙尔雅的事，可是张了张嘴却不知从何说起，便放弃了。肖燕一直在翻箱倒柜地找东西。问她，她也不说，直到几天后她仍然是一无所获，才被迫问我："我那套安徒生童话你见了没？"

我很纳闷，"哪一套？"

"1986年版的，上海译文出版社出的。绿皮的。32开的。一共16本。"

"你要干什么？"我想到了曲辰的话。

"就是想找出来。"肖燕一边找一边回答。

我走到她身边，万分忧虑地说："我有些担心，你怎么越来越受曲辰的影响，你可知道他是什么样的人。"

肖燕不搭理我，继续找她的书，那套书还真让她找到了，在地下室的角落里。她如获至宝，兴奋地说："我不管你的事，你最好也别管我。我们井水不犯河水。"

那几天，她把那一本本"安徒生"捧在手里，像是看一本从来没有看过的童话似的，如饥似渴。时而激动，时而沮丧，时而欢呼雀跃，时而悲伤落泪。我对她说："太夸张了吧。"她根本感受不到我的存在似的，把我的话当成空气。

肖燕带着毕业班，这阻碍了她与曲辰的行动。但一遇周末，她不加班的状况下，基本都是她开车带着曲辰在这个城市里到处乱撞，他们在寻找那个消失在茫茫人海中的女人，他们只知道一个名字，叶晓青，连那个女人长什么样，在哪里工作，甚至是否还活在这个世上都不清楚。我挖苦肖燕说他们是大海捞针。肖燕说："就算是针，那也是个看得见摸得着的东西，它在那里，就不怕被找到。"令我惊奇的是，对任何事情都失去了热情、看破世事、牢骚满腹的肖燕却焕发了极大的热情。不像是在寻找一个毫不相干的女人，而是在寻找她自己美好的过去。

曲辰，就像是被突然扔进来的一个人，他在不属于他的时代里，努力做着也不属于他的事情。我曾经问过他一个尖锐的问题："如果你们找到了那个女人，你们准备怎么办？"

事情很明显，有前因就得有结果。曲辰倒是很干脆，他不假思索地说："让她承认她冤枉了小张。"

我笑了，"姑且不说你们先是设了一个自以为是的前提，就是这个叫叶晓青的女人真的冤枉了小张，小张是另一个聂树斌。这个前提你已经认定它是真实的了。我不反驳你。你，还有肖燕都不会听我的。我只想知道，如果她不承认呢？你能怎么办？你不是法官，你不是警察，你连那个小张都不是，你完全是一个局外人，一个毫不相干的人，一个陌生人。你凭什么让别人信任你，让别人重新打开自己受伤害的内心世界？"

他的思维在此时显得异常简单，"她会良心发现的。王书金都能主动承认自己的过错，她更应该有这样的觉悟。"

"如果这一切都是小张的臆想呢？"

"我不相信。"曲辰目光坚毅。

曲辰，因为专心地去做一件他认为正确的事情而情绪高涨。所以当他兴致颇高地和我一起去酒店时，开始还没有意识到什么问题，当他看到迎接我们的老焦时，曲辰惊讶地直拽我的衣袖。酒席是老焦安排的，专门请我的。他战友的女儿要考我的博士研究生。战友的女儿姓黄，叫黄莺儿。刚坐下来我就冷不丁地问了一句老焦："你去过丹麦吗？"

老焦一直在防着我，可万万没想到，我竟然问这么一句，他还算反应迅速，稍一犹豫便说："没有，我倒是想去。你有机会让我去呀？"

我说："我要有机会我还去呢。"

姑娘在整个酒宴过程中一直在给我倒酒。一个小时之后，我就喝得东倒西歪了。曲辰搀扶着我，我们走在灯火通明的槐安路边，万达酒店的霓虹灯像是飘在云雾中。那一刻，我感觉时光倒流，我们身处兰州，我们大学时期的那个内陆城市，而我眼前的车流与霓虹，像是在盘旋路，在兰州饭店，在黄河铁桥。而我和曲辰，那是第一次喝啤酒，第一次两人喝得需要互相搀扶着向学校走。就是那个醉醺醺的夜晚，曲辰向我透露着他的野心，他要成为一个伟大的记者，成为中国的法拉奇。苍茫的夜色中，他带着酒气背诵了法拉奇的名句："如果你生为一个男人，我希望你成为那种我经常梦想的男子汉：对弱者赋予同情，对傲慢者给予轻蔑；对那些爱你的人报以宽宏大量的气度，与那些想支配你的人作殊死的斗争。"可是，这不是兰州，这是石家庄，距离遥远的兰州有二十六年。浓重的夜幕中透出来的是曲辰充满疑问的脸，他说："我真不明白，你为什么要和焦处长一起吃饭，我真的不明白，你为什么要答应他的请求。我以为你们俩是对手，是敌人。你们会互相提防，互相不信任。不会妥协，不会配合。我真的不明白。"

我说："你不明白就对了。因为你脱离社会太久了。这是一个你不明白的社会。如果人人都明白了，哪还得了。我不能像老焦那样，江湖做派，什么事都整得跟金庸的小说似的。我是个文人，我得有文人的情怀，要大度，要宽广。这才显出我和他的不同。"

他不明白的事情还有很多，我答应了老焦，在第二年的春天让黄莺儿顺利地成为我的博士生。她成为我的学生的那天我问她，老焦是不是真的是她父亲的战友。黄莺儿说："是的，他们一起去过老山前线，在一个猫耳洞里待过。"

我信了她的话。

曲辰不喜欢女诗人何小麦。女诗人却很喜欢和他在一起，不管是出于什么目的。曲辰不止一次地向我抱怨，他不想和何小麦交往了。虽然她并没有把他看做一个刑满释放犯，没有戴着有色眼镜看人。这让他觉得跟她在一起没有隔阂，可她的某些兴趣和独特的癖好令他大伤脑筋，十分不适应。

她选择约会的地点令曲辰头疼不已——酒吧。越热闹、越喧嚣的酒吧越是她的最爱，而且喝一种叫威士忌的酒，黄黄的，加很多很多的冰块。每一次，她都要告诉曲辰，怎么喝威士忌才更有范，更绅士：用那种平底的玻璃杯，先把大块的冰块放进杯子里，再倒进去威士忌。她很能喝这种洋酒，每次都喝得不省人事，都是他把她送回家。

女诗人何小麦有几分姿色，离过一次婚，然后便不再结婚。她指着酒杯中慢慢融化的冰块说："你看到没有，这就是男人。"

曲辰不知道她所指为何，她的每一句话好像都是一首令人费解的诗。所以他都无法答话，继续听她作诗。

当他向我重复何小麦的话时，我能够想象得到诗人何小麦的样子，因为我太熟悉她们和他们，熟悉他们表演似的人生。人世间，每一个人都是一个演员，有的人演给自己的内心，获得持久的安宁和平静；有的人太专注于自己外在的表演，收获着短暂的自得与喜悦，以至于忘记了到底什么才是自己真正的人生。

我说："她肯定会告诉你她的癖好，好显得她如此真诚，令你不得不把你的隐私全盘托出。"

"你怎么知道？"曲辰震惊地问。

我沉着地说："我当然知道，这是她惯用的演技。"

我似乎能穿透时间与空间，清晰地看到何小麦手托着酒杯，不停地转动着有黄色液体的酒杯，冰块与玻璃壁碰撞的声音被淹没在嘈杂的声音之中，她告诉曲辰："我收集男人的隐私。别想歪了，我不是垃圾桶，什么人的隐私我都感兴趣。我有伟大诗人的洁癖，我要让我的想象和文字被星光洗濯过。所以，我只收集两种男人的隐私，一种是成功的男人，他们的隐私更令大众着迷，因为这是他们向往的人生；另一种就是失败男人的，这一类人，不令人着迷，却让人痛恨，就像是吸食了吗啡。"

"所以你把自己都交给了她。连你如何失手杀人，你如何爱一个姑娘都说给她听？"

曲辰哭丧着脸，"挺神奇的，她一个醉酒的人，好像毫不设防。我却什么都给她说，有问必答。你呢？"

我一愣，"什么？"

"你和她在酒吧喝过酒吗？你尝过那种黄色的洋酒吗？关键的一点是，她问过你的隐私吗？"曲辰看着我，像是在说一句家常。

我却心头一悸，"喝过。但是没问过。"

"如果她问，你会说吗？"曲辰的想法很奇特，让我很不好作答。我赶快把话题岔开了，"我们来说说童话吧。"

我带着三个学生，一个硕士，两个博士，她们全是女生。当我把我

的想法告诉她们，说起曲辰对安徒生的热爱时，她们反应热烈，积极地
出主意，献言献策，最后把此次课程的题目定为《童话与我们的生活》。
她们一直在期待着这次不同凡响的讨论课。而曲辰还有些紧张。他完全
不知道这节课要干什么，对他有什么意义。我劝慰他，你什么也不用
干，你只讲你自己就成。

　　果然，开始时曲辰还局促不安，可是一讲到自己在狱中如何向狱友
们讲述安徒生的童话，他就仿佛回到了那个特定的环境之中，他的讲述
也不结巴了，流利异常。他绘声绘色，很会在讲故事中营造氛围，他向
狱友们讲《跳蚤与教授》的故事的场景，被他巧言说出，竟然打动了我
的那几个女学生。他是个讲话的天才，我听着他的讲述，也隐约看到大
学时期那个能言善辩的学生会主席。

　　其实这节课的主角并不是他，他只是作为一个引子。他的讲述为这
节课的讨论奠定了一个好的基础。在我的学生之中，系统地看过和研究
过安徒生童话的没有。基本上都是看过一两篇。她们围绕着这节课主题
展开的讨论非常激烈。

　　薛小会说："我们的生活不需要童话，我身边的人，从来没有听说
谁还在看这一类的文学作品。对于我们来说，它是孩子们的专利。它是
还未踏入社会的孩子们，对于未知的社会的一种幻想，一种美好的愿
望。一旦我们告别了童年，我们便不再需要童话。我们需要的是直面社
会、直面人生的勇气，因为社会不像童话中那么简单地容易辨识，能让
我们一下子看到哪个是好人，哪个是坏人。社会更复杂，也更凶险。"

　　黄莺儿说："需要还是不需要，这不是一个问题。关键的问题是它
还能给我们的心灵带来多大的影响。现代人的心灵是脆弱的，脆弱到
只允许少数的、更简单的、更机械的某些东西来安慰，童话是这类东
西吗？"

马悦说:"童话基本的文学的属性是不会改变的。它教化社会,启迪人生。尤其是安徒生,经典是永远需要的。这要看我们现代人如何去看待它。"

……

讨论一直持续了一上午。结束后,我请他们在饭店吃饭,我问曲辰:"你觉得讨论得如何?"

曲辰满脸愁容,看看我,又看看我的学生们,他忐忑地说:"实话说,我没听懂。"

我说:"就你这句话,就是童话。"

我们的对话引得博士硕士们哄堂大笑。

已经是第四盒奶糖了。奶糖放在皮包里,皮包在汽车的后座上,可是那奶糖上的美人鱼像是从包里跑出来,在我眼前晃悠。奶糖令我心神不宁,浮想联翩,会是诗人何小麦吗?她去过欧洲,她给我寄奶糖与一个成功男人的隐私有什么关系吗?走神之间,便撞上前面的一辆宝马。宝马停下来,我坐在车里,还没缓过神来,美人鱼还在眼前晃。有人敲着我的车窗,我摇下来。一股脂粉气,是个女人,长发,戴墨镜,我等待着她对我破口大骂。情节却突然反转,墨镜摘下来,是一张漂亮的脸蛋。那张脸没有愤怒,只有微笑,她快乐地叫道:"董老师。"

我没想到,我撞到的是孟夏。

宝马车还能开,孟夏轻松地说:"没事,撞坏了,有人给我买。"

我和她有几年没见了,大约十年前,她主持《读书》栏目时,我作为栏目的策划,与她经常在一起讨论、争辩、研究。当时肖燕还十分反对我与她合作。最直接的理由就是因为她,曲辰进了监狱。我说:"责任不在她身上,你觉得她爱过曲辰吗?"

肖燕低头不语了。除了曲辰自己，没有人能证明，这个如花似玉的女人爱过一个叫作曲辰的电视新闻记者。

我没有把她当成女神，所以在我眼里，她就是一个有姿色、性格豪爽、虚心上进，还爱耍点小脾气的年轻女主持人。那时候我刚刚当上文学所所长，获得了全国"五个一工程奖"，经常出席各种活动、会议，风头正劲。她很尊重我，我也非常配合她。在我们的共同努力下，《读书》栏目风生水起，在全省乃至全国有了不小的名声。而那一年，正是因为这个栏目的成功，孟夏获得了第五届河北省优秀节目主持人。她的演讲稿也是我起草的。我清楚地记得演讲稿中，我还引用了诗人顾城的那句名诗"黑夜给了我黑色的眼睛，我却用它寻找光明"。颁奖那天晚上，她单独请我吃饭，喝酒。她换下晚装，穿着一身休闲装，看上去俊美清爽。那天她兴奋，也很忧伤，但她没有说她的忧伤来自何处，她喝了很多酒，我也一样。我把她送回家时，她紧紧地抱住我，没有让我走。之后我们又断断续续合作了大半年的时间，可是没有人提起那一夜的事情，好像我们彼此有一种默契，要保守那个只属于两个人的秘密似的，再或者，那一夜根本什么也没有发生一样。很快，电视台开始改革，收视率低的栏目陆续被砍掉，《读书》位列其中。失去了能发挥她特长的最好平台，她不得已去了综艺栏目，之后我们便断了联系。

"这几年过得好吗？"在国贸酒店的单间里，一坐下，她就问我，"报纸上时常看到你的文章和访谈，你的名气越来越大。"

"挺好的。"我说，"名气又不能当饭吃。你呢？"

"你看呢？"她的头发烫得很夸张，脸就显得很小巧。

"我看不错，连宝马车撞坏了也不心疼。"我调侃道。

孟夏叹了口气，"除了容貌还在，没剩下什么了。"岁月好像只是在她脸上划过轻微的痕迹，她看上去依然那么年轻美丽。

"我都老了，你还是老样子。"我感叹道。

"我在做一个访谈节目。一周一期。时段不太好，夜已经很深了。"她把秀发向后拢了拢。

我说："我知道。每期我都看。这个节目和你挺配的，说实话，你不大适合综艺节目。"

孟夏笑了，她没有问我对那个节目的评价。对于她来说，也许这些都已经不重要了。重要的是我们再次相遇了。

她特别健谈，这是她最大的变化，以前她只是静静地听我说，偶尔发表一下意见。现在，她好像是积攒了太多的话要向我倾诉，滔滔不绝，讲的都是工作，以及工作中遇到的各色人等，尤其是那个节目中她访谈过的人，她对他们非凡的人生特别感兴趣。我认真地听着，不时地插上一两句话。酒店单间里暖意融融，像是找回当初我们合作时的感觉。时光流转，现在正好相反，我们像是互换了身份。

时间过得太快，等她低头看看手腕上的表时，已经是十点多了。她满含歉意，"见到你真好！"她浅浅地笑着，表情像个十七八岁的小姑娘，像我们第一次见面时一样。

我突然想起了包里的那盒奶糖，便拿出来递给她。

孟夏接过去，看了看，说："你肯定不是特意给我买的。"

"不是。"我诚实地说，"你知道是什么吗？"

她摇摇头。

"奶糖，丹麦的。你应该去过吧？"

她看着上面的图案，"去过。我去过哥本哈根，也见到过这个小铜人。谢谢你。"

我们走出酒店时，孟夏转头问我："今晚你还有什么打算？"

我说："没有，随遇而安。"

"那陪我走走吧。"

她意犹未尽，我没有理由拒绝。我们把车留在了酒店的停车场，徒步行走。我们沿着槐安路，把万达广场甩在身后，夜色中，车流不断，偶尔会有一两辆疯狂的汽车呼啸而过。我们在高尔夫球场边缓缓地行走，她丝毫没有感觉到话语的疲惫。她给我讲去欧洲的经历，去北极的感动。她讲一个被访谈人的执著，讲他如何每天都给她送花，他滑稽的着装风格以及笨拙的求爱方式。她像是给一个亲人在讲分别后的一切。我们经过美术馆，经过民心河，来到了世纪公园。河边昏暗的路灯光下，仍然有一位老人在一动不动地坐着钓鱼。后半夜的公园静谧安详，像是个安然入睡的妇人。她挽住了我的胳膊，时而，头会靠在我的身上。

直到夜色慢慢退去，天光羞涩地揭开城市新的一天，随着不断变化着的光线，她美丽的面庞激情饱满，生动而丰富。我们拥抱了一下互相道别。看着她消失在我的视线之外，那个时候的我以为，在若干年之后，这个突然出现的女人，只是一个偶然。我深深地吸着清晨的空气。这个难得的夜晚，带给我的除了与其相见的愉悦，一夜未眠的疲惫，还有一丝的遗憾，在拿出那盒奶糖的时候，我曾经希望这是她的礼物，是她对过去美好岁月的留恋。

令我想象不到的是，我们这一次的邂逅要继续向前滑行一段。一周后，我正参加一个作家们的聚会，接到了孟夏的一个电话，电话中的声音绝望而悲伤，她说："你能不能来看看我。"

我到了她的家里，她泪流满面，扑到我的怀里。她没有说为什么，我也没问，那天晚上，她话极少，与撞车那晚截然相反。她是个沉默的人，只是让我把她抱得紧紧的。当我把她的衣服褪去时，我听得到丝质的衣服离开她肌肤的窸窣之声，我能感觉到她身体的战栗。这个已近中年的女人，身体还保持着年轻的弹性，她啜泣的身影像是一个小姑娘，惹人疼怜。我抱紧了她，那惊人的颤抖也传递到我身上。让我感觉到内心莫名的空寂与悲凉，像是一个幽深的山谷。

天还没亮，我便醒了。我伸手没有摸到她，却闻到了淡淡的香烟味，是薄荷味道。我侧过头，看到旁边的沙发上，烟头的光亮一明一灭。我还没有说话，她开口道："你走吧。我害怕在白天到来之时，看到你。一到白天，我就感觉到不真实。"

我知道，邂逅已经结束了。我穿好衣服，向外走。她又说："你那盒糖我尝了一块，味道不是我喜欢的。"

"那你喜欢什么味道？"

"你猜猜。"

"荔枝味的。"

孟夏轻声笑了，"不是。谢谢你，我感觉好多了。也许再过几年，我们又在某地偶然相遇了。"

我摸了一下她的头，"也许吧。"转身离开了。

走到外面，已经是凌晨四点，月圆之夜，通向黑暗尽头的街道空旷而静谧，树木在深思，空气格外清新，我深深地吸了口气，整个城市都有一股薄荷的香烟味。我的身体轻飘飘的，又蜕去了一层皮。我一直觉得自己是个蜕皮的动物。会周期性地蜕去原有的皮肤，那些皮肤由不断变化的思想、意识、感觉、情绪组成。多少年来，我渐渐地蜕去了羞耻那层皮肤，蜕去了激情那层皮肤，蜕去了幻想那层皮肤……每一次，我都得到了某种意义上的重生。我也不知道，是越来越喜欢这样的蜕变，还是厌恶。

蜕去了一层老皮的我，很快就感觉到身体的沉重了。而那股薄荷的味道也很快消失了。突然间，从斜刺里蹿出一条浓重的黑影，直扑而来，容不得我有半点思考和躲闪的余地，我的脸上就感觉到了疼痛，城市在颤抖，身体摇晃了几下，我定下神来，才借着路灯光，看到对面站着一个人。我还以为是抢劫的，吓破了胆，下意识地说："大哥，我给你钱。"

黑影不说话，再次扑上来，对我一阵拳打脚踢。因为有了防范，我左躲右闪，一一化解了他的攻击。这个时候我才渐渐地发现，那个黑影有些熟悉。我愤怒地大喊一声："曲辰！"

是他。攻击我的是他。这个时间，他怎么会在这里？我脑子里一团糨糊。被我识破的曲辰好像突然就没有了力气，我那声喊像是狠狠地打在他身上，一下子把他击倒在地。他委屈地抽泣起来。肩膀一耸一耸的像个娘儿们。我蹲下来，就在我与他面对面，我们能够互相看到彼此模糊的面孔时，我心里都是坦坦荡荡的。我气愤地指责他："你在这里干什么？为什么打我？"

他停止了哭泣，用手胡乱在脸上抹着。"你在这里干什么？"他反问我，语气很冲。

他问得我倒有些不知如何回答。

"你理亏了吧，不做亏心事，不怕鬼敲门。"

"我做什么亏心事了。"我笑了。

曲辰用双手撑着地，欲站起来，可他试了几次，都以失败告终。显然，刚才愤怒的举动已经令他筋疲力尽。他只能怒气冲冲地说："我知道你干了什么。我知道你干了什么。"

看着曲辰，昏暗的光线中，仍能看得到他的形象，蓬头垢面，早已经不是二十年前的那个意气风发的曲辰。我不清楚，眼前这个人，为什么还会出现在我们的生活中，在生活的路途中，他早已经成了一个掉队者，一个失败者，我、肖燕和他，早就不能同日而语，而他之所以仍然还在，是我还留恋过去的情分，还念及旧情，还在怜悯他。那只能说明一个问题，就是因为我蜕变得不彻底，不干净。我不知道该可怜他，还是应该痛恨他。我想狠狠地踢他几脚，还是放弃了，我抚摸着自己疼痛万分的脸颊，怒从心中来，"你想想你自己的处境，看看你这样子，你还有脸打我，跟踪我，你凭什么，你有什么资格？"

他愣愣地看着我，一时也不知怎么回答。这是一个令人尴尬的场面。就算是当年他无意杀了那个大学老师，做了天大的错事，我们相对而视时，都没有如此地难堪。停了足足有三分钟，他才小声说："我没有跟踪你。我是放心不下孟夏。"顿了顿，他又说："我知道了，这里不属于我，我不应该再和你们见面。我不需要你们的怜悯和同情。你看看你们，一个全国闻名的知名学者，一个中学的特级教师，一个著名的主持人，我是什么，一个刑满释放犯，一个低人一等的人。"最后的几句，他几乎是在低吼，声音嘶哑而愤怒。

说完，他挣扎着站起身来，拍打拍打身上的土，踉跄着向东走去。我张了张嘴，伸出手，可是我没有喊他。我看着他，像个垂暮的老人，摇摇晃晃，拖着长长的影子，一点点地消失在一排银杏树后。

浓密的夜幕被撕成碎片，开始快速而狂乱地奔跑。

从那以后，他不再搭理我，我们虽然几乎天天见面，却形同陌路。当我开车或者步行经过单位大门时，他也不再向我敬礼。

肖燕隐隐感觉到了我们之间有什么问题。她问过我，我告诉她什么事也没有。她不信，她又去问了曲辰。我相信，她从曲辰那里也没有得到答案。

曲辰更专注地投入到寻找叶晓青一事中。功夫不负有心人，他和肖燕的努力终于有了回报。他们找到了目标。一个周末，肖燕很晚才回家，她特别亢奋，向我宣布，他们找到了那个受害人叶晓青。不过，她现在的名字改成了印彩霞。她向我讲了寻找到印彩霞的详细过程。那个女人看上去还很年轻，住在恒大城，桥西区，一个高档小区。她有个男孩，看样子是个初中生。表面上，她是个幸福的女人，似乎以前的遭遇并没有给她的生活带来多大的影响。我打断她复述那个漫长而曲折的寻找过程，直接问她："我就问你一点。她如何反应？她会推翻自己以前的证词吗？"

肖燕的表情一下子就凝固了，她叹口气，"跟你说话怎么那么无趣。你还会不会聊天？关键是我们找到了她，这是我们努力的回报，这只是第一步。你不知道，这段日子，寻找那个女人，像是我们俩共同的人生目标似的，在一次次的失败面前，我们越挫越勇，迎难而上，而没有知难而退。逆水行舟，不进则退，古人说得对。"

"从一开始我就知道结局。她不会搭理你们，她会对你们显出愤怒，会拒绝和你们说话，拒绝你们无理的要求。"我一针见血，直指软肋。

肖燕说："要是都像你这样想问题，那就什么也别干了。是的，那女人一听曲辰提起他那个狱友的名字，立即就警惕起来。她脸色大变，威胁我们要打110报警。如果她心里没鬼，为什么她会如此紧张，如此忌惮听到那个人的名字？其实在不断的寻找之中，我也渐渐地接受了曲辰的观点，那个在监狱中的人与聂树斌一样，是无罪的。"

"曲辰我了解。他没有任何生活的动力、人生的目标。所以他沉湎于此，可以理解。难道你也没有？你，一个人民教师，你的心思不用在教书育人上，却用在这么无聊的事情上。我真不知道是为什么。"我不解地看着她。我妻子肖燕，我们彼此间的默契越来越少，面目在稔熟之间其实已经变得模糊了。

肖燕停止她的讲述，坐到沙发上，回味着我的话，呆呆地看着电视屏幕。电视是关闭的，60 英寸的屏幕闪着幽黑的光。她能在里面看到自己的样子，黑白的肖燕，一个人民教师的样子，落寞而有些躁动。她自言自语也是在问我："你觉得我做的事毫无意义？"

我说："是的。毫无意义。无聊，无趣，无意义。"

"什么才有意义呢？"她仍旧看着电视屏幕里的自己。

"教好学生，当好老师。"

"我的学生满天下，我的学生考上北大清华的一大堆，这一点我做到了。我现在是特级教师，经常有外校的老师来听我的公开课，我也经常到外地去讲课，这一点我也做到了。可是我怎么就没有生活的动力了？和你一样没了梦想呢？"她烦躁地说。

那天晚上，人民教师肖燕，对着电视屏幕，坐了很久很久。我不知道，在她的凝视中，梦想长什么样。

虽然疑惑已经在内心丛生，肖燕却没有退缩。她一如既往地陪着曲辰，在周末时间去尝试着各种可能。即使找到了当年的被害人，仍然无济于事，他们不知道下一步要做什么，只是凭着一种惯性在向前滑行。而且，她成了曲辰的一个牢固的精神支柱，她不断地鼓励着曲辰，仿佛曲辰所面对的这一件事，就是一个天大的梦想，他在为实现梦想而努力奋斗。

夏天已至，阳光开始肆虐横行，炎热让这个北方城市无处藏身。人们开始向往有海风的地方，肖燕又在催促我，赶快开始我们定期的北戴河之行。而整个夏天，我被各种各样的学术活动所包裹着，它们就像是我鲜亮的外衣，我需要它们来装点门面。我告诉肖燕，这个夏天只能爽约。肖燕很是不快。一到夏天，她的心情才会稍稍地好转，北戴河之行更像是一次心灵的祭奠，或者一次生命的仪式，一年之中她都在等待着那次旅行的开始。她向往着鸽子窝。鸽子窝又叫鹰角公园，是北戴河的著名景点，毛泽东就是在那里写下了《浪淘沙·北戴河》。每年夏天流连在那里，我们都没有毛泽东的博大胸襟，有的只是平凡人的感慨与感叹，那里成了我们的追思感怀之地。尤其是肖燕。她感慨今不如昔，感慨人心不古，感慨年华的流逝，感慨世事的沧桑，感慨梦想不知何时何故就悄悄地流失了，就像是干涸的水。有时，她还会感动得流下泪水。

但是我突发奇想，向她提议："我不能陪你去怀念过去。但有一个人可以。"

"谁呀？"

"曲辰哪。"我说，"他和我们一样，曾经怀揣同样的梦想、同样的期待、同样的憧憬。"

肖燕思忖良久，犹豫着说："不行吧？"

"怎么不行，他最合适。"我像是突然甩掉一个包袱似的，感觉很轻松。

我的建议最后还是被肖燕采纳了，在一个周末，她与曲辰一起坐高铁去了北戴河，而我则去了飞机场，奔向祖国的南方。等我回到石家庄时，酷暑仍在，肖燕他们还没有回来。我以为我会轻松地等待着肖燕的圆满归来，听她讲述他们对梦想的追忆。可是当天晚上，我就接到了她的电话，让我连夜赶到北戴河。她几乎要哭出来了，声音都变了调，"他被抓起来了。"

我一时没有反应过来，"谁？谁被抓了？"

"曲辰。他被警察抓起来了。我一点办法也没有。你赶快过来想想办法，得把他弄出来呀。"她哭着说。

我连夜坐火车往北戴河赶。晚上已经没有高铁列车，只有直快列车，开往燕赵大地东北部的直快列车还是那么慢，我躺在卧铺车厢里，咣当了一夜，目送着首都在夜色中匆匆而过，历时十个小时，才在第二天的八点多到达了北戴河。一路上我都在想着，到底出了什么事，曲辰惹了警察。所以一晚上我也没睡好，下火车时直打哈欠。凉爽的海风一吹，睡意更浓。曲辰不好好地享受凉爽的海风，又和警察打上交道了，真是恶习不改。

肖燕在火车站接我。一见面便迫不及待地催促我去找人把他捞出来。在出租车上，她断断续续地向我描述了事情的大概。他们每天都去一趟鸽子窝，连曲辰都有些烦了，有一天，他在外面等着肖燕，不一会儿却给肖燕打电话，他声音激动，也有些慌张地说看到了那个叫叶晓青也就是印彩霞的女人。事情就是那么巧。肖燕也觉得巧。兴奋的曲辰语无伦次，话没说完就挂断了电话，肖燕再打过去，就没有人接了。等她从鸽子窝公园出来，就找不到曲辰了。直到傍晚，她才接到了电话，号码是曲辰手机，说话的却不是他。一个陌生的男人，一上来就自报家门："我是警察。"这个女人这次真的动了怒，报了警。肖燕说她去了北戴河分局，曲辰显得很平静，他还安慰肖燕说："我没事。你该去鸽子窝还去吧。"

肖燕当然没有心思再去鸽子窝，她懊恼地说："不管怎么说，我也是有责任的。是我拉他来的。他出了事，我心中不安。"

我一边安慰她一边给秦皇岛的朋友打电话。朋友小边，笔名文飞，市委领导的秘书，爱好诗歌，他出书时我给他写过序。他每年都给我寄点秦皇岛的土特产，陪领导去省里时也不忘请我吃顿饭。小边不接电话，却很快回了一条短信："稍后我打给您。"我猜测，他一定是陪领导出席非常正式的场合，不便接电话。整整一天，我们就等待着小边的电话。肖燕不愿意回宾馆，我们就待在鸽子窝公园，我们进去时天开始下雨，淅淅沥沥。即使如此，公园里也是人头攒动，一拨又一拨。我们只好躲在望海长廊里，躲避着不断挤来挤去的游人，忍受着他们的雨伞滴到身上的雨水。但是无暇抱怨，同样也无暇共同去追忆曾经拥有的梦想。我们看着灰蒙蒙的天，看着在雨中翻飞的海鸥，却异乎寻常地想着一件事——那个诗歌爱好者秘书的电话。肖燕浑身湿漉漉的，眼神迷离。她这个假期算是泡了汤了。她不断地催促我再给秘书小边打个电话。而我靠在石柱上，困顿无比，对她说："再等等，再等等。他会打过来的。小边是个靠谱的人，放心吧。"

黄昏就要降临了，看着太阳缓缓地向大海中坠落。一天就要在绝望中结束时，我已经动摇了，盘算着准备重新托另一个人时，小边的电话来了，一上来他先说对不起，"我们领导在陪中央领导，不便接电话。"

我突然蹦出一句："你去过丹麦吗？"肖燕凝着眉盯着我，问这句话好像成了我的一块心病。我立即改口，对小边表示了理解，并把大致情况向他转述一遍。小边很痛快地说："董老师您放心。小事一桩。"

放下电话没有五分钟，他的电话又打过来了，让我现在就去领人，并详细地告诉我去分局找谁谁谁。我礼貌地说晚上请他吃顿饭，小边说："董老师，应该我请您。但这次就算了，身不由己，我实在抽不开身，下次去石家庄我一定向您请教。"

我们顶着夕阳，匆匆赶往北戴河分局时，我对肖燕说："你总是抱怨梦想破裂。抱怨我成了俗人一个，每天只会拉帮结派，吃吃喝喝，结党营私，利益互换，你看看，遇到真正的难题，这些起了作用了吧。那些虚无缥缈的梦想呀，有什么用。真正的梦想是脚踩在大地上的感觉。"

她罕见地，紧咬着嘴唇没有反击我。

在避暑胜地，大海在我们南面，像是一个幽深的梦，伸向遥远的黑暗。我们各怀心事一起在海边散步，游客仍然如织，这是一个不夜的沙滩。沙子很软。北戴河的天气变化多端，白天下雨，晚上已经晴了，明月高悬，月光映在辽阔的海面上，大海像是一个巨大的黑色的吸盘，更像是一个庞大的深谷，要把那茫茫的黑暗之水都吸进去。

　　肖燕在小摊上给我和曲辰一人买了一套沙滩服，花里胡哨的，蓝蓝绿绿黄黄，上面有夸张的椰子树。所以我们俩的穿着有点滑稽，像是小丑。这有点像我们在大学时一起去盘旋路留念照相，一起去商场买同样的外衣，一起去青海湖旅游……我们以前一致的方面太多了。可是现在，除了这一身衣服，我们再也没有可以拿来比拟的了。我对他是恨铁不成钢，他也一样，在心里可能是恨我多一分。他一直怪罪说，不应该管他，让他在里面待着，他严肃地说："那才是我应该待的地方。"他把沙子踢来踢去，发泄着不满。肖燕试图忘记这一个不愉快的假期，她提起了那次我们一起去刘家峡的经历。我们三个人，在游历完黄河上游，领略了祖国的母亲之河是如何以险峻之势完成它最初的奔流后，我们还来到了向往已久的刘家峡水电站，造访了炳灵寺，为了省钱，我们决定走夜路回永靖县城。也是个皓月当空的夜晚，山区的羊肠小道，隐隐约约地盘在黑暗之中，像是远古的一幅中国画，山路开始还是温柔体贴的。这让我们想起许多著名的临夏花儿。我们班有一个临夏来的男生，笔名叫骆驼，几乎会唱所有的临夏花儿。我不喜欢那种腔调，我还是喜欢我们家乡的《回娘家》这样的曲调，但是曲辰喜欢，他喜欢所有新奇的东西，他向骆驼学了很多临夏花儿。这也是他广受女生喜欢的原因之一。我们还是头一次被淹没在夜色包裹着的山路上，起初是兴奋，华北哪有这样的情景？肖燕就建议大家唱歌。我说唱《校园里有一排年轻的白杨》，肖燕反对，她说场合不对，情境无法交融。"此情此景，只有唱此地的歌。"她鼓动曲辰唱临夏花儿。曲辰放开嗓门，唱道"东山的云彩西山里来，西北风吹给这雨来，拔草的尕妹们一溜儿，哪一个是我的肉"。他又唱"花里头俊不过牡丹，人里头美不过少年"。大山、月光是最完美的舞台，我，肖燕，还有路边的野草、昆虫是最认真的听众。他唱了一首又一首，后来嗓子都哑了，我们也听烦了。肖燕说："怎么都是这么流氓的词。"我们哈哈一笑，看到自己的身影，紧紧地跟着我们，是一个轮廓分明的黑黑的点。抬头向天空仰望，原来月亮已经爬到了正上方。一旦静下来，我们才发现，问题来了，先是感觉到了大山里的静，是死寂，是能够放大所有细微声音的寂静。昆虫的叫声，连野草的晃动之声似乎都能听得到。更令人惊惧的是居然有零星的狼嚎声。害怕从心里溜了出来。恐惧让肖燕的心态发生了变化，慌乱了，走路的姿态也变了，她大叫一声摔倒在地上，把我们俩的魂都吓飞了。她走平路崴了脚，疼得哭了起来。剩下的路，我们俩轮流背着她。山路越来越长，越来越不可爱。我们开始诅咒这弯弯曲曲的山路，永远没有尽头的山路。后来好不容易，我们看到了星星亮光，那是一个村庄，那亮光就是我们所有的希望，在牵着我们，鼓舞着我和曲辰残留的最后一点力气。我们赶到村子时，我和曲辰都瘫了。

　　说起这段往事，让我们短暂地忘记了现在。肖燕兴致很高，她提议曲辰再次引吭高歌一曲临夏花儿。曲辰想了想，说："我得找找词。二十多年没唱了。"他想了好久，唱道："白杨树高么柳树高，白杨树的叶叶嫩了；新朋友好么旧朋友好，旧朋友的恩情重了……大山根里庄子多，庄子多嫁下的汉多；维了个朋友是货郎哥，货郎哥给下的钱多……灯盏没油添油来，手拿上拨灯棍来；我有个胆子进来，你没个胆子进来……"

　　那一夜，北戴河有些湿润。

　　曲辰与我的关系如故，他对我的冷战仍然在继续。有时候走过门口，我就想到了办公室的丹麦奶糖，在这个时间段里又多了两盒。我看着他冷峻严肃的面孔，犹豫着还是把奶糖的事放下了。

但是有一天，我不得不告诉他，不管他对我有何意见，他必须得和我出一趟远门。

"为什么我要和你一起？"

"因为你娘病了。"我说。

一听这话，曲辰慌了，慌得恨不得插翅飞回故乡。

我开着车在黄石公路上奔驰。我们的目的地是衡水武邑县清凉店镇。那是曲辰的家乡。一路上，曲辰都显得紧张不安，他脸色非常难看，想必是一夜未眠的缘故。听到老母亲病重的消息，他彻底改变了出狱时的铁主意。他还是决定去见母亲，不管他多么不孝，人生多么失败，他都无法回避，在遥远的一个地方，一个行将就木的老人，是他心中永远的牵挂，也是最牵挂他的人。他选择了坐在后排的位置上。我从后视镜中看到他屡次身体前倾，试图和我说说话，但最终都放弃了。一路无话，路途沉闷无比。

老天有眼，让他见了老母亲一面。

老母亲伸出颤巍巍的手，抚摸着他的脸、他的身体。曲辰像是在风中簌簌发抖的小树，哭泣着。母亲把他摸了个遍，对他说："仙生每年都来看我。你让仙生给我捎的吃的喝的，我都吃了，喝了。我吃的时候，喝的时候，就想到你小时候在村子里跑的样子，你上房掏鸟的样子。你让仙生给我捎来的钱，我一分钱也没有花，都替你存着，我知道，你早晚一天会用上的。"她从枕头底下艰难地拿出一个脏脏的小包，是用手绢包裹着的。她把小包递到曲辰手里。曲辰回头看了看我。我把头转过去，我不忍多看这令人忧伤的场面。

曲辰与母亲在一起相聚了一下午。母亲拉着他的手不放，实际上，老人已经没有了力气，基本上是曲辰在抓着母亲的手。她用生命中最后的力气在讲以前的曲辰，讲他小时候，讲他上学时候的事，但她没有提一句曲辰进监狱的事。我走到了院子里，把时间留给了他们母子。我坐在院子里，看着两三只鸡在悠闲地踱步。院子和房子都很破败，房顶上还长出了草。他们说话的声音丝丝缕缕地传到我的耳朵里，但听不真切，基本上是老母亲在说。我相信，那是曲辰生命中最美好的一个下午。我也感觉内心里澄澈明净。时间仿佛一下子慢下来，静静地如细水长流。我耐心地看着屋檐的影子一点点地挪动，一寸一寸把我罩起来，那夏末秋初的阴凉是如此地清爽美好。

当院子里再也看不到房屋的影子时，屋子里传来了曲辰的哭声。

那天晚上，守在母亲身边的曲辰突然真诚地对我说："谢谢你为我做的一切。"

我说："我答应过你，替你照顾好老母亲。"我知道，不管到何时何地，这是我永远无法蜕掉的一层皮。

他又哭了。哭过之后，他说："我把你的钱还给你。"

我摇摇头，"听你娘的话，那钱是你的。你娘说，你早晚能用上它。"

第二天，我一个人开车回去，有一个省委宣传部的文化座谈会要开。曲辰在家安排母亲的葬礼。他在老家给母亲过了头七才回来。回来后的曲辰对我说他突然有了梦想，他在城里完成答应狱友小张的诺言，便要回到老家，守着地下的母亲，他说，他们那里的很多土地都荒了，没有人愿意种田。他要回去承包几亩地，种果树，大枣、梨、苹果，做一个有梦想的人，一个痛改前非的人，一个有用的人，一个有意义的人。

从那以后，我和曲辰的关系有所缓和。他又开始向我敬礼。

那年的冬天，许久没有露面的诗人何小麦兴致勃勃地要请我吃饭。我警惕地说："不去酒吧。"

"请您吃饭，当然地点您定。"她的声调有些像林志玲。

但是在光明渔港，她依然自带着英格兰的威士忌。她说这是她从英国带回来的，我一看威士忌就想到曲辰说的话，就紧张。这像是套取隐私的药引子。我赶紧说："我喝啤酒。我喝不惯洋酒。"

何小麦说："我不管你喝什么。反正我只喝威士忌。"

何小麦请我吃饭的目的有两个，她毫不隐讳，一是她写的有关曲辰与他的狱友的长诗就要出版了，她想搞点活动，在社会上制造点响动，第一步是在新华书店做一个新书发布会，想请我去，还要请曲辰也去。这个我答应了，但是曲辰那里我做不了主，得问后再定。她从 LV 包里拿出一个信封，递给我，"这是出场费，我先付你了。"我随手放到口袋里。听她讲第二个请求。她说："你不是和宋玉老师熟吗。我想请你引荐一下，我想去长沙见他，我这本书，想申报他们办的那个但丁诗歌奖，你也知道，这个奖在诗歌界地位很高。"

我想了想，我和宋玉关系很好，只要有益于她，我乐意做这个引荐人，但是有一点我有些犹豫。我说："你也知道，宋玉嘛，这个宋玉，有点……有点……"

何小麦说："好色。天下谁人不知，这算哪门子事呀。这是他的公共隐私吧，你忘了，我最擅长的是什么。"

我想起她的收集隐私癖，便说："好吧。我给你引荐。"

突然之间，我想起一件事，问她："你去过丹麦吗？"

何小麦说："去过。不过我不太喜欢那个国家。"

"为什么呢？"

"太井井有条了。没意思。很奇怪，那种地方怎么会诞生一个叫安徒生的老头。"何小麦说，"我想去那里，是因为一个诗人，英格·克里斯滕森。你听听她的诗句：鸽子存在，做梦者，以及玩偶；杀人者存在，以及鸽子，以及鸽子……日子存在，日子和死；以及诗存在……"

丹麦在何小麦的脑海里，是这种坚硬的令人感伤的诗歌，而不是安徒生，不是温情。但是那个遥远的地方，与我没有任何关系，我只想到了那盒奶糖。

她出发去长沙那天，在机场给我发了微信，是一张她的自拍照，搔首弄姿，穿得鲜艳无比。照片下还附着七个字"献给宋玉的礼物"。

诗人的脑子里在想什么？

小张出狱了。

小张就是曲辰的狱友，被他当成另一个聂树斌的人。曲辰很兴奋，而肖燕则有些许失落，她不再可能陪着曲辰去寻找所谓的正义，余下的日子，属于两个寻找幻想的人了。我回到家里，看到她像那天一样，坐在黑屏的电视机前，盯着电视屏幕发呆。我问她怎么了。

她说："小张出来了。"

"哪个小张？"

"就监狱里那个，我们一直都在为他忙活。"

"你见他了？"

"没有。"忙乎半天，她连面都没见过。

"那你应该感到高兴才对，就不用你天天陪着曲辰做那些无用功了。怎么这么垂头丧气？"

肖燕想了想，"是呀。我怎么就高兴不起来？"

停了一会儿她又问我："你说，他们能得到想要的……东西吗？"

"连你也怀疑了吧？"我说，"我并不看好，不靠谱的事，不着边际。"

曲辰倒是很执著，他执意要让小张来见见我。他想让我给小张一些鼓励，他说他告诉小张我是个什么样的人物。所以小张来到我面前时，紧张万分。小张是个很木讷的人，就像曲辰所说，他看上去很苍老，总是低着头，不敢正面看人。他始终不说话，曲辰说一句，他点点头。曲辰说："你应该有信心，有自信。你既然没做那事，为什么要背一辈子黑锅。"

小张点头。

曲辰又说："你看到没有，董仙生，我大学同学。是我们省，啊不，全国的大评论家、名人。国务院每月都给他发工资。他的话你得信吧。他知道你的案子，他也不相信你做过坏事，他相信你能成功。必要的时候，他会帮助我们。"

小张抬起头感激地看了我一眼，泪水在眼眶里打着转，迅疾又低下头。他拼命点头。

他们向外走时，我拉住曲辰，疑惑地低声问他："我什么时候说过那些话？"

"你没说过难道心里不是这么想的吗？"曲辰说。

我尴尬地不知如何回答，赶忙转移了话题："这个小张是不是不会说话？"

曲辰说："他只和我说话，话痨，多得很，就是那一套老话题。对陌生人他从来不说话，他不信任何人。他只信任我。"

我想说些泄气的话，可话到嘴边又咽了回去。我摆摆手，让他走了。

他们的进展很不顺利。这我早就意识到了。参加何小麦的新诗《幽暗之光》发布会时，曲辰一直愁眉不展，正当何小麦意气风发地给读者签名售书时，被晾在一边的我偷偷地问曲辰，是不是遇到难题了？曲辰苦笑，"是啊，还在原地踏步。我们找到了更近距离接触她的时机，因为我发现，她也不想把事情闹大，她好像有某种顾虑，不想让她的家人知道这件事。你说她为什么要改名？为什么要躲避她的家人？肯定是心里有鬼。但是她就是一口咬定，十几年前那个侵犯她的人就是小张。她说，你就是变成鬼，化成灰，我都认得出来。小张很痛苦。他在监狱里拼命地努力，减刑提前出来，就是要见这个女人。可她一点希望都没给他。"

现场气氛热烈，人数众多，到场的以诗歌爱好者居多，我看到有很多似曾相识的面孔。发布会因此推迟了半个小时，我站得都累了。曲辰一直看表。他说他和小张还约好了一起去找那个印彩霞。发布会终于开始了，何小麦不仅是个男人隐私的收藏者，一个特立独行的诗人，还是一个会推销自己的讲故事高手，她把自己这部长诗的背景说得荡气回肠，好像每一句诗后面都是一个悲情的故事，都躲藏着一个阴暗的心灵。然后我说了几句冠冕堂皇的话，参加此类活动太多了，我感觉自己就像是个机器人，在哪个场合，说什么话，都有一套固定的模式，无非是称赞诗作，拔高艺术水准，肯定思想高度。我的话引来读者的阵阵掌声。轮到让曲辰发言了，何小麦显得很激动，面色娇艳红润，几乎是含情地看着曲辰。曲辰看看何小麦，他没有见过这种场合，有些发蒙，张了张嘴没有说出话来，我们耐心地等着他，连读者都那么期待地看着他，因为主持人说他就是这首诗的源头，也就是这部长诗的灵魂，是幽暗之光。大家都想看看光之灵魂是如何附在一个刑满释放犯身上的。憋了半天，曲辰才犹豫着问："我说什么？"

下面有一些小的骚动。何小麦说："你想说什么就说什么，最真实的想法，最真实的感受。"

"我想说什么就说什么？"

何小麦鼓励地说："说吧。"

我冲他点点头。

曲辰说："那我就说了。我虽然离开这个社会二十年，可是我觉得不管是在哪里，在监狱里，在监狱外，大家对于美的认同是有一个标准的，审美从古至今都不会有多大的偏差。我记得诗歌是颂扬美好的事物、美好的人性的，比如《诗经》里的，关关雎鸠，在河之洲。窈窕淑女，君子好逑。可是，这本书里的诗，写的完全是恶，是阴暗面，是不可告人的丑陋。你们为什么还那么喜欢？那么推崇？……"

何小麦的脸色变了。主持人赶紧截住了他："好的，诗中的主人公之一，当他解读这部佳作时，他是用书中的灵魂，在对这个社会，这个时代，发出他的质疑与困惑。这也是这部长诗带给我们的震撼。谢谢曲先生。下面……"

曲辰搞砸了新诗的发布会。发布会匆匆结束，有不满的粉丝还踹了曲辰一脚，何小麦一言不发地在众多读者的簇拥下扬长而去。他们的下一个目的地是酒吧，到酒吧里喝威士忌、读诗。

曲辰委屈地说："又不是我想说。我不想说，非让我说。我说错了吧。"

我的评论集《听，那精神的轻唤》入围了全国最高奖"文学评论奖"的最后获奖名单，获奖篇目正在网上公示。我已经接到了无数恭贺的短信、微信和电话，我已经让博士研究生黄莺儿安排好请客吃饭。而肖燕对我的获奖似乎无动于衷，她挖苦我说："你写的那些东西都能获奖，这就是当下文学的悲哀。"

我有些不满，"你看过吗？你认真地看过我写的论文、文章吗？"

"没看过。"肖燕说，"因为不值一看。"

"你看都没看，你怎么知道不值一看？"

"就是不值一看。"

我懒得和她理论，这个时候，电话响了，是我的研究生马悦。马悦急急忙忙地说："老师您赶快上网看看吧。"

"怎么了？"

"有人举报您获奖的书里，有一篇文章涉嫌抄袭。网上吵得可热闹了。"

在看到网上的举报内容前，我还是很平静的，这事不可能发生在我身上。我是个爱惜羽毛的学者，从不做那些令人不齿的事。可是看到网上的匿名举报内容，我有些动摇了，不平静了。这篇写乡土文学的文章是出书之前才写成的，在《文学争鸣》上发表，《文学争鸣》的命题文章。我没有时间去写，便把大概的想法告诉黄莺儿，基本由她来完成的。文章写成后，我只做了简单的修改，便发给了催命鬼似的《文学争鸣》的苏主编。这时，黄莺儿打来了电话，愧疚地向我道歉，她说，她写的时候根本没多想，写到那里时，那些观点好像就已经在她脑子里形成了，顺手拈来，她根本想不起来，那是她曾经看过的她一个硕士的师兄写过的主要观点。她哭着说："对不起老师，我真的忘记了。"我虽然心绪难平，但强压着怒火安慰她："没关系。这和你没关系。"我突然想起她是老焦介绍给我的，如果不是这件事，我早就忘记了，她是一个勤奋上进的姑娘，于是我问她："你去过丹麦吗？"

黄莺儿愣住了："老师您说什么？"

"没什么，没什么。"我说，"挂了挂了。"

随后打来电话的是老焦，这有些意外。老焦完全是关心关怀的口气，他说："老兄啊，不用顾及网上的流言蜚语，你是一个正直的人，走得正行得端的人，谁不知道呢。那点小毛毛雨无足挂齿，轻如鸿毛。走自己的路，让别人去说吧。"他停顿了一下，"不过，你得奖的消息可是传遍了，全院上下都等着你来请客，昨天院长还问我，什么时候给你开庆功会。可是今天院长有点不高兴，他就不直接找你了，让我转达你，让你好好给评奖委员会说明情况，不隐瞒事实。事实就是事实，谣言无论披上多么华丽的外衣毕竟也是谣言。保重啊老兄！"

我无言以对。我知道这是老焦早就给我下好的套，可是我太过自信和自大，无意间留下了一条缝，就让他给钻进去了。我只能认下这一步棋局，因为这是我的失算。第三个电话是评奖委员会的副主任委员姜先生打来的，他张嘴抱怨道："你电话这么忙，一直占线。"

我连忙道歉，"所有的影响都由我来承担。不管评奖委员会做出什么决定我都坦然接受。"

姜先生便消了怒火，安慰我一番，鼓励我下次再努力之类的，便挂断了电话。我呆呆地坐在那里，不知道要干什么。

在我一直通电话的过程中，肖燕在旁边敷面膜，刷微信，一如往常。等我呆坐在那里，任凭电话仍然响个不停时，她拿过我的电话，调成静音，对我说："完了？"

"完了。"我说。

她那张贴着白色油亮的面膜的脸，毫无表情，"这个奖对你重要吗？"

我木然说："重要。"

"什么对你不重要呢？"

"你说什么？"我的脑子一时缓不过神。我虽然已经在最短的时间内把那篇文章与老焦、与我的学生黄莺儿的关系理顺，可我还是无法在短时间内说服自己。

"我是说，什么才是你可以放得下的呢？这么多年，你像是一个饥饿的人，疯狂地占有，疯狂地攫取，你想得到所有可以证明你身份地位的证书、奖励、职位、津贴，连我都替你累了，你却从来都没有感觉到疲惫。"肖燕的脸像是个玩偶。

"如果我一无所有，像曲辰一样一无所有。你能满意吗？"我问她。

肖燕想了想，"不能。"

"那你让我怎么做？"

肖燕说："我不知道。反正不是现在这个样子。"

一连几天，都有人发来信息和问候，劝慰我，替我惋惜。尤其是始作俑者黄莺儿，每天都会在我面前哭诉，哭诉她的无意，她的大意，她的马虎。最后她会颤巍巍地问我："董老师，我能如期毕业吗？"每一次我都会说："跟你没关系。跟毕业没关系。"可她第二天仍然会哭丧着脸出现在我面前，像是一个天天要去火葬场的人。

就连曲辰，也不知从哪里得到了消息，他竟然说想请我吃饭。我们坐在马路边，已经是深秋了，路边的烧烤摊生意稀落。坐下来后，曲辰说："有两个事，一个是你的，一个是我的。先说哪个？"

我说："说你的。我知道你说的第一件事是什么，第二件我不知道。"

曲辰说："那好吧。还是小张。他要疯了。每天他都给我讲一遍事发时的情景。他说他确实见过那个女人，但他不知道她叫什么，做什么工作。整个夏天，他每天骑车下班时要穿越一条胡同，都会从她家门口经过，几乎每次，他都会看到那个女孩坐在窗子前的一张椅子上看书。通常都是黄昏时分。窗前女孩读书的场景太美了，他经过时就会情不自禁停下来，多看两眼。入梦之后，那个场景也会反复地出现。他不断地问自己，难道就是因为我喜欢美好的东西，欣赏美好的东西，就有错了吗？"

"没错。美好之所以存在，是因为人们都喜爱。"我说。

"是啊，小张也真是委屈。"曲辰说，"他仅仅是想把那个场景留在他的脑海中，仅仅是想多看那个女孩两眼。那个女孩显然也注意到了他，她肯定是留意到了一个年轻的小伙子，支着车子，如饥似渴地观看她的样子。女孩并没有因为有人窥视自己而羞涩，她可能也很享受这种关注。在他们两人之间，或许形成了某种默契，一个专注的读书人，一个投入的观者。谁也没想着改变这样的情景。所以，当有一天晚上，谁也不愿意发生的事情发生时，在黑暗的保护下，女孩没有看到那个行凶者的真面目。但她向警方可以提供的唯一的线索就是那个支着自行车、窥视她的年轻人，小张。那个时候，那个美好的场景对于她来说已经完全是另一回事了。"

"如果没有后来的事情，这是一个好的故事的开始。"我叹息道。

曲辰说："是啊，谁说不是呢。造化弄人。开始阶段，印彩霞还是一口咬定，那天晚上的那个行凶者就是他，她反问小张，如果不是你，法院为什么判了你十五年徒刑，为什么你自己都承认了？后来，我们不断地打扰她，牛皮糖似的粘着她，让她倍感压力，她明确地告诉我们，她的丈夫、孩子都不知道她的过去，她也不想让他们知道这一切。所以还是劝我们，不要再找她，而是去找法院、检察院、公安局。再后来，印彩霞说，即使我说不是你，我有证据吗？法院会听我的吗？小张想请她一起去当时判案的法院，向他们说明情况。印彩霞指责小张，你们还想让我好好活着吗，你想毁了我的生活吗？小张和我，一筹莫展，不知道下一步要干什么。"

我说："绝望了吧？"

"是的。"曲辰说，"小张彻底地绝望了。他觉得，他活着的唯一的希望就是找回骑自行车穿过那条胡同时的自己。如果找不到，他活着已经没有任何意义。"

我盯着曲辰同样失望的脸，问："你找我是想得到一些精神上的支持？"

曲辰说："我不知道。看着绝望的小张，那天晚上，他想到了死，他跑到社科院的楼顶，他说他想从那里跳下去。但是他是个胆小如鼠的人，他哭着说，我连死都不敢。我害怕地紧紧抱着他，唯恐他真的跳下去。就在我抱紧他的那一瞬间，我突然意识到，原来我也被别人的命运所左右着。如果他真的跳下去，我该怎么办？对于我与小张，也许是我们距离现今的社会太远了，我们都不知道，该如何应对，我们手足无措，慌不择路。"

我问他："你知道了我的事？"

曲辰点点头。

"你看到了什么？"

曲辰仔细地看看我，点点头又摇摇头，"我没看出什么。"

我说："我知道你的另一个目的，是想来安慰我，安慰我丢失了一个已经到手的大奖。我只能用我的经验来告诉你。所有的宽容与大度、人文情怀，都是扯淡。你别指望别人会对你心慈手软，会对你良心发现。"

肖燕虽然已经失去了与他一起去寻找印彩霞时的热情，但她仍然对这件事满怀热忱。她想起了"安徒生"，想把它送给小张。那天晚上，她把那套绿皮的"安徒生"摆放在茶几上，一遍遍地抚摸着它们，就像是抚摸自己的宝贝孩子。我劝解她，舍不得就算了，你就是给他"安徒生"，又能怎样。肖燕说，听曲辰说，这个小张，在监狱里最喜欢听曲辰讲安徒生的童话，每次都痛哭流涕的。如果以前能给他生活的勇气，现在，也能给他展望未来的信心。令她意外的是，不管她把"安徒生"说得多么好，不管她如何说，在安徒生的每一个童话里，都寄托着一个梦想，小张也没有接受她的馈赠。他看都不看"安徒生"。他说他不需要这些精神鸦片，不需要那些虚幻的梦想，他需要的是能够看得到的、摸得着的那个人，那个真实的、明明白白的自己。

坐在我家客厅里的曲辰，面前摆放着那套退回来的"安徒生"。曲辰显出了无奈，他像个孤独的漂泊者，看不到大海的边际。梦想早就破灭的肖燕却信心仍在，她问曲辰："你是不是在小张身上看到了你自己？"

曲辰惊惧地看着她，"我想都没想过。"

肖燕说："那是因为你不敢想，但是你潜意识里肯定是有这个念头，而且这念头还很强烈。你和小张，都不想承认贴在你们身上的标签，不承认你们现在的身份，你们想让时间倒流，让记忆消失。"

曲辰脸都白了，眼睛红了。

"对于你来说，想要彻底告别过去是不可能的。但是你从小张身上看到了希望，你已经把你和小张的幻想绑在了一起，那是你们共同的梦想。"肖燕不愧是一个出色的语文老师，她的分析让曲辰心惊肉跳，连我这样一个评论家，一个自认为对经典文学人物已经了解得透彻的人也不得不佩服。那个夜晚，我和曲辰，都成了她的学生。

肖燕接着说："你比我要幸福得多，毕竟，你和那个小张，还有梦想。不管那个梦想是不是合理，是不是合法，但它毕竟是一个实实在在的梦想。你想得到我的建议吗？"

曲辰拼命地点点头。

肖燕说："牢牢地抓住它，去实现它吧。梦想稍纵即逝。"

我相信，肖燕的话给了曲辰巨大的精神上的支撑，让他抛弃了绝望与无奈，带领小张，走上了一条追寻他们卑微想法的不归路。

黄莺儿一直处于忐忑不安之中，在我面前谨言慎行，唯恐说错一句话。她越表现得像是犯了错，心里有鬼，我越不知道如何坦然相对。弄得我们俩像是互相提防的对手。终于我无法忍受这种局面，把她单独叫来，想和她好好谈谈。

我还没开口，她先紧张地说："老师，没有马悦她们吗？"

"没有。"我说，"今天我们不说课题。说点别的。"

她低下头。

"你去过丹麦吗？"我冷不丁地问她。

黄莺儿惊讶地抬起头，"老师，上次您电话里问过我了。我没去过。我没出过国。"

我说："啊，我忘记了。我找你来，就是想告诉你，那件事情已经过去了。对我对你，都已经过去了。你不要总是感到愧疚。"

黄莺儿脸色绯红，"老师，我什么也没做。我和焦叔叔什么关系都没有。"

我摇摇头，"我不关心你和老焦什么关系。我只知道，你是我的学生，我是你的老师。我希望我能把我自己最好的知识都教给你，我也希望你能做一个优秀的学者。没有别的。"

"老师，我和焦叔叔真的什么关系都没有，我无意中犯的错跟他也没有关系。"她脸色又变白了。

我越显得真诚，黄莺儿越觉得惊恐万分。谈话其实已经无法进行下去，我挥挥手，"算了。今天就到这儿吧。"

她一步一回头，走到门口，还给我鞠了一躬。

唉！

我心绪难平，立即拿起电话给老焦打电话。他的副院长任命很快就要下来了，他正志得意满。我说："老焦，不管我们俩之间如何竞争，我都不希望你把一个无辜的孩子牵涉进来。"我没等老焦回答便挂断了电话。

与老焦较量的落败，除了让我感到失落之外，也许并没有什么影响，我仍旧是一个有分量的评论家，来寻求我的帮助的作家诗人们依旧趋之若鹜，我依旧去各地讲学，在妻子肖燕的眼里，我也依旧是那个被梦想抛弃的人。

不仅仅我是个被梦想抛弃的人，有一天，我接到了孟夏的电话。电话里的声音很是焦虑，她问我还记不记得一个叫何小麦的女诗人。我说："我以为你已经消失了，我需要再等待若干年，才会在某时某地，和你邂逅。"

她说："你别打岔。回答我的问题。"

我问她怎么了，我经常能见到她。孟夏说，以前她上过我的节目，还是你介绍的。但是现在她提出了一个无礼的要求。

我有点紧张，"什么要求？"

"要和我谈谈男人。"电话里的孟夏很是气愤，"非常无礼，这是对我的底线的挑衅。"

我安慰她，让她不要理睬那个疯子女诗人。我说："她的念头是我们无法理解的。"后来我问她最近生活怎么样。她回答说，很好，好得不能再好。我们闲聊了几句，就在我觉得无话可说，要挂断电话的那一刻，有一个想法突然冒了出来，我冷不丁地问她："你还有没有梦想？"我记得，当初主持《读书》栏目时的那个年轻、美貌、气盛的孟夏，梦想着用书籍照亮所有人平凡的心灵，照亮所有人前行的路途。

她略微犹豫了一下，也许她早就忘记了这两句话，早就忘记了《读书》栏目，她有点动情地说："仙生，我告诉你。我现在脑子里经常想到的是一个场景。那是小时候，大概七八岁，我父亲领着我，在我们家楼下的人行道上，在夕阳的余晖中，监督着我翻跟头的情景。便道上铺着灰色的方砖，紧挨着马路，是一排排的法国梧桐树，树皮斑斑驳驳，很是好看。西边是一个新华书店，夕阳就从新华书店的楼上照过来，映在父亲身上，父亲的脸是昏暗的，但他的目光却是亮的。我翻了一个又一个，我的身体轻盈无比，整个世界都随着我翻滚、旋转，那一刻，我觉得，整个世界都是我的。现在我只有一个梦想，那就是回到七八岁时的自己，我迫切地想在父亲的目光中，再把整个世界旋转起来。"

我说："这也不难。我们可以找一个地方，轻松地让你实现梦想。"

她有点激动，"真的吗？"

我说："当然，我的一个学生，经营一个健身房。他那里地方很大，足够你翻上千个跟头。"

对于我的提议，孟夏很是兴奋。我们讨论了具体的细节与时间，我说，我可以让我的学生停业，等待着我们。我还建议她早点准备好翻跟头的服装与鞋子。孟夏兴趣盎然地说："当然，我要好好地准备。"我说："我可以来代替那个明亮的目光。"孟夏笑了。最后我们约定，在周五的晚上，我在健身俱乐部的门口等她。

约定的时间也是夕阳西下，余晖绚烂，只是，我没有见到法国梧桐。

她却没有来。夕阳很快地就落在了高楼大厦的另一端，此时，光明跌落，夜幕拉开，城市像个巨大的制造黑暗的机器，瞬间就把余晖搅进了黑暗之中。汽车、灯光，就连我，都是这个巨大机器的一部分零件，我们各就其位，共同生产着城市的梦想与传说。闪着刺眼灯光的汽车组成了一条条的河流，我隐约看到，孟夏，那个梦想回到过去的人，在汽车的河流之上，翻着跟头，追逐着已经落下的夕阳而去。

没有人会想到那个意想不到的结局。

小张最终还是没有能够逃脱掉他内心的折磨。我们不知道，在整个事件的进展中，曲辰到底起了什么作用，因为小张这个人，他是无论如何也不会鼓起那么大的勇气，去做一件天大的事的。他软弱胆怯的性格，决定了开始，却无法预见到未来。我和肖燕都相信，决定结局的钥匙在曲辰的手中。

那个寒风凛冽的冬天,我们只是知道了一个结果,后来具体的情节我们是从电视上看到的,那已经是一年之后,在中央电视台的法制频道《一线》上,有一期节目叫作《悔恨的泪》,讲的就是小张如何再次犯了罪,走上不归之路的。主持人的解说里,没有说小张内心的挣扎,一开始就认定了小张以前的犯罪事实是成立的。电视上的小张剃了头,眼睛很亮,很坚定,不像我们见他时头发蓬乱,目光茫然无神。他说,他已经彻底放下了内心的包袱,他从一个被别人冠名的坏人,变成了一个地地道道的坏人。他的内心反而感到十分安宁,镜头里,他咧嘴一笑,笑得还真是轻松。他说,我现在可以对她说,对不起,请你原谅我。电视里也给了曲辰几个镜头,曲辰说,是他给了小张勇气,他不知道,为什么会给他那样的建议,他只希望,时间快快地过去。

回到我们最不愿提及的那个阴郁的下午。曲辰和小张要去见印彩霞,曲辰对我说,这次是印彩霞提出要见面的。这让他和小张都感到有些不可思议,以前躲都躲不开他们,为什么这一次却如此主动,这反常的举动也加深了曲辰的忧虑,他说,也许这是最后一次,如此下去,小张的精神都会出问题,我怕他承受不了。

实际上,这一次,小张的精神没有任何问题。

到晚上九点多,曲辰给我打来了电话,他说,对于我们俩,可能这是最后一个电话。他的语气听上去有些奇怪,好像是如释重负的一种感觉,他说,小张做了一件惊天动地的事。我问他是什么事。曲辰说,他真的强奸了印彩霞。原来,他们去见印彩霞,印彩霞拿了两万块钱,她希望小张拿上这些钱,跑得远远的,不要再来纠缠她,影响她正常的生活。小张愤怒了。曲辰说他第一次见到小张愤怒。小张看看曲辰,明显地想从他那里得到力量。曲辰拍拍他,兄弟,你怎么想的就怎么做吧。

曲辰说:"就是这样,很简单,十几年前他没做过的事,却背负了十几年的事,今天做了。"

已经没有必要再来纠正他,关于十几年前,小张是不是真的做过那件事,这已经不重要了。

曲辰说:"我也逃不了干系。有点遗憾的是,我在农村的梦想无法实现了。我只有一个牵挂,每年的清明,还得麻烦你,给我母亲的坟头上烧一炷香。"

我没有在曲辰被警察抓走前见到他一面。在电话里,我听到的他最后的话是他的忏悔。他向我透露了一个藏在内心的秘密。他向我忏悔,他说,他有深深的罪恶感,当他看到我和孟夏在一起时,他的怒火冲昏了头脑,他对我的态度发生了转变,他对这个陌生的社会产生了仇恨,他知道,他和小张,对于我们来说都是怪物。所以当他和肖燕去北戴河时,他一股脑地把我如何诱导他去给我偷老焦的笔记本,如何与孟夏在一起,都告诉了在北戴河找寻旧时梦想的肖燕。他痛哭流涕,分不清是因为再次要入狱,还是悔恨,"请你原谅我。愤怒让我变成了另外一个人。当然,这就是我人生最致命的弱点。我的人生就是因为这样的不冷静出现得太多而发生了改变。"

我不知道该如何回答他,是安慰他还是安慰我自己。但我最直接的反应还是震惊,不是因为他向肖燕告密,而是因为肖燕的反应。她明明早就知道了我与老焦之间那些龌龊的小动作,这是她最不齿的。早就知道了我与孟夏的苟且之事,这也是她痛恨的。可她什么也没有说。我放下电话,曲辰告诉我的那个令人痛心的故事似乎变得不那么重要了,我的脑子里全是肖燕,我的妻子,从那个满怀梦想和憧憬的大学生到现在的中年女教师。难道,这就是生活的全部?

　　小张被判了死刑，在那年冬天被处决。而曲辰再次入狱，这一次，曲辰换了一个监狱，那个监狱离石家庄很远，一直向北，在河北的北部，冀东监狱，那里的监狱长不是我的党校同学，我们得照章办事。我们去探过监。肖燕还带了那套安徒生童话全集。曲辰对那套书没显出过分的激动，他说，这里的人不喜欢听这类故事。我们看到，曲辰比在外面胖一些了，目光平和，他说他想看一本书，就是诗人何小麦写的那本《幽暗之光》，我答应回去给他寄过来。

　　我们临走时，曲辰笑着说："你们，何小麦，还有孟夏，在另一种牢笼之中。"他终于说到了孟夏。

　　在回程的路上，我们一路无语。我们在想着曲辰那句话。快要到石家庄时，肖燕说："是不是我们对不起曲辰？"

　　我想了想，说："不，是他，是他对不起这个时代。"

　　沉默。

　　我突然想到了孙尔雅，我问她："我想去一个地方。"

　　"哪里？北戴河吗？"肖燕问。

　　我说："不。云南勐海，一个山村学校。"

　　肖燕惊讶地看着我。

　　我坚定地说："我一定要去。"

　　惊讶从她的脸上慢慢地退去，她说："我已经有一个月没有在微信上看到她的消息了，她令我非常担心。我也想去看看。"

　　在很长时间里，肖燕都无法从曲辰再次远离我们生活的阴影之中缓过神来。她有一种深深的愧疚感，她觉得自己影响了曲辰对于事情的判断，影响了他对社会的判断。多少次，她都在半夜里醒来，她说她在梦里看到了曲辰，她在反复向曲辰说那些关于梦想的话。

　　丹麦奶糖仍然会收到。一直持续到曲辰再次从我们的生活中消失后一年，之后在杂乱的书信和快递之中，再也无觅它的踪影。我甚至开始怀念时常有糖果到来的日子。这一次，我已经无人可送，它已经积累到六盒，放在我的办公室桌子上，已经相当可观。我尝试着打开一盒，拿出一颗，放在嘴里，甜，甜味不像我们国家的糖，没有那么浓，如同刮过一阵香甜之风。淡淡的甜味慢慢地从舌尖、口腔、大脑神经，向全身蔓延，舒畅无比。我又蜕去了一层皮。是该忘记它的时候了。也许，生活就是这样，当多达六盒的甜蜜堆积如小山时，谁还想去思考那些干扰我们正常生活的烦恼呢。

阅读与欣赏

那一年，我师傅冯茎衣三十岁。

我依然记得当时她风姿绰约的样子。她站在太阳地里，背后是车间的操作间，斑驳的墙上还写着"备战大检修"的大字标语。太阳就镶在她身后的房顶上。她微笑着，露在外面的黑色长发被微风吹拂着，头顶红色的安全帽干净明亮得能照出人的影子。我踏进院子的那一刻就想呕吐，显然不是因为七月耀眼的阳光，而是处处存在的混合着汽油、机油、铁锈的味道，角落里那些废弃的铆钉、螺丝、法兰、阀门、换热器更助长了味道的扩散。那是个孤独的欢迎仪式，我只是在她伸出的绵软的手心里，找到了一丝安慰。我不知道，跟着一个女师傅，是福还是祸。

刚刚从大学中文系毕业的我，迎来了最失意的一个夏天。本来分配我来厂里是到子弟中学做语文教师的，但不幸降临，就在我来之前的半个月，学校停办了。我只好被临时改派到了检修车间。那个夏天，我的命运就像是风雨中的小船。

劳动人事处的杨干事在把我分配到检修车间时特别安慰我说："按

说应该把你留在政工部门，可是宣传部、党委，都人满为患，你还是到车间锻炼锻炼，对你的成长也有好处。你师傅是个顶呱呱的技术能手。她是全厂最好的班长。她在上厂技校时就参加过市里的技能大赛，拿过第一名。她一定会对你好的。"

我刚刚和车间主任王铁汉分手，他把我从劳动人事处领回来，一路上都阴沉着脸，我明显感觉到他对我的排斥，从办公大楼到车间的路上，坐在电瓶车里的主任只说了一句话，而那句话让我在工作生涯的起始点郁闷而无奈，对自己辛苦学来的知识彻底失去了信心。他说："不是我想要你，而是你师傅。我磨不过她。"

"老王怎么没跟你一起回来？"师傅问我，她看我不明白，又补了一句，"就是王主任。"

"他去材料处了。"我愁眉苦脸地说。我回头看了看，主任和他乘坐的电瓶车早就没影了，可我还是觉得主任那张黑脸就跟在我的身后。

其他人都去干活了，院子里就我们俩。她把我领到车间里，把安全帽放在桌子上，坐到一张藤条椅子上，指了指那张长条凳。坐下来后我还是没有正眼看她，她和我印象里的女工不一样。

"是我把你要来的。劳动人事处的杨姐天天和我坐一个班车，她说起你来很是犯愁，不知道该把你分到哪里。你成了他们的难题。你不知道吧。我说，我这里缺人手哇，让你来这里。你是不是觉得来车间里委屈了你？"她丝毫不掩饰我地位的尴尬。

我急忙站起来，"没有。没有。"

"那你知道我为什么非缠着主任把你要来吗？"师傅的眼睛在火红色的安全帽的映衬下，黑得那么彻底和纯粹。

"不知道。"我有些局促不安。

师傅笑了笑，她笑的时候，嘴角有两个小小的酒窝，"我也是有自己的私心。我听说你是中文系毕业的就动了心。上大学，学中文，那可是我从小的梦想。你别看我现在天天和那些装置、设备打交道，我小时候可是语文课代表，我喜欢看书，喜欢写作文，我的作文是我们班的范文呢。"

"上小学中学时我最不喜欢的一门课就是作文课。可是我却上了中文系，真是造化弄人。"我愁眉苦脸地说，"就如同现在一样，我没想来检修车间，却来了。"

"直到现在，我都羡慕那些能写写画画的人，连厂里在厂报上发表文章的通讯员，我都羡慕。你来正好，你一边学习铆工技术，一边可以当我们的通讯员。"此时，她已经摘下了安全帽，头发卷卷曲曲地垂落到肩上。

我小声嘀咕道："我可不是来当通讯员的。"

"那你想干什么？"

"写小说。"我的话一出口就有点后悔，我担心会不会给未来的师傅留下一个不务正业的印象。

师傅笑了，"那正好啊。这里有那么多的人物、素材，每个人都有不同的故事。每天发生那么多的事情，等着你去挖掘呢。这可是个生活的宝藏啊。毛主席不都号召要深入生活吗？你就当是深入生活吧。"

我权当这是师傅的安慰，心情仍然无法兴奋起来，倒是师傅随后的一句话让我郁闷的心舒展了许多，她说："我特别喜欢看小说，现在每月都买《小说月报》，你哪天把你的小说让我欣赏一下呗。"这句普普通通的话，在以后的二十多年时间里，都是我写作的动力和座右铭。

我像是得到了大赦一样长舒了一口气，从她的表情中看到的是真诚的期待，我急忙说："一定，一定，请师傅多批评指正。"

"以后别这样酸溜溜的，跟工人阶级以后少说这种酸文人的话，要不你在车间待不住的。"

小说，是我意想不到的一个开始，更令我意想不到的是，它竟然成了我和师傅之间一条紧密相连的纽带，直到如今。

我成了冯茎衣的第八个正式徒弟。工种是铆工，我特意在字典里查了这两个字，却没有查到，只是一个"铆接"的条目里这样写道：连接金属板或其他器件的一种方法，把要连接的器件打眼，用铆钉穿在一起，在没有帽的一端打出一个帽，使器件固定在一起。事实证明，不管我怎么从理论的高度去接受这个工种，在以后的实践中这些字眼都是苍白的。

第一天，师傅把我领到了一联合车间，登上催化塔，塔有三十多米高，站在上面，整个厂区一览无余，大大小小的装置塔、设备，密密麻麻的管线尽收眼底，环视这些的师傅的眼神里充满了自豪和骄傲，她说："你看到没有，这就是一个巨大的丛林，成功的机会多，也隐藏着重重的危险。这些装置、设备、管线，以及它们上面的每一个螺丝、法兰、垫片、衬里，甚至是管线中的每一滴油，都是这个丛林中的一分子，它们就像是狮子、老虎、大象、猴子、蛇等等。如果它们其中的任何一位不高兴了，闹别扭了，使小性了，炸窝了，这块丛林就不太平了。而我们就像是猎人，我们不杀戮，我们只是给它们一个小小的警告。"

我第一次才惊奇地感觉到，我眼前的女师傅是不同凡响的，"师傅，你的想象力太奇特了。"

师傅摇摇头，"这和想象力无关。我天天和它们打交道，我知道每台设备的脾气秉性。"

正式上班的第三天，师傅把五十块钱塞到我手里，对我说："你得摆谢师宴。你刚来，还没有工资，算我借你的。"

　　酒桌上的师傅豪气冲天，这让我一个不胜酒力的小伙子羞愧无比。师傅批评我说："你怎么能不会喝酒呢？不会喝酒怎么行呢？"令人称奇的是，师傅划拳的本事奇高，她教了我半天，我也没有领会其中的奥妙。她干脆抛开我，和张维山、小曹几个徒弟划拳喝酒，她的划拳声在屋子里回荡着，在我已经恍惚的意识里格外响亮。

　　在他们不管不顾的拼酒期间，我看到有一个中年男人推开我们包间的门，在门口站了一会儿，犹豫片刻又退了出去。之后师傅包里的 BP 机就一直响个不停，师傅说："烦死了烦死了。还让不让人喝个痛快。"到底她还是从包里拿出了寻呼机，看了看，然后推开椅子说："烦死了。我出去一下。回来再跟你们几个小子算账。"她站起来，摇摇晃晃地走出了包间。

　　过了大约十几分钟还不见师傅回来，张维山对我说："你去叫师傅回来喝酒。她就在隔壁房间里。我去洗手间时看到了。"

　　我没有质疑张维山为什么不去而非要我去。我不假思索地站起来，跨出房门时，我听到了身后张维山不怀好意的笑声。

　　果然不出所料，他们在隔壁的房间里，只有两个人，那个中年男人抓着师傅的胳膊，他们正在激烈地争吵着什么，这就是我推开房门时看到的一切。我发誓我是被张维山误导着闯入的，因为那个中年男人对于我的莽撞非常愤怒，他大喝了一声："出去。"

　　我还没有反应过来，就听到师傅说："是我让他来的，这是我新收的徒弟，大学生，学中文的，会写小说。你看书吗？你不看的。跟你说也是白说。"

　　中年男人穿着西服，脸上的表情焦躁不安，他对小说和对我，根本没有什么兴趣，只是草草看了我一眼，喊道："你想找死呀！还不出去。"

　　"别走。你坐下。"师傅看着我，坚定地说。

在初出茅庐的我眼里，师傅是最大的官，所以我听从她的话，坐在圆桌的另一边，盯着那个男人，眼里没有丝毫的恐惧。如果当时我没有喝酒，如果我当时知道他就是厂里管销售的副总工程师王同信，我无畏的目光早就跑到九霄云外了。有长达五分钟的时间，我们就那样僵持着，我借着酒胆，也没有感到有什么尴尬，而他们两人，彼此盯视着对方，因为我的打扰，他们的谈话无法继续下去了。最后，男人坚持不住了，他丧气地说："不管怎样，我答应你的，我决不食言，我希望你也是。"

师傅抢白说："我没有答应谁任何事，我从不承诺。"

男人松开她的胳膊，气呼呼地向外走，走到我身边时，狠狠地看了我一眼。我站起来关心地问师傅："师傅你没事吧。"

"有什么事？"师傅毫不在乎地说，"走，喝酒去，不醉不归。"

那天晚上，师傅真的醉了，我把师傅搀回了生活区的家，这个家她不常住，平常她都会回二十公里之外市区的家。家里简洁而明净，从阳台上能看到远处燃烧着的火炬。这让我想到她的安全帽。师傅头上的火红色的安全帽永远是全厂最新的，仿佛刚刚从仓库里拿出来一样。这是她的招牌。我把师傅放到床上，刚要转身离去，手突然被师傅拽住了，她惺忪的眼里布满了忧伤，她问我："你说，我是个坏女人吗？"

师傅的话问得莫名其妙，也只是在以后的时间中我才慢慢地体会到她这句话的深意，此时此刻，我被她问得张口结舌，不知如何回答，好在，喝醉了的师傅并不需要一个答案来满足自己的忧伤，她很快就松开我的手，落入了软软的床上。

而那个夜晚的忧伤，师傅眼中的忧伤，却深深地铭刻在我的心里，因为，在那之后几年的时间里，我很少从她的眼睛里找到那直抵内心的忧伤了。而她所有的生活，几乎被一个词所笼罩：放荡。

　　我父亲就是个工人，所以在得知我得从学徒干起时，他没有过多的埋怨，而是传授了我许多做徒弟必须要有的基本素质，比如早晨上班前给师傅泡好茶水。我从生活区的小卖部里买了一小袋茉莉花茶，第二天起了个大早第一个来到车间，到茶炉室打了开水。有一张四方桌是师傅独有的，黑褐色，核桃木的。它坐落在车间的一角，桌明几净，符合师傅的风格。桌子上摆着一个鱼缸，里面养着几条凤尾。凤尾鱼比我更早地送走了夜晚，它们在小小的鱼缸里追逐得正欢。桌子上还有一个瓷杯子，上面画着仕女的图案，很雅致。我猜想这就是师傅的喝水杯吧。我计算着师傅到的时间，她乘坐的班车从市区到厂区大概四十五分钟，从厂门口走到车间需要十分钟，这样算下来，她到达车间的时间基本是固定的，八点半。我提前五分钟泡好了茶，不住地向车间外张望。终于看到了师傅，她穿着淡蓝色的连衣裙，那种明亮的蓝色在色调单一的院子里很轻盈很显眼，像是缓缓飞过的燕子。换好了工作服，她坐到了桌子前的藤椅上，先看了看鱼缸里的鱼，我急忙把泡好的茶递到她手里。她接过来，看了看，扑哧一声笑了，她说："我不喝茶，只喝茉莉花。而且，这也不是我的喝水杯，它不过是给鱼缸添水用的。"她停顿了一下，"这样吧，你单身，也没什么事。你以后就替我打理一下我家里的茉莉花，收集新鲜的茉莉花朵吧。我天天回市区，没有时间照料，那些茉莉花都蔫头耷脑的。"师傅给了我她生活区家里的钥匙，我时常会给她的茉莉花们浇水施肥，她的阳台就是一个花房，只种植一种花，在我的精心照料下，那些茉莉心情大好，分外卖力地开花。

　　师傅对我的手艺大加赞赏，"茉莉花很难伺候，看来你用了心了。如果你在铆工上多下些功夫那就更好了，唉，算了，我看你当我的徒弟也不会久，你的心不在这里。对了，你不是让我看你的小说吗？"

　　我仍然有些拿不定主意，"我还以为师傅说笑呢。师傅要真的喜欢，我明天就给你拿来。"

师傅认真地说："怎么是说笑呢。我是真喜欢看小说，《牛虻》《青春之歌》《钢铁是怎样炼成的》，我中学就看了。我同情冬妮娅，她有对自己未来命运的选择的权利，为什么非得要走保尔那样的路呢？我上初中时，我的中学语文老师，喜欢名著，他家里的柜子里全是这些。有一天，他把我领到他家里，让我参观他家的藏书，我一下子就喜欢上文学了。"

师傅说起了她看过不久的《绿化树》，她说她也不喜欢这个小说中的女主人公马缨花，她觉得这个女人是作家凭空想象出来的。她说，你们作家把女人写得像是挂在树上的桃子，而不是脚踏在地上的人。"想象，真是个害人的东西呀！"她的观点真让我吃惊。

师傅主动要看我的小说，这比教我铆工的手艺还让我兴奋，第二天便把已经完稿的中篇小说《情感的刀锋》交给她了。当她接过那摞用300字的稿纸抄写的小说稿子时，我觉得比把它投给《人民文学》还神圣。

一天一夜，我都忐忑不安。第二天一上班，师傅顾不上喝一口我泡好的茉莉花水，便把我叫到面前，对我说："你这篇小说不好。"

我对于这个中篇信心十足，正准备把它寄给《人民文学》，没想到遭到了师傅的无情打击，我反驳她说："为什么不好呢？"

"这么说吧，你里面写的女人不真实。你看看你师傅我。"她盯着我。

我茫然不解地看看她，眼睛，头发，安全帽，没有看出任何的不同。

师傅淡然一笑，"像我，才是女人，知道吗？女人就应该享受到做女人的一切，爱，被爱。"

虽说我已经上班一个多月了，可是对于师傅，对于一个女人的真实生活，我是一无所知。就是那天，我告诉师傅，我把我的宏大的计划透露给她，我说正在着手写一个现代家庭的长篇小说，女人是主角，她们在爱与被爱的旋涡中徘徊和挣扎。

师傅未等我说完，便打断了我的兴头，突然问我："你谈过恋爱吗？"

我张口结舌，很奇怪她怎么会问这样的问题，"我，我，没有。"

"那你了解女人吗？"

"我，我可以凭我的想象。"

师傅大笑着说："你们听听，他说女人可以凭想象得出来。女人是什么，连我自己都摸不清。凭你多上了几年大学？鬼才相信。"

一个一心想要写作的我，是检修车间的另类。我受到了工友们的嗤笑，整整一天，我都因此而郁郁寡欢，师傅的怀疑加重了我对自己能力的判断。但奚落显然不是师傅的目的，那天下班时她的一句话才让我释然，"我晚上要去跳舞。你跟我去吧，你应该到女人们活动的第一现场去感受一下，见识一下女人的生活。那样你才能写好女人。"

师傅，她突然向我打开的生活，那些陌生而新奇的生活，那些色彩绚丽、爱恨交织的生活，令我有些猝不及防。

舞厅，那是我师傅充分施展她女人魅力的地方。一周一次的舞会安排在周末，厂工会的多功能厅。周六的夜晚是师傅雷打不动的固定节日，那晚，她会成为一个舞厅皇后。早就听小曹说过师傅在舞场上的风采，而一旦见到，我才真正领略到什么叫作曼妙。其实，我是舞厅中的多余者，我尾随师傅进入舞厅，像是一个毫无自信的密探。师傅一进入舞厅就仿佛踏入了自由的天地，像是鱼儿入了大海。而我完全失去了主张，张皇失措，不知道自己应该干什么，感觉到所有人都在用探询的目光看我。我突然想起师傅的嘱咐，急忙找到一个靠边的椅子坐下。整整一晚上，我都如坐针毡。而这样的情形，持续了将近有半年，他们都说，舞会上的我是个落入湖中的兔子。

　　我并没有在乎他们强加于我的角色：保镖，跟班，或者什么湖中的兔子。我只是清楚地记得第一次，第一次踏入舞会的慌乱感觉，我坐在角落里，在昏暗的光线中，目光追踪着师傅的身影，她的舞伴时常在变换，这让我无法辨认那些舞伴的样子。一个男人，中年男人，大概 50 多岁的年龄，现在，我已经知道了他的身份，他是王总，大权在握的副总工程师。让我欣慰的是，他和我一样落寞。与我的紧张不同，他有些心神不宁，他俨然没了平时坐在主席台上的淡定自如，他看到了我，然后坐到了我的旁边，我叫了他一声"王总"，他没有回答，眼神落在舞池之中。舞曲交换期间，他试图约师傅。但是师傅没有答应，她硬生生地把我拉起来，步入了跳舞的人流中。我觉得我的身体像是被捆绑起来一样，我说："师傅，我不会。"师傅在我耳边轻声说："别说话。不会跳，还不会装呀。"那尴尬的时刻我真希望早点结束。我几乎是被师傅拖着在跳。可想而知，舞曲还没有结束，师傅便大汗淋漓了，她又拖着我来到了工会舞厅外，冲着满是星光的夜空长出了一口气。师傅没有怪罪我，这让我安心许多。更多的时候，不识相的男人不会出现，他一定顾及他的身份。而没有他在的舞会，我可以完全待在椅子上，做一个合格的看客。

　　我师傅向我叙述了王总是如何从主角沦为彻底的看客的。她讲述的过程平静而镇定，仿佛那不是她自己的生活一样。

　　"我并不喜欢他。但是我跟了他两年。男人是脆弱的，幸福的或者不幸的。他也一样。你是个书呆子，你不懂这些，以后你会有喜欢的女人。你就会发现，女人就是找到男人脆弱的钥匙。我是万能钥匙。"她笑了笑，接着说，"我接近他是为了从他手里拿到汽、柴油的油票。再把它转手。你不知道有多抢手。他是个刻板而严谨的男人，总是拒人于千里之外，但是他只有一个爱好，就是爱跳交谊舞。我以前根本不会跳，为了接近他，我在市工会请了一个专业的舞蹈老师，一个月就出徒了。我第一次进入到厂工会的舞厅时可没你那么紧张，开始我并没有刻意地去直奔主题，主动和他套近乎。而是脚踏实地，用我的舞技来引起他的注意。一个漂亮女人——而且我自认为舞蹈水平比那些平庸的女人们要强许多——自然会在那狭小的空间引起别人的关注的。我相信，他也注意到了这一点。但是我观察他，好像这并没有起到任何的作用，他仍然和他固定的舞伴在一起。他的舞伴是雷打不动的，检查科的副科长，那女人姓徐，都叫她小徐。她是抚顺石油学院毕业的，身条很好，一米七的个子，但是长相平庸。多年来，王总从来没有换过舞伴。两人总是成双入对地出现，小徐因为生病而缺席了，舞厅里便也看不到王总的身影了。要拆散他们真是费了我不少心思。我先是找借口与小徐成了好朋友，因为我们俩同在市里的军区大院里住，每天坐一辆班车上下班，很容易成为朋友。然后在小徐要去金陵石化进修一个月时，我适时地向她提出了我的要求，同时加上一条真丝的围巾，我特意强调，等你回来的那一天，我原封不动地把他还给你。真丝围巾戴在小徐脖子上真的很漂亮，她整个人的气质都变了。她说，他又不是我家的，更不是我专用的，我和他说。事实上，当一个月之后，你想想看，你师傅我的魅力，王总再也没有回到过小徐的身边。从那以后，我和小徐也成了冤家路窄的对头。她把那条丝巾剪烂扔到了我的脸上，而且发誓再也不回到舞场了。我和王总，我们两人谁也没再提那个过客小徐，就像她从来没有出现过，犹如那个和他在舞厅里出双入对的人一开始就是我。即使是这样，要想向他说出我的想法也不能一蹴而就，他铁面无私，是党的好干部。我陪他跳了整整半年的舞，才找到机会，在一个风雪交加的夜晚给了他致命一击。"

我不合时宜地插嘴道："什么致命一击？"

师傅打了我一下，"你这个笨蛋。女人给男人致命一击，当然是在床上。你脸红什么，又不是你。在市里，我们在市区吃完饭，走出饭店时突然发现已经大雪封路，他无法赶回厂区了。那晚之后，我们的关系便突飞猛进，我再说什么都水到渠成了。他好像白活了四十多年似的，如饥似渴地扎入了爱情的海洋。他会找到各种理由和机会与我单独相处，在他家里，在市区的宾馆中，在已经废弃的操作间里，在出差的路途上。他的想法层出不穷，像是一个发明家。"

"那他妻子呢？"我又冒失地问。

师傅看着我，像是看一个怪物，"你的想法太奇怪了。我从来没想过类似的问题。实际上他也是，他好像突然对其他的一切失去了兴趣，家庭、事业，甚至名声，有一次他竟然带着我去开一个关于销售的会议。我们一路从黄山到漓江、三峡，总共十几天。他根本不去想，在我们出去的这十几天里，关于我们的风言风语是如何在厂里的各个角落疯狂地生长着，如同夏天的野草。在长达两年的时间里，虽然没有人和我说过，但是我知道，他们把我描绘成一个什么样的人。就和你们书中写的那些女人一样。我看你的眼神，是不是也要把我写成那种道德败坏的女人？"

师傅如此直接的问话让我无法正面回答，我支支吾吾地表白了我的态度："反正我是不赞成的。"

"你喜欢也罢，不赞成也罢，那都是你们的观点。反正我是快乐的。我遵从我内心的需要而活着。"这就是我师傅的生活格言。她没有想过要说服我。她从来没有被流言所左右，即使多年之后，她决然选择了截然不同的生活方式。

我虽然不认同师傅的生活方式，但是她率真和诚恳的态度，又让我对窥探她的生活欲罢不能。我像是一个小心翼翼的探险者，明明知道前路崎岖多险阻，却乐于前往；又像是一个吸毒者，她美丽而带刺的生活像是毒品一样吸引着我。

在我师傅给我讲述她和王总的故事之后，我的长篇开始了，我这样写道：

> 妈妈那时穿着我们家唯一的一双皮鞋，那是一双猪皮皮鞋，颜色并不鲜亮。但是它平凡的外表并不能掩盖一个事实，那就是它的的确确是一双皮鞋。为了保护好它，我妈妈坚持要每天擦一遍，擦皮鞋的任务落在爸爸的肩上。爸爸为了能把妈妈的皮鞋擦得亮一些，想了许多办法。没有鞋油，他就找来了猪油，每次擦鞋他都往上擦点猪油，那样，皮鞋就四季保持一种颜色，而且在灯光下还能闪闪发亮。

在我写下这个开头的第二天，我和焊工毛小宁打了一架。地点是厂区食堂。毛小宁是个技校生，比我还小一岁，但已经是个老工人了。我打了饭来到他那一桌时，他正和其他几个工友眉飞色舞地讲着什么。看到我过来都窃笑不止。毛小宁故作严肃地对我说："小刘，你过来，离我近一点，我说的这些事你肯定没听过。"

我不明就里，便挨着他坐下来。他开始绘声绘色地讲我师傅的风流韵事，他讲的那些事远远比我师傅告诉我的王总的故事要丰富许多。我没有听完便怒不可遏地站起来，抓住了毛小宁的后脖领子。他的声音瞬间变了调，像是公鸭似的厉声说："你要干什么？"

我愤怒地说："给造谣者一个教训。"

因为我和毛小宁在食堂打架的事，我们两人都背了一个处分，而我的实习期也因此延长了整整一年。但是当我鼻青脸肿地站在师傅面前时，我仍然没有一丝的悔意。师傅什么也没有说，她没有责怪我，只是把我拉到厂区外面的小饭馆，把一瓶酒放到我面前，命令道："把它喝掉。"

受到了委屈的我像是得到了一瓶温暖的安慰剂，我听话地抓起酒瓶，狠狠地灌了几大口。在那个寒冷的小酒馆中，我师傅异常冷静的表现让我终生难忘，二十多年过去了，透过迷茫的眼神看到的美丽而充满爱怜的师傅仍然浮现在我的眼前。半个小时的时间，我不知哪里来的勇气，竟然把一瓶酒喝了个精光。师傅把我架到了她生活区的家里，我在她的床上昏睡了足足两天，当我醒来时，我看到未施粉黛的师傅坐在床边，轻声对我说："他说的都是事实。"

我摇摇头，头炸裂似的疼，"我不信。所有人都这么说，你自己也这么说，我也不信。"

师傅伸手摸了摸我的额头，叹了口气，"也许我不该把你要来，也许你不该做我的徒弟。"

在我昏睡期间，师傅没有回市区，她一直守在我的身边，我真的想象不到，她就坐在像是一个死人的我旁边，读着我刚刚开始的小说。此刻，她突然转换了话题，欢欣地说："我喜欢你这篇小说。"

我立即感觉不到头疼了。我问她喜欢书中的哪个人。她说："徐琳。我觉得你应该把她写成一个敢作敢为、不受任何束缚的姑娘。"

我老实地说："师傅，我得向你坦白，当我构思这个角色时，我想到的是你。"

"你会写我吗？"

"我不知道她是不是你。"我有些迷茫地说，"母亲的角色，你不喜欢吗？"

师傅想了想，然后回答道："就像你不能确定你写的那个人是不是我一样，我也无法确定，我喜欢不喜欢这个角色，母亲，唉，真是一言难尽啊。"

对于师傅的感叹之后没多久我就知道了原因，当我看到那个衣着讲究、烫着大波浪鬈发的中年女人在家庭和情人之间奔波时，我似乎明白了师傅的基因出自哪里。

师傅对我的过分信任，使得我和她之间，有了某种互相配合的默契，我甚至觉得自己是她的帮凶。对于男人的热爱使得她年轻而精力旺盛，她时常会在和男人约会之后，把我拉到酒馆里，让我喝各式各样的酒，白酒、啤酒、葡萄酒、雷司令……在很短的时间里，我就告别了不胜酒力的历史，她培养了我喝酒的能力。我听着她和她频繁更换的男人的故事，像是在上一堂堂有关女人、有关社会、有关欲望的社会课。在那些绚丽闪烁的故事情节中，我师傅，那个叫冯茎衣的女人，已经不再是一个看得见摸得着的人，她渐渐地成为一个我艺术想象中的人物，美丽、奔放、放浪形骸。她像是浓艳的花，开得热烈而凶猛。

有时候，师傅会让我做一些更加私密的事情，比如为她和她的那个男人望风，我虽然一百个不愿意，痛恨自己的所作所为，却又无法拒绝。最让我难以忘怀的是在厂区以外的玉米地里，从厂东门向东约一千米。在秋风里，我骑着自行车，载着师傅和她的情人去约会，风已经有些微微的凉意，师傅坐在自行车的后座上，反复地叮嘱我，你要是无聊就看看我给你买的书。师傅时常会从市里的书店给我买一些书，在邮局里买一些文学杂志。那几年里，我看到的《收获》《人民文学》都是她买的。她刚给我买的书是塞万提斯的《堂吉诃德》。在每一本书的扉页上，她都会工工整整地写上一句话，都是鼓励我发奋努力的话，这本书上写的是：

赠我的徒弟刘建东一个疯子的故事，真他妈的疯狂！冯茎衣她的字隽秀，干练，一点也不拖泥带水。她说她临过庞中华的字帖。

迎面而来的男人并不是我们厂的，他是在炼油厂施工的省安装公司的一个项目经理。男人看上去挺年轻的，戴着眼镜，师傅附在我耳边说，和你一样，大学生，西安交大毕业的。那个交大毕业的项目经理在长达一年的时间里都和我师傅保持着亲密的关系，直到他负责的工程结束。我师傅的男人，就像是飞来飞去的候鸟。

男人看到我，略微地有些意外和尴尬。仅此而已，他并没有因为难堪而放下与师傅的幽会。他们抛下我，钻入了华北平原浓密的玉米地中，而我，则支起永久牌自行车，坐在玉米地的田垄上，读起了《堂吉诃德》：不久以前，有位绅士住在拉曼却的一个村上。他那类绅士，一般都有一支长枪插在枪架上，有一面古老的盾牌、一匹瘦马和一只猎狗。在堂吉诃德与风车做着殊死的搏斗时，浓郁而汹涌的玉米已经淹没了我师傅和她的男人，除了听到堂吉诃德誓言般的高谈阔论之外，我相信，那强劲的风声也来自遥远的十七世纪，来自堂吉诃德和桑丘共同征讨过的土地。

我并不是刻意去渲染我师傅冯荃衣的艳情故事。这不过是她生命中的一部分，而且是重要的一部分，甚至我可以断定那是流淌在她血液里的，是与生俱来的。虽然，在若干年后，这个过程会以悲壮的方式结束。我至今记得师傅的忠告，要写真实的女人、真实的人，不要只靠想象，现在，我就是这样做的，我在记录一个完全顺着自己内心的意愿生活的女人。

师傅的母亲进入我的视野中是在冬天。

奉师傅之命，我提着一个塑料袋子站在棉六生活区一栋宿舍门外，袋子里装满了各种各样的药，治感冒的、治鼻炎的、治糖尿病的、治口舌生疮的、治失眠的；消炎药、止泻药；中成药、西药。五花八门，应有尽有。我纳闷为什么一个人需要这么多的药，师傅说："从小我们家就像是一个药铺子，桌子上，茶几上，书柜里，电视上，床头边，到处摆满了药。我妈妈爱好这个，有时候我觉得不管什么药，只要吃下去她就觉得心安。"

我站在门外有十分钟也没有等到有人来给我开门。我只好放弃了。我的手里还攥着一个纸条，上面提供了另外一个地址，看来，师傅早就预料到了。我坐 5 路公交车去了桥西的一处省直住宅，那个生活区看上去要整洁干净许多，中央还有一个大大的喷水池，只是池子中的水已经结成了冰，上面散落着一些枯萎的树叶。给我开门的就是师傅的母亲，她身后站着一个花白头发的男人，男人文质彬彬。她警惕地看着我，目光犀利，看上去比实际年龄要年轻，也就是四十多岁的样子，穿着一件朱红色毛衣，头发黑黑的，发型是时髦的大波浪。

我急忙说："我师傅，冯荃衣，她让我来送药的。"

"她怎么不来？"师傅的母亲仍然没有放松警惕。

"我不知道，"我摇摇头，"也许她有更重要的事。"

她没有礼貌地请我进去，只是随手接过了药，冷冷地说："我收下了。"

我尴尬地站了一会儿，便知趣地告辞而去。走到二楼时，文质彬彬的男人追了下来，抱着歉意说："我来送送你。她就是这样，对谁都这么冷淡。"

我说："谢谢叔叔。没事，我的任务完成了。"

不管我如何拒绝，花白头发的男人坚持一直把我送到生活区门口，路上他不停地说着一句话，那就是："她是个好人。"他说的是师傅的母亲。

在那个冬天里，我总共见过师傅的母亲三次，另外两次给她送去的是一条香烟和我们厂发的一箱苹果。基本上都是在省直住宅，有一次我还看到师傅的母亲和花白头发的男人手挽手从生活区大门外归来。她的脸上洋溢着幸福的笑容。我想起了自己的父母，他们几乎天天在吵架，对师傅说："你父母真美满。"

师傅对我的评价未置可否。几天之后，一个寒风凛冽的傍晚，我跟随师傅坐班车到了市内，她把我带到一个饺子馆。我注意到，那个饺子馆距离棉六生活区不远，一条窄窄的小路上，并排着几家小饭馆，饺子馆是其中之一。师傅随身带着一瓶大曲酒。一边喝酒，师傅一边向我炫耀她最新的战利品，安装公司的项目经理早就成为历史，最近这个男人和她一个小区，马上要结婚了。师傅说起那个准新郎爱上她的情景，在小区的小卖部前，他买了一包烟却发现忘了带钱，师傅解了他的围。师傅的一个媚眼就让他爱上师傅。我揶揄她："你的爱情就像是空气一样，说来就来。"

"其实没有爱。"师傅笑着喝了口酒，"我早就不相信爱了，我只是喜欢在其中的感觉。我喜欢这种状态。我想爱的时候就毫无顾忌地去爱。我问问你，你们男人最想成为什么样的男人？"

"我就想当一个小说家。"我诚实地回答。

因为喝了酒的缘故，师傅的脸色微红，在酒馆昏暗的光线之中，分外迷人，"那只是你现实的理想。你通过自己的努力，可能达到。但是你们每个男人心里都藏着另外一个遥不可及的梦想，那就是让天下所有的女人都爱你们。女人也一样呀。我看到我喜欢的男人对我垂涎三尺，我也会心花怒放。"

"我不同意。"我声音提高了八度，"要都是你这样的想法，社会不都乱了套。也许每个人心里或多或少有这样的想法，但每个人都不是独立于社会之外的，所做的每一件事，不仅要对自己负责，还要对社会负责。责任会纠正你内心的冲动、盲目和错误。"

师傅举起酒杯，"喝酒吧。你说服不了我。这足以证明你们文人是多么虚伪。"

在冬天的小酒馆，我们的争论继续着。借酒胆，那天晚上我问了师傅一个十分刻薄的问题，问完我就后悔，但是师傅淡然的回答让我释然了。对于我，她真的太过包容。我的身份已经超越了徒弟的角色。

我问她："师傅，你到底有多少男人？"

师傅默默地想了想，"七八个是有的吧。我算不清楚了。这还不算对我有企图的人。唐文生副厂长，主管人事的，胖胖的。你认识他吧。他是实权派。他一直在追求我。但我就是不喜欢他，主要是他说话的声音，别看长得粗粗壮壮的，说起话来却像个妇人。"

这就是那个年代的师傅冯荃衣，她的世界是自我的，封闭的，她沉浸在情欲的暖流之中。她放荡不羁，随心所欲，把我善意的揶揄和劝解当成耳旁风。唐副厂长，在那之后我曾经观察过他，他是个一本正经的领导，没有任何的不良嗜好，对一切事情精益求精，关于他最让我印象深刻的是一次厂报上的名字风波。厂报一版的消息后来我找来看了看，那张报纸在我的工友们之间传来传去，已经变得油渍遍布，像是刚刚擦过工具。我艰难地在油渍中间寻找到了那条位于头版的报道，就像传言中的一样，报道的副标题是这样写的——《康文王副厂长做检修动员》，一字之差，报社的主编欧阳险些丢了官位。此事闹得沸沸扬扬，唐副厂长开始不依不饶，非要把欧阳调整出宣传部门，不知何故，后来突然偃旗息鼓。而那个书生气十足的欧阳主编，也张口闭口地夸赞唐副厂长。这个世界，许多事情都是在暗里进行的。

冬天的夜显得悠长而温润，饺子馆不大，人来人往，已经换了好几茌人。一瓶酒也快要喝完，我看了看表，因为我还要赶末班车回厂里。师傅突然打了一下我的手背，轻声说，你注意一下我身后第三张桌子上那个人。我的目光越过师傅的肩膀，看到一个年老的男人，弓着背，刚刚坐到桌前，他沙哑的声音在不大的饺子馆里回荡："三两饺子，三两酒，一盘花生米。"

我问师傅："你认识他？"

师傅示意我不要说话，"看着他。"

男人大约有六十多岁，头发乱糟糟的，像是几天没有洗脸，眼神恍惚。酒壶端上来之后，男子颤抖着手从口袋里掏出一个白瓷酒杯，用袖口擦了擦，举在灯光中照了照，又擦了一遍，这才放到桌子上，倒了一杯，仰起脖，响亮地喝了一口。低下头又看了看杯子里，再次仰脖，喝了一下，这次因为杯子里没有了酒，声音尖锐刺耳。因为观察男子，我们喝酒的速度明显降低了，师傅则把身子斜向墙壁，她似乎是怕被那个男子看到。男子把三两酒喝完，饺子才端上来。三两酒下肚，男子的手很明显地颤抖得不那么厉害了，他夹起筷子，在盘子里拨拉着。突然，动作停了下来，坐在那里的落魄男子愤怒了，腰挺直了，脖梗向后仰着，头发越发凌乱，他尖叫道："服务员。服务员。"

女服务员跑过来，问他什么事。

男子的手又开始颤抖，声音有些结巴，"饺子，一两几个？"

"六个。"

"我买了几两？"

"三两。怎么了？"

"三两总共多少个？"

服务员说："十八个。"

"那你数数。到底多少个？到底多少个？"

服务员怯怯地数了数，小声说："十七个。您，不会是吃了一个吧。"

就是这句话惹恼了男子，男子拔身站起，手麻利地抓住了女服务员的胳膊。女服务员吓得尖叫着哭出了声。幸亏老板及时出来，阻止了男子做进一步的动作。老板赔罪道："不管怎么着，我们店奉送您老一两饺子成不？"

男子摇着头，"什么叫'不管怎么着'，她就是少给了我一个饺子，我是讲理的人。我只要一个饺子，一个也不多要。我是个讲理的人。因为我付了钱，那个饺子就属于我，而不属于你那个煮饺子的锅。"

男子把十八个饺子快速地吃完，这才站起身，慢腾腾地向外走。师傅说："我们也走。"

出了饺子馆，我们跟在男子身后，他走得很慢，走几步就停下来，像是想心事。师傅说："你知道他要干什么去吗？"

我几乎是惊呼道："你认识他？"

师傅拧了我胳膊一下，"你不能小点声吗，一惊一乍的。我当然认识，他是我爸。"

这次，惊愕让我无言以对，我曾经看到的那些场景在我脑海里交织错落，把我的思想搅得杂乱无章。"这，这怎么可能？"

师傅小声说："这是事实。他的的确确是我爸。你前几次见到的那个和我妈在一起的人不是我爸爸，他是我母亲的相好。已经有二十年了。"

"这怎么可能？"语言仿佛从我的思想里溜走了，世事太难预料，也太令人意外了。

"这个时候，他只有一件事可干。"

"这怎么可能？"我仍旧沉浸在巨大的疑惑之中。

师傅打了我一下，"他是我爸，我都不吃惊，你看你那点出息，什么都没见过，你怎么能写出好故事来，怎么写出生活的深刻来。"

我连连点头，"他要干什么？"

"打人。"师傅轻描淡写地说。

我心急火燎地说："那我们还不去制止他？你看他那样子，摇摇晃晃的，只有被别人打的份。"

师傅叹口气："他哪敢打别人哪。他打我妈妈。"

那天晚上，关于师傅的父亲和母亲，有太多的疑问郁结在我心头，因为末班车的时间缘故，更因为师傅已经没有了讲述的兴致。我匆匆忙忙地瞥了一眼那个蹒跚的男子，师傅的父亲，他已经坐在路边的便道上，把头埋在两腿之间，像是要睡着了。而师傅，则显出了疲惫之态，今天，我们在催化车间干了整整一天的活。

"我爸爸是个懦弱的人。他胆小怕事。我从小就看不起他。"说这话时，已经是数天之后，我和师傅坐在常减压塔的上部，塔离地面有三十多米高，天空很近，而地面的人看上去很小。她坐着我的安全帽，她的安全帽在我的手上，大红色的安全帽能映出天上的云朵。我坐在坚硬的铁板上，闻着四处弥漫的铁的味道、油的味道，听她讲述父亲母亲的故事。

"我父母的婚姻从一开始就是错误的。母亲是那种特别强势的人，她说一不二，而父亲则唯唯诺诺。母亲从来没有对父亲正眼相看。从我记事起，我就知道母亲在外面有一个男人，那个男人长得很标致，浓眉大眼，国字脸，一看上去就是电影里的正面形象。我也很喜欢和他在一起，我们都叫他杨叔叔。他关系很广，经常能给我妈妈弄到一些票，买到紧俏的东西，比如排骨、白面、白糖，我们家的那辆红旗牌自行车也是他给找来的票，包括后来 12 英寸的黑白电视。他还经常有出差的机会，我最喜欢的是他去上海给我们带回来的大白兔奶糖。杨叔叔的存在，对于我们小孩子来说并没有什么，因为我们也无法去弄懂，杨叔叔、母亲和父亲之间的关系。我们只是觉得他很亲近，见到我们就笑容可掬的。初中三年级时，我才意识到杨叔叔对我们家是一种威胁，才意识到这个笑容可掬的男人背后隐藏着一颗定时炸弹。从那年春天开始，父亲开始酒后殴打母亲。酒后的父亲陌生而令人惊奇，完全变了一个人，他像是一头凶猛的豹子，特别有攻击力。遭到父亲殴打时，母亲并不还手，也从来没有喊叫过，她都拼命咬着牙，把疼痛咽到肚子里。当第二天，我们看到母亲脸上和身上的伤痕时，真的不知道母亲是如何强忍着疼痛的。而父亲的疯狂也只是昙花一现。第二天酒醒之后的父亲又如出一辙，又变回了那个邋遢、委琐、目光飘移的男人。唉，该如何评价我自己的父亲呢？这真的是一个难题。"在她的身后，平时看上去高耸入云的火炬此时并不高大，熊熊燃烧的火焰在蓝色的天空背景下更加浓艳。

师傅父母的故事，给了我极大的写作的空间。"在以后的许多天里，爸爸妈妈都处于一种冷战的阶段中，他们尽量都在躲避着对方，以免稍不注意就点火烧着了。实际上，爸爸是最痛苦的，因为他经常用自行车驮着我到处乱逛，所以对于 1980 年的爸爸我最为了解。我时常在后座上听到他一边骑着自行车一边发出一声长叹。我爸爸一叹息我脚下就有些慌张，我的脚没有着地，它一慌就往车辐条里面钻，所以在我爸爸病倒之前的那些日子，我的脚经常被车辐条无情地卡出斑斑的血迹。所以在我 6 岁时，我的脚上经常涂满了紫药水。而我的哭喊成了爸爸那个最灰暗的日子的一段悲怆的伴奏。现在每当想到这里，我都会流下眼泪。"这些小说中的段落，在那些岁月里，就像是一扇通向社会的窗口，那个时候，我也不再感觉到炼油厂的偏僻，也不再感觉到我身处一隅的孤独，我仿佛来到了嘈杂的集市，芸芸众生之中，看到了他们的喜怒哀乐。

而我的师傅，冯荃衣，她的喜怒哀乐，对我则是一个永远无法解开的谜。身处嫌疑之中的王总突然来了一个华丽的转身，不仅没有受到任何的处罚，相反，在秋天到来之际，他从副总而升为了厂里的总经济师。那是一个令人疑惑的年代。他又开始频繁地出入舞厅。他身边的舞伴换了一个又一个，却终究无法忘怀师傅冯荃衣，于是在他升为总经济师两个月后，我的师傅，让我失望地又成了他固定的舞伴，那些场景，舞厅中的场景，从其他人的描述中，已经变成了一个曲折而淫荡的情爱故事。我的失望开始燃烧成怒火。

"师傅，我对你有意见。"那是第一次，我与师傅面面相觑，面色凝重。我语无伦次地向她诉说我内心的不安，我告诉她当我听到舞厅里发生的一切时，我的焦虑，我对她的失望。我喋喋不休的话语丝毫没有影响师傅美好的心情，她吃着香蕉，伸出左手摸了一下我的脑门，故作吃惊地说："你发烧了吧？你做了我两年的徒弟，铆工的活没见你长进多少，奇谈怪论可是学了不少。这不是我教你的吧？"

"这可不是奇谈怪论，师傅。"我诚恳地说。

师傅把香蕉扔到地上，香蕉的味道围绕在我们四周，暂时压制了车间里的机油的味道。师傅也是那么少见地严肃起来，她告诉我："我不是一个水性杨花的女人，我和你在小说里看到和写到的女人不一样。我只是一个现实而利己的人而已。这没有什么大惊小怪的。你以为你写作，你的思想境界就比别人高一等，你就能脱离了低级趣味，不食人间烟火？"

她说得我哑口无言，脸红红的，憋了半天才挤出几句话："我不想让别人对你指指点点的。"

"你是不是觉得做我的徒弟脸上无光了？"

我急忙否认，"我不是那个意思。我，我，我也觉得你做得太过分了。"

　　她想了想，"有那么一句话，这是谁说的，但丁吧，走自己的路让别人去说吧。当好你的徒弟，干好你的活，写好小说，让别人去说吧。"

　　师傅调侃似的话语并没有完全打消我内心的顾虑。师傅的形象变得越来越模糊，越来越难以捉摸。当夏天来临，整整两个月的大检修期间，师傅的身影在常减压塔上，在蒸馏塔上，在密密麻麻的管道之间上下穿梭，看到她干净的红色安全帽，看到她坚毅的目光，我才觉得这漫长的检修期总有结束的那一天。即使这样她可以两周不回家，吃住在车间里，可是这阻挡不住她和王总的约会。她会突然消失几个小时，彻底脱离我们的视线。等夜幕降临，她迎着我满是疑问的目光走过来时，她打了我一下，"没见过男人女人约会呀。"

　　但是在一次检修的间隙，消失了一上午的师傅并没有去约会。她回到检修现场时，递给我一本书，她说这是她特意跑到市里给我买的。她说："你好好看看这本书，我看不懂。好多人都在买。你看后给我讲讲。"她给我买的那本书是弗洛伊德的《梦的解析》。那几天，在塔顶，在管道之间，在工作的缝隙之中，我狂热地爱上了弗洛伊德，看完那本神奇的书时抬头看了看天，晴空万里，可我却意识到，黑夜温柔地降临了，我感觉周围的人，那些头戴安全帽、身穿工作服、忙忙碌碌的人，那些塔，那些设备，都宛如梦中。而所有的人，原来都是拥有着无数个奇奇怪怪、五花八门的异想的人，是一个个难以解读的梦中人。

　　有人推了我一把，"做梦呢？干活去。"是师傅。

　　我拎上风把、工具箱，跟在师傅后面，来到换热器旁。风把开动前，我问师傅："师傅，你做梦吗？"

　　师傅瞪了我一眼，"不做梦那还叫人吗。当然了。我每天都做。"

　　"那你都做些什么梦？"我紧追不舍。

　　"做什么梦。干完活再做。"师傅恼怒地说。

　　那是疲惫的检修期。我们像是机器和装置一样上紧了发条，平日里轰鸣作响的装置此时像是在温柔的梦境中一样，难得地有休息下来的机会，安静地被我们修理着。也许，当检修期结束，它重新踏上另一个漫长的工作周期时，它会怀念这段日子，怀念我们。也许，它也有潜意识，在它的梦境里，师傅，我，还有我的工友们，都是它梦境中的一分子。

　　"我经常做同一个梦。我的身体轻飘飘的，我在跑步。和别人一起站在跑道上，我以为自己跑得飞快，可最后我总是落在最后，我发现跑道上只剩下我一个人。特别恐惧，周围雾蒙蒙的，天空是灰色的。不知道他们是早就跑完了，还是我自己把他们甩下了许多。我总是在这个时候被惊醒。"在一联合车间的操作间里，我们坐在长条椅子上，师傅才回答我那个问题。小曹他们几个跑到墙头外面去偷偷抽烟了，操作间里只有我和师傅。

　　我一本正经地坐端正了，感觉自己就像那个拿着雪茄的白胡子老头弗洛伊德，"其实你是孤独的，你潜识里是不想做某件事的。你只想和别人一样，跑在他们当中，既不想跑到他们的前面，也不想落在他们之后。你潜意识里是痛恨某件事的。"

　　"什么某件事？"

　　"就是，和男人们之间的事。"我鼓足勇气说道。

　　师傅重重地打了我一拳，"你瞎扯什么。那本书里就是这样讲的呀，那就太浮浅了。"

　　我辩解道："我分析的有道理吧。梦境反映了你真实的内心世界。潜意识里的那个你才是真实的你。现实生活中，你最为突出的表现往往和内心里的那个你是相反的。"

　　"你是想劝我是吧？你觉得你能成功吗？"师傅盯着我的眼睛。这让我心虚得直冒汗。

"不能。"我老老实实地说。

没有人能够阻挡师傅的脚步，即使我借用那个叫弗洛伊德的老人也没有用。远来的和尚在我师傅这里行不通。就在我以为，我的师傅冯茎衣，要在她认定的道路上一路狂奔时，却出现了意想不到的转机。她随心所欲的生活停在了痛苦的十字路口。

检修的记忆停在了秋风之中。周一，师傅一反常态地没有来上班，王主任还问我和小曹，师傅怎么没有来。我和小曹都摇摇头。到下午的时候，我接到了师傅的电话，电话里，师傅的语气很沉重。她让我给主任请个假，说她要休息几天。她没有说请假的原因。我追问了一句，请什么假呢？师傅沉默片刻说："你随便说吧。"

下班后，我去了市区。她沉重的语气一整天都在我脑子里回荡。师傅一个人独自在家，她打开门，屋子里的灯光很昏暗，灯光似乎在她背后很远的地方，她的脸掩在黑暗之中，无法看清她的表情，她怔在那里，反应了几分钟，似乎才看清是我，她把我抱在怀里，失声痛哭起来。一向乐观的师傅，从来没有在我面前表现出她软弱的一面，所以，在她的拥抱下，在她号啕的痛哭之中，体味着她的泪水，我一时手足无措，我的双手支在她的肩膀之上，不知道应该做什么。我轻声道："师傅，师傅。"哭泣持续了十分钟，师傅泪眼婆娑地宣布："我要死了。"

死了的人不是师傅，而是师傅的丈夫。她的丈夫姓杨，叫杨卫民，在部队大院长大，父亲是军分区的首长。以前从来没有听师傅说起过。在我的感觉里，师傅一直回避谈到他，她可以向我敞开她父母的生活，可是却从来不去触碰她最亲密的那个人，我不知道她在躲闪什么。师傅悔恨地说，他是因为我死的。据师傅说，杨卫民和师傅大吵了一架，然后摔门而出，她怎么叫也叫不回来。他开着一辆军用吉普。师傅说她听到了楼下吉普车发动的声音，仿佛是他愤怒的吼叫声。"他离开的时间是晚上七点钟左右。"师傅说，"我接到电话是夜里十一点，他妹妹杨卫宁给我打来的。我再见到他时，他躺在医院里，身体已经完全变了形，他的车在谈固大街和裕华路口出了事故。杨卫宁埋怨我，都是因为你，他失去了理智，和一辆重型货车撞在了一起。她说那句话时，我看到了我婆婆愤怒的目光，她坐在楼道一角的椅子上，身体完全躺在椅背上，脸上全是泪水，虽然在我和她之间，不断地有人走来走去，可是她脸上的怨恨却那么有力，像冬天的狂风那么强劲，我一辈子都不会忘记。"

"我是一个罪人。"师傅悲伤的表情使那个夜晚凝重而凄凉，秋日的夜晚，师傅最早感受到了凉意袭人，她蜷缩着，身体瑟瑟发抖，我拿过一条毯子，盖在她身上，"一个不可饶恕的罪人。不管我说什么，解释什么，都徒劳无益。人毕竟是死了，人死不能复生。"

背上沉重的心理包袱的师傅，是无法被安抚的一个受伤的女人，她呆滞的目光，绝望的神情，都在酝酿着生活中转机的开始。在那个充满了忧伤的夜晚，我和师傅相对而坐，我都忘记了对师傅滥情的不满，忘记了师傅留在我印象中的形象。

"我们之间没有什么爱情可言，从一开始就是这样，我看中的是他家的家世和地位，他看中的是我的美貌和容颜。"凌晨时分的师傅，在自责与悔恨之间徘徊不前，"我与丈夫，我们俩结婚八年了，没有孩子，所以更没有了维系我们之间情感的东西。他是个浪荡公子。从结婚那天起我们就形同陌路。我不过问他的事，他也从来不过问我的事。在远离市区的炼油厂，你肯定会意识到，我是自由的。我自由地按自己的意志生活着。我想，是我自由过分的生活给他造成了影响，这八年中，他一事无成，每天游手好闲，和一帮朋友搞外贸，开公司，没有一个办成功的。我想，都是因为我，因为我自己的放荡不羁，自己的随心所欲。所以他才会放任自己，放纵自己。最后铸成了大错。"

师傅把丈夫的死定性为自己的过错，这个阴影在她之后的生活中始终挥之不去，我的师傅，一夜之间性情大变，她告别了以前喜爱而热衷的生活，告别了男欢女爱，告别了情人与浪漫，断绝了与王总的关系。我曾经见过疑惑不解的王总在施工现场委屈地站在师傅的身边，请求她重新回到舞场上，回到他的身边。异常冷静的师傅，没有停下手中的工作。在嘈杂的风把声中，她不做任何的解释，只是告诉王总，她的心以后只会放在这里了，她只会和风把，和装置，和需要修理的设备、换热器在一起了。我看着落寞而去的王总的背影，不知道怎么却有些兴奋不起来。以前我不欣赏她颓废而糜烂的生活方式，而如今当她告别过去，迎来新生，我却有些莫名的惆怅，我一直不知道这种惆怅来自何处。直到在随后的日子里，我师傅冯荃衣，不断地走上主席台接受奖励，各种名誉纷至沓来，她的身上渐渐笼罩上光环时，我才意识到，我是无法接受一个人能够脱胎换骨，能够变得不像自己。而哪个师傅更加真实，我疑惑了，茫然了。

据说，失意落寞的王总再没有出现在舞场之中，他尝试着找到一个能够替代师傅的舞伴，比如那个曾经的最佳搭档小徐。小曹看到过小徐，他说小徐像是焕发了第二春，她身材越发苗条。但这只是昙花一现，小徐的第二春还没有完全绽放便步入了冬天。失去了师傅的王总对舞蹈也失去了所有的兴趣，即使身在舞场之中，他也像个幽灵一样。没过多久，王总也从工会舞厅中消失了。对师傅的突然转变，王总有些不明所以，一天，他把我叫到他的办公室，简单寒暄之后，他便毫不隐讳地和我谈起了师傅，他说："我知道你师傅对你最信任。她什么话都和你说。"

　　我紧张地站在王总对面，他的办公桌上摆着一个金属的永动仪，它就在我眼前不停地晃啊晃。王总显然也没有意识到我一直站在那里，我的局促不安，他想着的是他的心事，他继续说："她不是一个追求上进的人。她对那些名呀，利呀，从骨子里不喜欢。她是一个享受生活的人。你觉得这正常吗？"

　　我突然之间不知从哪里来的一股勇气，紧张陡然间从我脑门的汗珠里、从我手心里的汗里溜掉了，我盯着他沮丧的脸，有些愤慨地说："王总，恕我直言。你到底喜欢哪一个师傅，是以前那个水性杨花的，还是现在这个一心扑在工作上的？"

　　王总其实一直就没有正视我，听到我的话，他万分诧异地看着我："你这是什么意思？"

　　我说："我就这个意思。我就想知道我师傅在你眼里是什么样的人。"

　　"我可是为她好。"王总在我的逼视下目光明显地胆怯下来，"你回去告诉她一句话。"他顿了顿，摆摆手说："算了，说这些还有什么意义。"

　　我走出王总宽大的办公室时，狠狠地吐了一口痰，我从心里有些瞧不起他。说到底，他心中的师傅只是颜色艳丽的一朵花而已。

　　我曾经陪同师傅，在无数个周末，在节假日，去杨卫民的父母那里。她压根就没有想得到他们的原谅，尤其是杨卫宁和她的婆婆，她们的冷漠甚至仇恨并没有随着岁月的流逝而减退，她们把师傅送的礼物扔到她的身上，扔到屋外，她们冷冰冰的目光就像是刀子。有一次杨卫宁破天荒地走到楼下，她铁青着脸，质问师傅："你想得到什么？"

　　师傅略微犹豫了一下，她没想到杨卫宁这么直截了当，她说："我想得到妈妈的原谅。"

　　"妈妈心里没有原谅这个词，你也别想见到她。在她心里，你和杨卫民都已经死了。"

杨卫民车祸后的第二年，师傅的婆婆收回了属于她儿子的那套房。当杨卫宁来告知师傅这一决定时，师傅二话未说，当天就让我找来一辆皮卡车，搬走了属于她的日用品。坐在回厂区的车上，师傅的整个家就在车的后备厢里，显得是那么轻，那么简单。我以为我能从她的表情中读到悲伤，但是没有，师傅异乎寻常地平静。她看了我一眼，笑着说："哪里不都是一样。"

如此绝情的态度，我的师傅都没有退却。我想，师傅这么做只是想得到自己内心的安慰。她不在乎她们拒之千里的冷漠。她赎罪的过程残忍而又漫长，一个雪天，我们俩站在冰天雪地里，她抬头看着楼上那紧闭的冰冷的窗户，她多么希望，那扇窗户能为她打开。我劝她："师傅，算了吧。你不可能改变她们。"

师傅的脸被雪映得白灿灿的，自言自语道："为什么呢？"

她不需要答案。她的疑问与忧伤都融化在了那漫漫的大雪之中。我知道，任何多余的解释和回答都是徒劳的。

但是她没有告别自己的外表，她仍然注重自己的容貌，她的红色安全帽仍然是全厂最干净的，我经常把她的安全帽当成镜子。戴着明亮安全帽的师傅，当她的心思完全地用在工作中后，竟然成了炼油厂一颗冉冉升起的明星，她带领她的班组，在几次重要的抢修工程中大显身手。尤其是催化装置加热器泄漏事故中，她在装置上待了整整一晚上，当第二天凌晨，黎明伴随着装置重新启动时，师傅也昏倒在临时搭起的架子下。她的红色安全帽跌落在她的身边，我注意到，安全帽上满是油污。

就是那次抢修，改变了我的人生轨迹。

下半夜，浓浓夜色包裹住的光亮显得逼仄而拥挤，像是一团徘徊的云朵。而我，是云朵洒下的一滴雨。在光亮之外，是焦急等待的厂领导们，他们的目光都聚集在我师傅身上。师傅的技术，加上她的勇气和胆量，是厂长们能够从容围观的理由。他们相信事故会很快结束。但是抢修工地上突然响起了师傅的怒吼，她吼的是我，我错拿了风把。她骂我是个猪，跟她学了三年还一事无成。在那么多关注的目光中，我无地自容。我灰溜溜地从架子上爬下来，跳上电瓶车，落荒而去。重新拿到大号风动扳手的我仍然是那晚的落寞者。我知道，没有人会注意我，人们的注意力只是在与时间赛跑的抢修。我偷偷地看着师傅，她的身体随着风把的抖动而晃动着，她冷峻的面庞与那个娇艳的女子判若两人了。

"师傅，我要从车间调走。"我向师傅摊牌时，深夜抢修时的景象还在我脑海里闪现，师傅的吼声犹在。师傅刚刚在车间的休息室睡了一觉，她揉着眼睛，满是疑问地看着我，她不明白我要说什么。

我解释道："我感觉自己在车间里是一个多余人，在这里没有任何前途可言。正好有一个机会，厂纪委监察室缺一个人，原先的那个张娜大姐，调到齐鲁石化了。他们需要一个写材料的。"我手里拿着一个崭新的红色安全帽，那是我刚刚从材料员那里替师傅领来的。

师傅接过安全帽，"不是因为我骂了你吧？"

我摇摇头，"绝不是，师傅。"

师傅又问："那就是你再也不屑做我的徒弟了，你一直不喜欢我的生活方式和态度。"

"师傅，这更不是了。"我辩解道，"再者说，你都已经……"

"已经什么？改过自新了？"师傅笑着说，"算了，你不用解释了，我早就预言你不会在这里干长久的，你的志向不在这里。去吧，到那里，你好歹还能和文字打打交道，不像在车间里，除了那些风把、换热器，就只能天天看到一个道德败坏的女师傅，烦不烦哪。"

我知道这是师傅的玩笑话，并没当真。师傅同意我离开，这才是最让我感动的。"但是，"我补充道，"事情可能并没有我想象的那么乐观。"

"怎么了？"

"唐副厂长不同意。"

我调动的难题出在主管人事的唐副厂长。他与纪委书记长期不和，所以，凡是纪委想进个人，他总有理由推三阻四。

师傅稍微犹豫一下，说："唐厂长的事我来解决。你准备好去纪委吧。"

我是多么迫切地想要调到机关工作呀。那时的我爱慕那一点点虚荣，羡慕那些和我同时进厂的大学生们，他们可以在那座十层的大楼进进出出，那是身份的象征呀。而不像我，进厂这么久了，还混为一个工人。因此，那点急切的虚荣心、骄傲的自私淹没了我的判断力，当时我没有去想师傅如何去帮我解决。我只是兴奋而情不自禁地说："谢谢师傅。"

秋夜难眠。想起白日师傅的允诺，我突然意识到了问题的严重性，她有什么资本与唐副厂长做交换？我想起了那个秋夜师傅曾经说过的话，便冲出宿舍。刚跑到师傅住的宿舍楼下，我便看到师傅从楼门洞里出来，纵使光线昏暗，我也看得出来，师傅是精心打扮的，那件红色的裙子已经很长时间不见她穿了。"师傅。"想躲已经来不及了，师傅已经看到了莽撞而来的我，我只好硬着头皮冲上前去。

"你来干什么？"师傅并没有等我回答，便说，"你来得正好，我正要去见唐厂长。你送我过去吧。"

他们见面的地点约在厂里，今天晚上，唐厂长在厂里值班。我骑着自行车，师傅坐在我身后。还不到换班的时间，通往厂区的公路上空荡、寂寥。两旁的白杨被风吹动着，在暗夜与路灯光的交错中，黑色而互相碰撞的树叶像是在诉说着黑色的故事。一路无话，我内心挣扎着，在心灵深处，有一个我在呼喊着停下来，让师傅停下来，可是我的身体并没有听它的指挥，我骑车的步伐虽然慢一些，却并没有停止。我能听到师傅平静的呼吸声，能够闻得到她身上散发出来的茉莉的花香。她也一路无话。来到厂区办公大楼下面，我抬头向上望去，幽深的夜里，大楼显出几分神秘，对于我来说，它是一个通向梦想的楼梯。我和师傅挥手告别，我们俩像是有某种默契似的，谁也没有开口说一句话。师傅转身而去的时候，轻松自如，就像以前任何一次，我去送她约会的场景再现。唐副厂长的办公室在大楼的三楼，向阳的一面。我听着师傅的高跟鞋声渐渐消失在大楼里，心里突然像是被谁揪了一下似的。我在大楼下面徘徊了整整一夜，没有勇气冲上楼去，闯进唐副厂长的办公室，夜色残忍如勒紧心脏的尼龙绳，而那座大楼，却如此友好地在黑暗中召唤着我。

　　我一直想忘记那一幕，师傅第二天清晨从大楼里出来的那个场景。她微笑着，头发整洁，红色的裙子随风摆动。

　　那就是我，二十多岁时的心智，为了早日离开车间，能够在办公室里工作，早日脱离工人岗位，师傅的境遇早被我抛到了九霄云外，如今，二十多年过去了，想起那个秋夜的我，便羞愧难当。

　　在我离开检修车间的前一天，师傅再次把我带到了催化塔的顶端，我们一起俯视整个厂区，师傅形容的丛林面积更大了，装置在不断地向南扩展，尽头那些绿油油的麦地显得弱小而可怜。师傅问我怎么看待这片广阔的丛林。我老实地回答："师傅，这么多年了，我没有觉得这是片丛林。"

　　"在你眼里，它是什么呢？"

　　我想了想，"它是一道障碍，就像赛马比赛里的障碍。"

　　"你是想越过它。我知道，这里不是你的丛林，它是我的。"师傅感伤的话语像是一片叶子，慢慢地飘落到装置上、设备上、管线上。

第二天我就离开了检修车间，如愿去了纪委监察室，在那栋大楼的六楼拥有了一间办公室。那一年，我师傅三十三岁。我去报到那天，和我一屋的马大姐一见面就问我："你是冯茎衣的徒弟？"

我笑盈盈地说："是啊。你认识我师傅？"

"她呀，天下谁人不识君。"马大姐引用了一句古诗词，脸上神秘的笑容很短暂，很快就消失了。

如果说三十三岁之前师傅的盛名还是被负面的传言所堆积起来的话，那么，这之后的师傅，她的名声越来越大，也越来越令人尊敬，她成了名副其实的"铆焊大王"。她的名声是与无数次的抢修、无数次的彻夜奋战、无数次的上台领奖联系在一起的，虽然，我的办公室在象征着权力与欲望的办公大楼的六楼，我也由衷地感觉到，我必须要仰视她，用另外一种眼光去迎接她已经变化的坚毅的眼神。在短短的几年时间里，师傅威名大震，她的事迹不仅局限于厂报、《中国石化报》《河北日报》，而且已经上了《工人日报》《人民日报》，在通往成功的道路上，她一路狂奔，令人目不暇接。她从厂劳模，到区劳模、市劳模，一跃成了石化系统和省里的劳模，在"五一"前夕还受到了表彰。据马大姐说，下一步就要提拔她做检修车间的副主任。马大姐感叹道："你说，你师傅怎么可能成了这样一个人！"按照马大姐固有的想法，我师傅就应该是三十三岁以前的冯茎衣，她就应该风流成性，招蜂引蝶，这是她的宿命。马大姐的消息很可靠，因为她丈夫是劳动人事处的处长。马大姐补充的一句让我很是不满，她不屑地说："转变得跟神似的，不见得是什么好事。"就是那天，我和马大姐为了师傅争吵了几句，我提醒她别忘了电影《流浪者》中那句经典的台词"法官的儿子永远是法官，贼的儿子永远是贼"，那天我说了很多过激的话，就差没说出她以前不过是个办公室的打字员的话。马大姐显然比我有城府，她生气归生气，却并不像我那样慷慨激昂，她说："我不跟你抬杠，不信咱们走着瞧。"

　　我师傅，在变化着，我能够深切地感受到。我和师傅的关系，并没有因为我离开车间而疏远，反而更加接近。我们几乎每天都会见面，我把我写的长篇的新章节交给她，听听她看过的前面章节的意见，虽然那些意见并不大被我采纳，但是我仍然喜欢她那种越来越较真的样子，她投入的表情，沉浸其中的情绪，仿佛她就是小说中的人物。当自己的一部作品被一个人如此看重时，我内心的欢喜还是不言而喻的。还有的时候，是她在倾听，她在倾听我的想法和意见。她的发言稿，她每次在台上令人振奋的故事都出自我的手。她的每一件先进事迹、每一个抢修场景都是我头脑中的一条神经，那些密密麻麻的神经都能在深夜里像水一样汩汩流出，在我伏案时化作一串串或是高昂或是煽情的词语。所以说，我师傅在走向成功的道路上也有我的一份功劳。而师傅，也越来越依赖我，离不开我，我就像是她前进路上的大脑，成了她的一部分，所以当石化系统的劳模巡回讲演开始时，她向党委于书记提的唯一的要求就是带上我，替她酝酿和撰写稿件。没想到的是，于书记欣然应允，于是我和她踏上了漫漫的巡回讲演之路，在历时一个月的时间里，我们先后去了东北的抚顺炼油厂，北京的燕山石化，河南的洛阳炼油厂，山东的齐鲁石化，湖南的岳阳石化，湖北的荆州石化，南京的金陵石化。光是旅途劳顿，不出半个月我就感到疲惫不堪了，我师傅却始终保持着旺盛的精力，每换一个地方，她都像是首次演讲那样激情四溢。她很在意每一个细节，每次讲演结束，她都会虚心地听取我的意见，以便下次改进。团里有一个来自燕山石化的丁劳模，一表人才，声音浑厚有力，每次都邀请师傅去当地的舞厅去跳舞，他眼光很毒地说："一看你就是你们厂的舞星。"师傅每次都婉言谢绝了，她说她真的不会，而且对跳舞没有丝毫的天分和兴趣。一个月中，丁劳模都在锲而不舍地向师傅发出邀请，最后当告别时，他还请师傅到金陵石化招待所的花园里去赏月，师傅没去，代替她去的是我，我代替师傅向丁劳模传话说："希望我们在各自的岗位上努力拼搏，实现自己的人生理想和价值。"我说完话，没等观察丁劳模的反应就匆匆离去。在房间里，师傅还在等待着和我一起讨论这次巡回讲演的汇报总结如何写呢。后来丁劳模并没有死心，回去之后，他给师傅写过十封信，师傅根本没有拆开，她把那些信通通交给我，让我来处理。那些信我也没拆，我把它们放在了我的箱子里。

师傅的变化不仅仅是在身份上，更多的是在心理上。她的自信在泛滥。她觉得在任何事情上她都掌握了主动，而且她想当然地以为，那个深刻在她头脑中的阴影也会从此烟消云散。4月30日上午，省总工会的表彰大会，作为省劳模代表，师傅要上台领奖，她提前把两张票送给了婆婆家，她希望她们能出席。我师傅，天真地以为，她的成功会化解她们之间的仇恨。会场上，师傅穿着一套乳白色的裙子套装，很有职业女性的范儿。坐在前排的师傅，我能感觉到的心神不宁。她不停地转头向我这边张望，我知道，她看的不是我，而是我身边的两个空荡荡的座位。直到表彰大会结束，那两个位置都没有人来。我知道师傅的失望有多深。所以散场之后，我安慰她说："她们也许有别的事，赶不过来。"

师傅淡然一笑，"她们只有一件事，那就是恨我。我都习惯了。没关系，还有下一次。"

她的责任心也在不自觉地膨胀。她觉得自己有义务让她的父母重归于好，成为一个完整的家，她断绝了父亲的零花钱，希望切断他喝酒的资金来源。但是父亲仍然能从母亲手里拿到钱。母亲无辜地说："我早就对他没有任何指望了。"母亲的意思是说，听之任之吧。而对母亲，她满指望能做通母亲的工作，停止与杨叔叔的来往。母亲的反应异常激烈，"你还不如杀了我。"母亲的话就是一个宣言。师傅所能做到的唯一的一件事是把他们全家拉到一起照了一张全家福，拍照时，我在场，丽人照相馆。照相师傅很有耐心，不停地引导他们要表情自然，要发自内心地露出幸福的微笑，可是没有用。我至今记得照相那天的情形，师傅的父亲穿着一件深蓝色的中山装，胸前的油渍虽然洗过，却依然顽固。他的头发还是被师傅强迫着去理发馆理的，所以看上去比平常要精神许多，眼神却怎么也是浑浊的。母亲的左脸颊有一块瘀青，那是她父亲三天前的杰作。她擦了一些脂粉，却还是没有能完全遮盖住。她的弟弟，一个卡车司机，根本没有在乎什么拍照，他进来时还穿着蓝色的牛仔工作服，油迹斑斑的。师傅训斥了他一顿，临时穿着照相馆的一件灰色西服。而妹妹，则因为穿着太过艳丽同样被师傅批评一番，好在人是到齐了。不管照相师傅多么努力，那张拍于 1994 年的全家福并不成功。照片出来后，每个人的表情各异，除了师傅是发自内心地微笑之外，其他人都像是藏有心事似的，要么板着脸，要么哭丧着脸。师傅叹口气说，好歹也是张全家福。那天晚上，当我在宿舍里写作时，看着摆在我面前的师傅那张全家福，我突然灵光闪现，立即冲到楼下给师傅打电话，我像是能触摸到那个词一样，它就在我的心尖上跳动，我兴奋地告诉师傅："我想好了我这个长篇的名字，就叫作《全家福》。"师傅沉吟了一下，"好啊。这个名字挺好的。"一连好几天，我都被那个小说的名字感染着、亢奋、干事毛手毛脚。连马大姐都看了出来，她问我这几天是不是受什么刺激和打击了。我脱口而出："马大姐，你们家照过全家福吗？"

"有啊，有啊。"马大姐第二天就拿来了他们家的全家福，一共是八张，照全家福是他们家的传统，一直延续到现在，从她十岁那年开始，每四年照一张，马大姐给我介绍着每张照片拍摄的时间、背景、人物，她感叹道："不能看照片，一看照片就感觉到自己老了。"那八张照片，风格基本上是统一的，每个人脸上的笑容也都是一成不变的，唯一变化的就是悄悄爬到脸上的皱纹。马大姐的那些照片我早就忘记了，但师傅那张唯一的全家福，多年之后我还记忆犹新，那上面的每一个人，每一个表情，他们似乎都散落在我小说的章节中。

实际上，师傅即将被提拔的消息不是空穴来风，组织部门已经找她谈过话。师傅没有丝毫走上新岗位的紧张，那个位置好像早就在那里等她似的。坐在我对面的师傅，目光中透露的是信心和对未来的憧憬。她在滔滔不绝地给我说着她当上副主任之后的设想和规划，我不忍心打断她，直到她停下来喝口水，我才提醒她："师傅，你说的这些宏伟理想，好像都应该是主任去想，去做的。"

师傅说："早晚有一天，我也能当检修车间的主任。"

我相信，按照正常的轨道，师傅的豪言壮语并不是夜郎自大，我也相信，师傅完全能够胜任车间副主任乃至主任的重任，但是事与愿违，我师傅的仕途还没有开始就夭折了。

那天上午十一点半，我正在办公室写材料，消失了一上午的马大姐推门进来了，她突然冒出来一句话："不是不报，时机未到。"

我问马大姐："你说谁呢？"

马大姐故作神秘状，"谜底很快就要揭晓。"

我没想到马大姐所说的谜底与师傅有关。是旧案，王总多年前抹平的倒卖成品油事件重新发酵，被纪委立案调查了。马大姐所说的很快其实就是第二天，我们成立了一个调查组，我和马大姐都是调查组的成员。因为证据确凿，重要的证人也在河南濮阳被抓，所以王总没有坚持多久就全部说出了实情，除了倒卖成品油之外，更令人震惊的是他们在买原油过程中的以次充好，以水代油。王总的头发仿佛一夜之间就白了许多，年龄也老了十岁。马大姐让他说说走上邪路的心路历程。王总抬起绝望的脸，突然间就泪流满面，他忏悔道："我以前不是这样，我奉公守法，克己自律。都是因为她。"

王总所说的她就是我的师傅冯苤衣。一听到他提到师傅，我立即有些紧张，马大姐显然注意到了我的这个变化，她盯了我一眼。我镇定了一下情绪，继续听他深挖思想根源，"大家都知道，我只有一个爱好，就是超级爱跳舞，尽管如此，我的思想也并没有任何改变，我兢兢业业，可以说为这个厂做出了巨大贡献的。都是因为冯苤衣，她是我的克星。"我是在越来越愤怒的情绪中听完他的陈述的，在他的描述中，师傅是一个邪恶的魔鬼、女妖精，用尽各种妖术迷惑他，引诱他，以至于他迷失了前进的方向，走上了犯罪的道路。"她的欲望是个难以填满的沟壑，我所做的一切都是为了她。"我终于忍不住插话道："她要那么多钱干什么？"

王总斜眼看了看我，"那谁知道呢，买衣服，打麻将，买房子，买车，总之她太多的欲望需要我去满足。"

我还要问，马大姐善意地提醒我说："与本案无关的不要问。"

在他的供述中，我师傅是那个具体的操作者，他只是通过打电话疏通关系，搞到油品，而具体实施的是我师傅。师傅从运销部门拿到油票，然后再找到下家，以高价卖出去。王总悔恨地说："我是鬼迷心窍了，对她百依百顺，失去了对事情的判断力，放松了对自己的要求。"

他把自己包装成一个无辜的受害者，这让我无法接受，在谈话结束之后，我对马大姐说出了我的忧虑。马大姐说："我们不会冤枉一个好人，也不会放过一个坏蛋。"她补充道："你师傅有没有事，不是我们说了算，也不是他说了算，而是事实说了算。"

我不知道是不是马大姐和白帆处长说了什么，约谈我师傅时，我意外地成了主角。马大姐坐在我身边做记录。她充满激励的眼神并没有给我足够的勇气。看着师傅走进来时，我的脸上感觉到热辣辣的，羞愧得低下了头，就像是我做了天大的错事。我从来没有想过，我们师徒会在如此的场合下见面。师傅今天没有穿工作服，她穿着一件淡紫色的紧身西装。师傅却很坦然，她坐在我对面，像是什么事情都没有发生一样，她说："你问吧。你该怎么问就怎么问。别把我当你师傅。有什么我就说什么。你们问完我，我还要去参加区里的人大会。"我这才抬起头，理了一下思路，才开始提问。

"王同信，"师傅不假思索地说，"我们早就认识了。他是厂里的副总，没有人不认识他。我知道你要问什么，我来说吧，我不是因为他舞跳得好才与他好上的，而是他手里的权力。我以前根本不会跳舞，就是为了能和他接触才学的。1990 年的春天，通过跳舞，我们慢慢地走到了一起。"

"你是不是通过他从厂里领出油票，然后再高价卖出？"

"是的。"

"什么时间？"

师傅想了想，"1990 年到 1993 年间。"

"一共领过多少次，有多少张？"

"我不记得了。"

"得到多少钱？"

"一万多块钱吧。"

"是你主动做的，还是在别人的指使下做的？"马大姐皱了下眉。

"我自愿的。"

"你为什么要那么做？"

师傅笑了笑，"那时的我就是那样，爱慕虚荣，贪图享乐。现在回想起来，那真是一场虚假的梦境。我现在经常在想，为什么当时我会是那样的一个人，我会那么随波逐流，为什么我的思想境界会那么低下，那么形而下。究其原因，是因为我的世界观是漫无止境的，是天马行空的，是不加约束的。这是极其危险的。"

"你痛恨以前的那个冯茎衣？"

"是啊。"师傅目光坚定，我觉得坐在那里的师傅，就像是一个庄严的教师，有着强烈的责任心和正义感，"现在想来，我自己都在问自己，那是我吗？真是一场梦啊。好在，这场梦现在醒了。我看清了一切。"

我听到了马大姐敲击桌面的声音。我知道我的思路被师傅引导了，我接着问："你知道你为什么能得到汽油和柴油的油票？"

"当然知道。因为王同信。我一个破工人怎么会有那么大的本事。"

"这么说，你是受王同信指使的？"

师傅还没有回答，马大姐就果断地中止了我们之间的谈话。她把记录本合上，说，今天就到这里吧。

那次约谈，很明显没有向处长所要求的正确的方向前行，按照白帆处长的说法，它步入了一潭泥泞。白帆处长凝重的表情是对我工作的否定，他告诫我，一个纪委干部，感情用事是大忌，是大敌。我没有做任何的解释，事实是不容辩驳的，我心情郁闷，明明知道私下去见师傅是违背职业道德，仍然无法抵制住内心的情感。我约师傅在生活区北边的麦田旁见面。毕竟这有违我的良心，所以，我特别挑选了那么偏僻的地方。是一个阴沉的夜晚，夜色浓重得像是无法推开的山，没有一丝的星光，黑暗中我看到了一束微弱的手电筒的光亮，那光亮艰难地推开了山一样的夜，畏畏缩缩地向前挪着。走近来，师傅埋怨我不该来这个鬼地方，她说："前两周机工车间的小余就是在这一带被坏人强奸的。"她手里的手电筒光在路边的麦田里晃来晃去，更增添了恐怖的气氛。我幽怨地说："师傅，再害怕也抵挡不住我的担心。"

"你担心什么？"她抓住了我的手，很显然，她也被周围森然的气氛吓住了。

茫茫的夜色仿佛是一块坚硬的地板，我们的脚步声被放大了，它比平日里更加响亮。那越来越大的声音不仅敲击着我的耳膜，还敲击着我的心。我的手也用上了力，我能感觉到师傅的手心里凉凉的。我说："你知道我担心什么。"

师傅叹了口气，"你不用为我担心。我做的事绝不反悔，也不会后悔。我知道这一天会到来的。只是晚了一点。"

那个夜晚，我的劝说基本上是无效的，我希望她不要被王总牵着鼻子走，不要把责任往自己身上揽。师傅却轻描淡写，她用手电筒的光指着暗黑无界的夜空，"你看看这夜，你再怎么去描绘它，去形容它，它都是黑的，它不可能是白天，这一点是不会改变的。"

我的师傅，再次遵从了她内心的安排，她没有像王总那样，把责任全部推开，她说出了她所有参与的倒卖油票的事情，她对我和马大姐说："我为以前的我感到羞耻。"她说的是肺腑之言，如今的师傅冯荃衣脱胎换骨，一身正气，装置哪里出了问题她都会出现在哪里。她在全厂的表彰大会上慷慨激昂；她在区人大、市人大的会议上激情澎湃。

王总进了监狱，而师傅背上了一个党内严重警告的处分，她的梦想就此断送了，我不知道她还做不做当车间主任的梦，我只知道，这件事给她的打击是巨大的，她付出了沉重的代价，相继丢失了厂、区、市、省、中石化劳模，被区人大和市人大罢免了资格，副主任也成了天上自由的云朵。在那段难熬的岁月里，师傅有她自己独特的方式打发她的绝望与落寞。有时候她会拉上我，两个人漫无目的地骑着自行车，大部分时间都是在炼油厂厂区附近的乡间公路上，我们一言不发地就那么骑着，仿佛我们的世界就是那些四通八达的乡间公路。但偶尔我会随着她不知怎么就骑到了市区，她熟练地穿过裕华路，拐上建华大街，我们汇入了中山路滚滚的车流之中。我留意到，在我们骑行的路线中，我们先后经过了长安区人大、市人大的办公地点。到了门口时，师傅都本能地停下来，向里张望片刻。她的脸上露出怅然若失的表情。返回的途中，一直一言不发的师傅突然张口道："你知道我今年的议案是什么吗？"

"不知道。"我回答，其实那个议案是我帮她写的。

师傅沉默了一会儿，说："我想呼吁一下，让全社会都重视一下技术工人，大力开展技术工人的培养。你想想看，社会不就靠技术在推动着吗？你再看看像我们这样的技术工人，厂里重视吗？国家重视吗？没有。你觉得这个议案可行吗？"

我说："可行。我支持你。"

失意的师傅开始和我探讨她的议案，怎么合理，怎么搞调查，怎么写。尽管这已经是重复在做的一件事，我仍然随声附和着她，我觉得她完全沉浸在她辉煌的日子里，我又何必打搅她呢。

最后，在我们看到炼油厂的火炬时，师傅发出绵软无力的叹息，那声音在乡间公路上如尘土样细弱，"可惜了。只差半个月，我就能把议案提出来了。"

她还会突然把我叫到她的家里，像以前那样铺上稿纸，准备好钢笔，这是要写发言稿的架势。我看了一眼桌子上的一切，心里发酸，我叫了声师傅，便不知道再说什么。师傅却淡然一笑，"我都习惯了，你让我一下子改变不可能。你知道我当初从那样一种放任自流的姿态变成这样有多难，付出的代价有多大，我的丈夫走了，我和我丈夫的家人成了仇人。这一次，我的代价更大，因为我的心死了。"

我把师傅揽在怀里，在我的怀抱中，她的身体竟然那么娇弱。我能感觉到她的眼泪流到我的肩膀上，钻透衣服，渗到了皮肤上，凉凉的。

我安慰她："师傅，生活总是要继续下去的。"

师傅突然推开我的怀抱，她抹去脸上的泪水，粲然一笑，说："你放心吧，我想了一夜，已经想通了我的人生，它就是海上的一个小船，想漂到哪儿就漂到哪儿吧。不过，你看看我，为了写发言稿，买了那么多的稿纸，不能就这样浪费掉。我想好了，我给你誊写小说吧。你就在我家里写作，你写完一章我给你誊写一章。"

于是，在无数个夜晚，我的长篇原稿就放在师傅家里的梳妆台上，她仔细地辨认着我歪七扭八的字体，认真地抄写着。对于十几年都很少拿笔的师傅，其实这不是一个省心省力的活，相比她遇到的那些检修、抢修，这更难。我坐在她的书房里，侧身看着卧室中的师傅，几次不忍心，想让她放弃，但是我还是重新理清了思路，回到我的故事中，我觉得，那个与我同处一室，逐字逐句阅读并抄写的师傅，何尝不是活在我虚构的故事中的人物呢？

跌落到人生最低谷的师傅，已经彻底无法改变她工人的身份，她像是没事人一样，甘心做着她的工作，做好一个铆工工人，一个班长，一个好师傅。按马大姐的说法，你师傅是一个胸大无脑的人。我虽然不喜欢她用的那个词，但是师傅这样的心态也让我放心许多，因为我非常担心她会想不开，会钻牛尖角。在那一年，有两个从技校毕业的学生成了她的新徒弟，一男一女，男的姓童，女的姓黄。按照惯例，师傅又自掏腰包让他们请客，并特地叫上我。两个小徒弟有着与我当时一样的青涩与拘束。那天晚上师傅喝醉了，她趴在桌子上不省人事，把两个小徒弟吓得脸色发白，张皇失措。第二天一上班，小黄就在办公大楼门口堵住我，向我请教如何当好一个徒弟，我想了想，说："你会种茉莉花吗？"

她摇摇头，"什么花我都不会种。"

我说："那你好好学学吧。"

在师傅的阳台花房里，茉莉花已经被冷落，它在日渐地凋零和枯萎，开花的季节早就过了，但它们仍旧固执而孤独地想念着花团锦簇的日子。

师傅纷繁生活的谢幕远比那些茉莉花要悲凄。

一个冬天的夜晚，这让我想起师傅丈夫出车祸的那个夜晚。不过，这次师傅的语气显然比上一次更加令人不安，她说："你快点过来。出大事了。"已经是夜里九点，我知道她回了市区，快下班时她让我在办公大楼下等着她，她把她家里的钥匙交给我，嘱我好好写作，她回市区给母亲做寿。她笑着说："我妈今年六十了。不知道我活到她这个年龄会是什么样。"她轻松的样子不像是要发生什么大事的前奏。

我赶到她家里时她并没在家，家里只有她的小外甥，正抱着小猫，瑟瑟发抖，我问了半天，他才断断续续地说出他们已经去了医院，他姥爷摔了一跤。去往医院的路上，我也没有意识到问题的严重性，开车的小张以前也是师傅的徒弟，他还埋怨师傅小题大做。

医院里哭成一团，师傅的酒鬼父亲，已经告别了人世。我没有看到他躺在那里的情景，我只看到了蹲在走廊墙角的师傅，她蜷缩着身体，比一只受伤的小猫还可怜。她看到我，眼泪才流下来，只说了一句话："我害怕。"

她父亲死了。送到医院的那一刻停止了呼吸，喝得烂醉如泥的他顺着楼梯滚了下去，脸都变了形。他不是自己摔下去的，"我也是疯了，我就那么轻轻一推，谁知道他的身体像是一个空壳，像是空气似的，那么轻，那么没有重量，就像是一个板凳"。具体的细节是在她母亲多次的言谈之中拼凑出来的，她自己始终不肯去回忆当时的情景，她说她宁愿那个摔下去的人是她自己。在记忆中还原的事实是这样的，最先疯狂的是她的父亲，为母亲祝寿的酒宴还未结束，父亲就开始殴打母亲，他不知道哪里来的那么大的劲，他把师傅母亲的头上打出了血，可是仍旧没有停止下来的意思。父亲向外拉扯母亲，拽出了门，仍然挥舞着拳击打着母亲的头部和脸部。愤怒的师傅追出来，轻轻一推，就像她形容的那样，父亲就像一只板凳一样滚落而下。最让师傅感到痛心的是母亲的反应，满脸是血的母亲第一反应是狠狠地推了她一把，大声吼道："谁让你多管闲事。"

师傅，她三十七岁的生命到此画了一个大大的句号。因为过失杀人，她获刑五年六个月。怨恨像是夏天的野草，师傅的母亲一直不愿意去见她，当我去劝说她时，我看到她和那个被师傅叫作杨叔叔的老头在一起，他们俨然是一对和睦的老夫妻，她的头发明显地白了许多。"她的心理负担很重，不吃不喝。她需要你哪怕去见她一面，什么都不说。"我这样劝解她。杨叔叔也在一旁帮腔，她心动了，答应了我。我兴高采烈地给师傅拍了一个电报，告诉她，下个月的 13 号我和她母亲一起去看她。不知道师傅看到电报的心情如何，我是感到宽慰的，我甚至在设想着她们相见时感人的场景。和我在小说里写的一模一样。

那个月的 13 号，坐在去省女子监狱的长途公车上的只有我一个人。车窗外的风景灰突突的。师傅的母亲临阵变了卦，不管我说什么，她都紧绷着脸一言不发。后来还是杨叔叔无奈地对我说："算了，也许时间能改变一切。"

师傅看到我时，脸上惊讶的表情一闪即逝。她没有问母亲的事，我也没再提。仿佛我没有给她拍过那样一封报喜的电报一样。

我把刚刚写完的长篇小说《全家福》递给她，师傅问我带稿纸了吗。我一时没明白过来，问师傅要稿纸做什么。师傅说，我在这里面也是闲得无事，我一边看，一边替你抄写，你不是说我的字好看吗？我鼻子酸了，我有心劝她别再替我做这些事了，可是看着她期待的目光，我说出口的是"好吧，我回去给你寄过来"。

在随后的两个月时间里，她几乎每两天就会给我写一封信，信里什么都写，写监狱里的女犯人，写院子里那棵杨树，写抬头看到的不完整的天空。她就是不写自己，在她的信里，我想找到她的影子，我发现，她不过是两只眼睛，而她的思想，她的灵魂，都在那不完整的天空中飘荡。两个月后，她抄写好的稿子清清爽爽地摆到我面前时，我脑海里一下子就想到了我初次见她时的情形，那个长发披肩、手拿火红而明亮的安全帽的师傅，那个风姿绰约的师傅。

后来我调离了炼油厂，多半是因为我不想再看到那些装置，那些检修的场面，一看到它们我就会心痛地想到监狱中的师傅。十几年过去了，我仍然不知道，我是不是懂得师傅，是不是懂得师傅这样一个女人。她的风花雪月，她的劳模风采，她的监狱人生，在我的梦里，始终搅和在一起，无法分清。

在师傅刑满即将释放的那年，我意外地碰到了杨卫宁，师傅曾经的小姑子，她来申请加入省作家协会，她是个诗歌爱好者。她看到是我，先是愣了一下，继而笑容可掬，"你在这里工作呀。"她急迫想成为作协会员的心情使她对我畅所欲言，她甚至提到了我的师傅，她以前的嫂子，"我听说了她的事，唉，真是可惜。其实她心眼不错的，就是太水性杨花，你说一个女人如果太随意了，那还能有什么好下场。"看来这么多年过去了，对于师傅固执的看法仍然没有改变。

我苦笑了一下。

她继而神秘地向我透露了另外一个令我震惊的信息，"这件事，我本来想烂在肚子里，一辈子都不说的。但是谁让我遇到你了。谁让我有文人的悲悯情怀呢。你知道吗，其实这么多年她都背着一个沉重的黑锅。她自己看不到，我看着呢。当年我哥哥出车祸的事情你还记得吧。我们全家都把责任推到了她的身上。因为她的名声不好我们早就知道，那天晚上，我哥哥是和她吵了一架负气离家的，然后他出了车祸。所以顺水推舟，让她穿上道德的审判衣，没有什么可指责的。她四处拈花惹草是个公开的秘密，但是有另外一个秘密，除了你师傅，我们全家都在小心谨慎地保护着。那个秘密是有关我哥哥的，他们两人的婚姻早就名存实亡了。我哥哥在外面有一个女人，姓袁。女人还给他生了一个儿子。那个胖儿子当时已经七岁了，我和妈妈去看过，他和我哥哥小时候一模一样。我妈特别喜欢他，私下里给了那孩子不少钱。再说那天夜里，杨卫民和你师傅大吵一架，然后出了门，他和小袁母子去国际大厦吃了饭，杨卫民还喝了点酒，然后开车回我哥哥给小袁买的房子，就是在路上出了车祸。最先赶到医院的是我，杨卫民还有一口气，他吃力地拉着我的手，嘱我一定要把他的儿子带大，他没有提你师傅。小袁也在车祸中去世了。只剩下那个孩子。他此后一直跟着我生活。现在已经上了初中。"

我疑虑重重，"为什么不告诉我师傅真相？"

杨卫宁叹了口气，"告诉她又有什么意义呢。活下来的孩子才是最重要的。"

"那你知道从那以后，我师傅一直就被赎罪感压得喘不过气来，它比一座大山还重，这件事改变了她的性情，连生活轨迹都因此而改变了。你们不觉得这对她不公平吗？"

杨卫宁说："我觉得生活对谁都是一视同仁的。你觉得那之前的冯荃衣的生活是正常的吗？虽然炼油厂离市区那么远，可是她的那些风流韵事我都知道。如果说那件事给她带来了什么影响，那也是正面的，我就不用说了，她成了劳模，上了报纸、电视，到处去演讲。有一次，她还给我寄了两张门票，让我带着我妈去大会堂听她演讲。你说这样的改变对她不是更好吗？"

　　我无言以对。我没有权利指责任何人。

　　我一直承受着巨大的压力，拿不定主意，是不是要把杨卫宁所说的真相告诉她。一直等到她要出狱的那天，我借了辆车，很早就出发去女子监狱，平时只需两个小时的路程，我走了六个多小时，到达时已近黄昏了，夕阳挂在山尖处，就要被刺破。黑暗就躲藏在它的身体之中，它一整天的美丽、光彩夺目，似乎都在酝酿着一个阴谋，让无尽的黑暗如魔鬼般汹涌而出。

　　师傅肯定已经在那里等了许久，因为我说过要来接她。在夕阳中，她的眼睛是红的，多出来的皱纹是红的，连她的笑容都是红色的，她笑着说："我已经等了五年，你还要让我等多久。"

　　她的笑容一下子让我释然了，那一刻我决定把往事放下，我突然感觉到黄昏中天地是那么宽，我手里拿着师傅最后戴过的那顶红色、鲜亮的安全帽，把安全帽端端正正戴到她头上，我说："师傅，不用等了，就现在，检修开始了。"

我们的爱

老虎来石家庄那一年，我正热烈地爱着一个姑娘。

老虎是我兰州大学的室友，住在我的下铺。大学时期，他是著名的校园歌手和第三代诗人。他长发飘飘的形象曾经打动过兰州大学无数女孩的芳心。大二那年，老虎爱上了中文系低我们一级一个来自内蒙古的姑娘。两人成双成对地出入我们宿舍。那个内蒙古姑娘俨然就是我们宿舍的第九个人。有一个事实我必须要讲，那就是地质系来自新疆的某个姑娘为此还自杀过一次。姑娘被医生救活过来的第一句话就是想见老虎。等老虎被人从兰花柴电影院里拽出来，懵懵懂懂地站到病榻前时，她说她想听老虎读一首自己的诗。老虎稀里糊涂地就读了一首自己刚刚给自己内蒙古女友写的爱情朦胧诗。老虎还没有读完，新疆姑娘已经泪水涟涟。她突然伸出自己虚弱的双手抓住了老虎的胳膊，央求他爱她。老虎毫不犹豫地拒绝了她的无理要求。他说，他愿意陪着他的内蒙古女友走完漫长的一生。实际上，老虎的誓言只是感动了女友一个夏天，却让新疆姑娘一生都生活在回忆的阴影之中。老虎和他的内蒙古女友，在大学毕业时就分道扬镳了。据说内蒙古姑娘毕业后去了上海。

　　大学毕业后，老虎被分配到昆明的一家医院里。一个喜欢写诗和唱歌的人，对于医院那种令人压抑的环境很快就失去了兴趣。他给我写信说，他就像是被泡在福尔马林药水里的死尸一样，整天无所事事，就连滇池那么优美的风景也无法开启他尘封的灵感。我委婉地对他说是不是因为那个内蒙古姑娘的离去，让他心灰意冷。老虎坚决地予以否认。他给了我一个令人啼笑皆非的理由，他说，是医院的药味让他过敏。

　　老虎写信说，昆明成了他的伤心之地。他要离开了，想去唱歌。

　　那一年是 1992 年。我爱上了一个姑娘，姑娘姓谢，叫云娜。她从北京石油学院毕业，分配到车间里倒班。令她头疼的是上夜班。午夜一点钟，骑着自行车穿行在通往厂区的大道上，听着风吹麦浪时低低的细语，谢云娜感到无比的恐惧。她说，她之所以答应和我谈恋爱，就是因为我能够忠实地充当她的守护神。实际上也是如此，在谢云娜上夜班的日子里，因为要接送她，白天上班时我经常萎靡不振。即使如此，我仍毫无怨言。我保持着旺盛的爱情斗志。

　　第一次约会时的情景给我们以后的爱情之路涂上了一层浓郁的浪漫色彩。

　　因为时间和地点的缘故，一整天我都有些心神不宁，我不知道自己应该怎么做才能让谢云娜对我产生好感。午夜十二点，我应约来到生活区外面的俱乐部广场上。我的手里打着一个手电。由于我的疏忽，电池即将寿终正寝，所以在我前面晃来晃去的光线十分幽暗。我有些后悔自己没有早点检查恋爱的必要设备。我想找个小卖部买节电池时，谢云娜骑着一辆自行车翩翩而至。她穿着一条碎花的淡绿色的裙子，裙裾随风舞动，使那个午夜有了一丝灵异的妩媚。她骑车的技术我不敢恭维，自行车摇摇晃晃地冲着我而来，她慌张地大呼小叫："快拦住我。快拦住我。"

0

　　我左闪右躲，想抓住那辆失控的自行车，却没有办到，最后，我们两人连带着那辆崭新的自行车一起摔倒在广场的中央。幸亏那是个万籁俱寂的午夜，没有什么人笑话我们。自行车和谢云娜都压在我的身上。我感到疼痛像是蚂蚁爬满我的全身。谢云娜却并不领情。她站起来后非常恼怒地说："你怎么这么笨，连个自行车都拦不住。"

　　我掐着胳膊，说："是我不好。我笨。"其实我想说为什么她连个自行车都骑不好。我没有说出口。如果那天我说出那句话，我们的爱情就会胎死腹中，也就没有后来发生的种种让我忧愁的事情。

　　谢云娜告诉我说，她根本不会骑自行车。因为要上班，她才不得已买了个自行车。她说，自行车就像是她的一个敌人。她想往东走时，它偏偏往西。俱乐部楼顶上的那盏灯仿佛是被雾气包裹着，实际上，那是个晴朗的夏夜，我们头顶星光闪烁。谢云娜突然问我会不会骑自行车。我说，当然会。我骑自行车的历史比我上学的历史还要长。我不是吹嘘，我说的是事实。谢云娜问我能不能骑车送她去厂区。我毫不犹豫地扶起自行车。我说，请上车吧。

　　我骑车带着她向厂区飞奔。正是上夜班的时候，不时地会有自行车从我们身边经过。开始时我们之间还保持着一定的距离。我能感到我身后宽阔的空间。有风在我们之间吹过。她矜持地让她的身体尽量向后靠。来到了厂区门口，我停下自行车，突然觉得这不像是一次约会，不免有点失落。谢云娜突然说："我忘记了，今天我不是夜班。"

　　我失落的心情一下子消失得无影无踪。返回生活区的路上，我有点兴奋。我感到她挨得我近一些了。因为我感到了来自她身体的热量。返回时的路上冷落而寂寥。只有我们身下的自行车发出吱吱呀呀的声音。两旁的麦子诡秘地制造着某种恐怖的氛围。谢云娜问我害不害怕。她说，那个姓史的姑娘就是这个时候被人拖到麦地里强奸的。我说，别怕，有我呢。谢云娜伸出手抓住了我的衣服。

其实我应该感谢午夜时分的化工厂。在通往厂区的那条幽暗的大道上，我们的爱情之花也在夜色的保护下悄悄地绽放。我们借着夜色偷偷地接吻，偷偷地抚摸了对方的脸庞。我们做得小心翼翼，像是两只刚刚长大的小鸟。谢云娜的身体颤抖不已。她甚至哭出了声。我害怕地以为自己做错了什么事，手足无措地一个劲地向她道歉。谢云娜抹着眼泪说："我觉得你像是那个强奸犯。"

1992 年的夏天，爱情还是潮水中的小船。小船宽大而温暖，而当老虎突然降临到我们的生活中时，小船就显得拥挤而混乱了。

一个闷热的下午，老虎背着一把闪闪发亮的吉他从人流中钻出来。等在出站口的我还真的以为又回到了大学时代。他还是老样子，不同的是蓄起了胡子，连鬓胡子像是从长长的头发里探出来的两柄剑。老虎从广州到上海，准备去北京发展歌唱事业，路过石家庄便来看看我生活得如何。一下车，志向远大的老虎就要给我唱首歌，他说是他离开昆明前在滇池旁写的。我觉得在大庭广众之下有点像是打把式卖艺的。我连忙说："回去唱回去唱，我们那儿广阔天地大有作为。"

我们坐班车驶出市区，在麦田的注视下颠簸了约有四十分钟，才来到我的工厂。老虎看着一望无际的华北大麦田，便抒发了南方人的情怀。在我的宿舍里，老虎放下行李，喝上一口水就迫不及待地给我唱起了歌。那首歌是专门为我而写的：

> 你来信说你收到我带来的礼物
> 忍不住感动得想落泪
> 其实你落不落泪已经无所谓
> 只要你还记得我是谁

你的信里充满了忧郁和伤悲

似乎你生活得很无味

这使我想起那年毕业时的你

是多么地自信没有自卑

想不到这一年你活得这么累

我感到隐隐地有一些后悔

真不该在我们凄凉的毕业晚会上

不顾一切把你灌得酩酊大醉

其实建东你别想生活有多么美

我和你每天都在编织虚伪

在别人的眼中老老实实一本正经

到夜晚躺在床上想入非非

别把自己当成圣徒或是哲人

要知道谁都有他的辛酸和拖累

只要能脚踏实地一步一个坑

想想一日三餐和妻子儿女就非常可贵

说一千道一万别管对不对

我只想说我爱你永远不悔

在这个四面楚歌包围的世界上

有个朋友是种多大的安慰

这首献给我的歌名字叫作《亲爱的朋友刘建东》。他唱得极为动情，我听得也极为动情，我隐隐地感到自己的眼眶有些湿润。如果不是谢云娜及时地赶到为我解围，我想我会尴尬地掉下眼泪。我的女友谢云娜没有听完整那首歌，她进来时，因为我俩都极为投入，并没有注意到她。她靠在门框上，听了一半。听完，她率先鼓起了掌。她的掌声把我和老虎都从大学的回忆中拉了回来，我急忙站起来，给他们两个做介绍。谢云娜握着老虎的手，紧盯着他的脸，对他的胡子产生了浓厚的兴趣。她犹豫不决地问了一个相当幼稚的问题，她说："你脸上那个东西是叫胡子吗？"

老虎略为愣了一下，然后爆发出了响亮的笑声。他的笑声不像是个南方人。

谢云娜问："我说错什么了吗？"

老虎急忙压住自己的笑声，说，没有，你没说错什么，你说得千真万确，这是胡子。我没有撒谎，我也没有用马毛粘到脸上假装成熟。不信你可以摸摸。

我女友谢云娜虽然充满了好奇，但是一个姑娘的矜持还是让她望而却步。她把双手放到腿侧，偷偷地看了老虎的胡子一眼，又把眼神挪到了脚下。她的脸微微地有点红润。

那天晚上，我们三个就在我宿舍里吃了顿饭。饭是谢云娜做的。老虎不住口地夸赞她的厨艺，不知是出于礼貌，还是真的觉得是美味佳肴。一晚上，我和我的女友谢云娜成了老虎的听众。老虎的话出奇地多，可能是已经从昆明出来半年有余了，漂泊的日子里没有见到熟人，话都攒到肚子里了。他先是和我一起说起了重庆的贺斌、兰州的叶舟、陕西的大付、北京的小关和连云港的王川等同学。而后那个重逢后的夜晚就成了他一个人的独角戏。他滔滔不绝地讲着从昆明逃出来后的经历。他讲自己在广州和上海的闯荡生涯，仿佛就是《射雕英雄传》里的郭靖初出江湖一样惊险。我女友谢云娜几次都忘了把送到嘴边的饭再努力送到嘴里，还是我讨好地碰了碰她的肘部，她才把饭安全地送进了嘴巴。那天晚上，老虎还即兴读了一首自己写的诗：

在红红绿绿的人群中
在莫测高深的天空中
每天在对和错之间不辨真假
每天在说和听之间似懂非懂

在平平淡淡的生涯中
在不动声色的目光中
每天在钱和钱之间疲于奔命
每天在人和人之间强装笑容

我幻想有一天
我能放声大哭
像个孩子一样
放声大哭
我幻想能够有一天
我能像个孩子
放声大哭

这算是一种悲剧

还算是一种喜剧

我说不清

你最好不要去追究

你最好不要去打听

没有人能告诉你

　　读诗时，老虎的长发在我狭窄的单身宿舍里像是一面旗帜一样飘来飘去，而他的络腮胡子像是将军的两柄剑挥舞着。四年大学生活，我早已经习惯了作为一个诗人的老虎有些夸张的做派，但是我安静得像一只猫的女友谢云娜却兴奋不已。她的脸颊绯红，眼睛随着老虎的头发和胡子而转动。

　　说实在话，这一个多月来，老虎的经历充满了冒险、兴奋和忧伤，那样的生活也让我回味自己平淡的生活时有些自惭形秽。而我根本不知道，行吟诗人与歌手老虎的故事掀起了我女友谢云娜内心的波澜，深藏在内心的狂野从此后便一发而不可收拾。几年之后，当我失去了谢云娜，当我和老虎保持着那种若即若离的关系，当我偶尔想到谢云娜时，我会想到那个夜晚的她，我似乎能看到她平静的内心像是潮水一样地涌动。

　　当天晚上，老虎要睡在我的单身宿舍里。天已经很晚了，我送谢云娜回女单身宿舍。生活区里寂静而安详，这是我们熟悉的生活场景。谢云娜突然让我抱住她，我依言搂紧了她。我感觉到了她身体的战栗。我问她发生了什么事。谢云娜的话让我大吃一惊，她说："我这二十多年算是白活了。"

　　谢云娜的感慨在那个浓密的夜晚还没有引起我足够的警觉，两天后，当老虎整装待发，要北上时，谢云娜做出了一个惊人的决定，她要随老虎一起去北京。谢云娜出现在我们两人面前时，背着一个简单的小黑包，戴着一副墨镜。我问她要去干什么。我记得她要上中班，时间不允许她去车站送老虎。就是那时，我的女友说出了那个令我震惊和后悔一辈子的决定，她说："我要和他一起去北京，我想看看他的生活。"

我张口结舌，我说："你你你，还要上班。"

谢云娜说："我不管，你去给我请假。理由你自己编，你爱怎么说就怎么说。"

我说："要扣奖金，还有工资。你会后悔的。"

谢云娜说："我不管。我想了两天了。我要是不跟他去北京才会遗恨终生呢。"

我无法撼动她的决心，我只好求援似的看着老虎，我想如果老虎开口拒绝她，她会死了心的。但是老虎没有看到我暗示的眼神。谢云娜的决定反而让他感到非常激动。他觉得总算有人对他过分的行为投赞成票了。他激动不已地说，你放心，小刘，我会好好照顾她的。

在去往车站的班车上，我不厌其烦地问谢云娜能不能改变她的想法。谢云娜说："不能，我想去看看信仰到底有多大。"

我站在石家庄火车站的候车大厅里，目送着他们两人融入了茫茫的人流当中，我的视线中，只看到了一把吉他，那吉他背在谢云娜的肩上，一上一下，像是江洋中的树叶，转眼间就不见了，那一刻，有一丝寒意袭上心头。我不禁打了个冷战。

在谢云娜去北京的日子里，我隔三差五地就要请她车间的主任老梁喝酒。我对老梁说，谢云娜的母亲得了白血病，就快不久于人世了，她在病床前尽孝心呢。老梁喝了酒就对我的谎言深信不疑。但他也透露了他的忧虑，他说还是让她的母亲早点康复吧，时间太长了他也不好应付。我合手祝福道，愿我的未来岳母大人身体健康。

一个月之后谢云娜才风尘仆仆地回到我身边。她穿着牛仔裤，戴着墨镜，头发散乱地披在肩上。开始我还以为是哪个走黄河的旅行者呢。谢云娜打了我一下，说："你发什么呆呀。是我。"她的声音没有变。

我把她抱起来，原地转了几个圈，我觉得她的身体比以前轻了。

关于老虎在北京打拼的生活，是由谢云娜向我转述的。

老虎带着她闯进了首都。在火车上，谢云娜说老虎显得很安静，就像是扑食前的狮子。话很少。谢云娜想问问他那个内蒙古女孩的事情。老虎却闭口不谈。她问老虎为什么话变得那么少了，是不是面对她有些羞涩。老虎说不是，他说自己正在积蓄力量，焕发潜能。但是谢云娜明显地看到长发和胡子掩饰下的那张白皙的脸有些羞红。

在北京，为他们接风的是我们大学时的同学。北京的同学早早地就在饭馆里等着老虎，有向东、大张、石头和小关。他们都以为那个文静而腼腆的姑娘小谢是老虎的女朋友，她背着老虎的吉他，紧紧地跟在老虎的身边，所以让他们产生那样的错觉是很自然的。老虎急忙否认了他们的猜想，他说起了我。同学们在短暂的疑惑之后，就纷纷地向谢云娜询问我的情况，他们记忆犹新的是大学毕业时我喝醉的情景，所以他们问谢云娜最多的也就是我还喝不喝酒，喝醉过没有。谢云娜嫣然一笑，说："喝，从来没醉过。"

席间，小关弹着老虎那把吉他唱起了《朋友》。其他的人就跟着她大声唱起来。这首歌是黄小茂的，1989年就由老虎唱遍了兰州大学。直到几年之后，这首歌才由一个叫臧天朔的歌手唱遍了大江南北。那首歌甚至吸引了饭馆里的服务员和就餐的人，他们纷纷停下来认真地倾听着他们的歌唱。谢云娜也是第一次听到那首歌。她和我的同学们一样激情飞扬。她说，我的同学们眼睛都湿润了。

我同学们的疑惑不仅仅在酒宴之间，在随后的一个月里，我的女友谢云娜跟着老虎在北京城里东奔西跑，他们出入于各个唱片公司，出入于散落于角落中的录音间，和来北京混唱的天南地北的人一起唱歌，他们形影不离的样子让我的同学们的疑惑一直没有停止过。小关为此还给我的办公室打过一个电话。她先说起了老虎，她说他还和以前一样脑子里全是幻想，东拉西扯了半天才突然问我："小谢是你女朋友吧？"

我说："是呀。我们非常相爱。"

小关说："她也在北京呀！"

我说："我知道。她跟着老虎，她想看看老虎是如何实现自己的幻想的。"

小关笑着说："真逗……"小关欲言又止。

那次通话到此为止。我没问她没有说完的话是什么，她也没说。一个月之后，我在《文汇报》上看到了小关写的一篇散文，她写到了怀揣梦想闯荡江湖的老虎，她说老虎像是一个侠客存在于我们不敢有的梦想之中。在文章中，她把老虎当成一个虚幻的人物。他成了我们理想家园中的一棵树。那个时候，谢云娜就坐在我的身边，我们俩一起阅读了那篇文章。谢云娜哭了。我猜测，小关说到了谢云娜的心坎上了。

老虎要到民院的一个老乡那里住。他犹豫不决地问大家谁能帮忙给谢云娜安排一个住处。小关说跟着她去吧，她南口的家虽然不大，但仍然可以让小谢住得很舒服。谢云娜却生气地说："我跟你来又不是想去找一个舒服的地方住。"大家尴尬地彼此看了看。

老虎只好苦笑着对大家说："别管了，不用大家费心了。"

我不知道老虎是否后悔过一时冲动要带谢云娜去北京。当他们穿越华灯初上的北京城，来到民院时，他的老乡王灿惊讶地看着他身后有些纤瘦的女孩。老乡王灿说："我还以为就你一个人。"

老虎介绍说："小谢，我哥们儿的女友。"

　　我相信每一个人都会为他的介绍而惊讶的。王灿也不例外。王灿临时在女生宿舍里找了个空床，总算把谢云娜安顿下来。

　　第二天老虎就领着谢云娜去了大地唱片。老虎要找的那个人正是黄小茂。老虎准备了一大堆的卡带，还有各种歌唱比赛的获奖证书，从初中到现在的。当他们奔走在北京的街头，能够感觉到身边有一个忠实的追随者，我想，老虎其实并不踏实的内心也感到了温暖。所以当他即将见到黄小茂时，对美好未来的幻想充盈了他的思想。他们在天安门前还喝了一瓶汽水。老虎还问谢云娜想不想去登登天安门。谢云娜说，等你唱红的那一天吧。谢云娜的祝福陡增了老虎的信心。

　　不巧的是，黄小茂不在北京。公司里一个留着卷曲头发的小青年告诉他们，黄小茂在一周之后才能回来。这并没有挫伤老虎的信心。一周的时间说快也很快，老虎领着谢云娜走遍了北京城区各个酒吧，老虎毛遂自荐地给酒吧唱歌，并分文不取。更多的时间，他们停留在什刹海。那些幽暗而充满了魅惑的小酒吧里，老虎的歌声纯正而优美。谢云娜夸张地对我说，整个北京都醉了。对她的判断我不敢苟同。说老实话，北京的池子太大，再优秀的歌手也要在浪尖上滚几滚，在水底下喝点水。几年之后，我和刘玉栋、麦家等几个作家来到什刹海，我看着沉醉在那迷离夜色中的人们，一下子想起了谢云娜说起的什刹海，我以为那里会是歌声阵阵。可是我没有看到。

　　难忘的歌唱的夜晚给了我女友谢云娜广阔的想象的空间，她的生活在老虎的歌声启发下豁然开朗。也许她的血液里就涌动着那种狂躁不羁，也许她只是出于对于老虎那种虚幻生活的向往，我宁愿相信是后者。我天天盼着她回到我的身边，有一天我听到了她久违的声音。她打来电话不过是让我快速地给她汇点钱过去，她说他们已经身无分文了。那时候他们已经在北京待了整整半个月。老虎的歌唱事业发展得并不顺利。

　　他们到北京后的一周之后，在大地唱片见到了黄小茂。黄小茂坐在沙发上，抽着三五烟看着他们俩，黄小茂随意地问了一句："女朋友？"

　　老虎急忙回答："朋友的，朋友的。"

　　黄小茂优雅地笑笑，但还是忍不住多看了几眼谢云娜。谢云娜低下头，她说她感觉自己的脸像是刚刚在火上烤过。

　　他们在北京又等了一周。等到了黄小茂的好消息。黄小茂说，他觉得其中的一首歌《亲爱的朋友刘建东》非常好，想收入《校园民谣》的第一辑中。听到这个喜讯，老虎有些忘乎所以，他激动地抱着谢云娜转了几个圈。说到这里时，谢云娜对我说，其实什么事也没发生，他就是一时兴奋抱了抱我，你可别吃醋哇。我的心情很复杂，老虎是我最好的朋友，谢云娜是我的女友，按理说我不应该做无端的揣测，可是听着她讲得眉飞色舞，仿佛只有我一个人是局外人，我有些黯然神伤。谢云娜显然看出了我的沉重的失落，她的脸贴在我的脸上，那是一张热情得有些发烫的神采奕奕的脸，她声音妩媚地说："你不是一直想看看我的胸吗，我让你看。不过它有点小，你要有点思想准备。"

　　就是在那天，他们把仅有的一点钱花了个精光，好好地庆祝了一下。谢云娜说老虎头一次喝了啤酒。她说，那天的老虎像个孩子似的。在民院的草地上，他喝得烂醉，谢云娜说她趁机摸了一下他的络腮胡子，她告诉我说，胡子很硬，真的像是两柄剑。

　　我给他们汇去了钱，我在留言栏里写道，速回，我想你。

　　他们收到了钱就有了继续在北京待下去的资本，我不知道我的那句留言是不是能够打动谢云娜，让她想到我。她回来后我问过她，她皱着眉头说："留言？我怎么不记得了。"

　　可能是由于兴奋过度，从来不喝酒的老虎把嗓子喝坏了，所以当黄小茂让他到录音棚去录音时,他发出的声音怪怪的,嗓子像是被两只巨大的手掌压扁了。在进录音棚前,老虎的紧张显而易见。他不断地抚摸着自己的胡子,在屋子里来回地走动。谢云娜形影不离地跟着他。老虎沙哑着嗓子说:"你别走了,我看着心烦。"

谢云娜像只听话的小猫一样停下来,站在墙角静静地打量着他。老虎却无法让自己安静下来。后来老虎坐到了那张有些旧的黄色沙发上,抱住了头。我女友谢云娜走过去,拿开了他的双手,把他的头抱在自己的怀里,对他说:"你肯定行。别紧张。"

谢云娜的抚慰并没有起到任何作用,那次录音可能是老虎无数次失败之中最惨痛的一次,对他的打击也是最重的一次,因为有一个姑娘期待的目光在看着他。我想,这可能是他觉得非常伤心的原因。黄小茂听完他的录音,沉默了许久才说出了自己的意见,他缓缓地说,你的歌词和曲子都是一流的,但你的声音是三流的。这句话等于判了他的死刑。谢云娜在一旁向黄小茂解释他嗓子不好的原因,她说他不小心喝了酒影响了声音的效果等等。其实说再多的原因都无法改变现实。当他们失魂落魄地走出大地唱片,在大街上漫无目的地走了一段路后,老虎突然间笑出了声,他的笑声虽然有些破败,却不乏快乐。他的笑声倒把一直没敢出声的谢云娜吓了一跳。谢云娜说,就是在走出大地唱片的那一刹那,她想起了我,她想起了石家庄。她对我说,你是我最好的港湾。

老虎说,要不是因为有你,我才不管什么录音不录音呢。我实话告诉你吧,我并不太在乎出不出名,能不能大红大紫,我只想让自己快乐。写歌、唱歌、写诗,读给朋友听,唱给朋友听。这都是我快乐的理由。我不需要结果。我只是看到你这么辛苦地陪我来北京,其实你就是想看看我的成功。对不起,我让你失望了。

老虎的一番表白让谢云娜从对我的思念中脱离出来,她顿时打消了对我的想念，也打消了回石家庄的念头。她说，她看到了一个心中真正存有信念的人。他是个纯粹的人，一个超越了世俗的人，一个令她清心寡欲的人。

我女友谢云娜脑子中虚无缥缈的信念给了她继续留在北京的信心。她不顾我的电报一封接一封。她把电报都扔到了陪老虎去歌厅唱歌的路上。北京炎热的夜晚，飘零着我无比惦念的电报。那寥寥的文字像是断线的风筝，永远留在了拥挤的北京的夜色之中。

实际上，老虎在慢慢地等着自己的嗓子恢复过来，他想重新去大地唱片录音，他想给谢云娜一个完美的结局。他想让谢云娜看到那个信仰的美丽尽头。他知道，我的女友不可能永远跟在他的身边。

对我而言，促使谢云娜突然离开老虎的原因一直是个谜。回来后，谢云娜闭口不谈，我看到一个完整的谢云娜回到我的身边，我也不用再去应付她的车间主任，我松了口气。那天晚上，谢云娜喝了一瓶啤酒。她让我关掉宿舍的灯，她麻利地脱去了自己的上衣，让我借着月光看到了她小巧而光洁的乳房。那两个有点坚强的家伙一进入到我的视线中，我的思想就崩溃了，我忘掉了老虎，忘掉了遥远的北京，忘掉了这是一对仍然埋藏着危机的小天使。

回到我身边的谢云娜仿佛也忘掉了老虎和不切实际的信仰之类，她快乐地上班，快乐地和我享受着恋爱的乐趣。令我没有想到的是，有一天的上午，老虎突然又敲开了我宿舍的门。我想用不期而至来形容他的到来。我正在睡觉，昨天晚上，催化装置出了一起事故，我一直在事故现场盯到清晨七点。我刚刚睡着就被老虎的打门声惊醒了。

我睡眼惺忪地坐在乱糟糟的床上，看着老虎把他的吉他小心地放到桌子上，他深深的眼窝里仍然是那么地自信。我们这次的谈话并不愉快。我的态度有些冷淡，老虎看在眼里。所以他的话语并不像上次那样滔滔不绝，而是断断续续，但从他的话语中我仍然能够大致了解一下他最近一段在北京的生活。他说他在北京见到了那个姑娘。我嘴上轻松，内心紧张地问他见到了谁，哪个姑娘。他说是那个内蒙古姑娘。我这才恍然。

老虎在一家酒吧里唱歌时碰到了那个内蒙古姑娘。他刚刚唱完一首歌，内蒙古姑娘和一个白白静静的小伙子亲昵地走进来。老虎说那姑娘一进来他就看到了，他说，虽然已经过去了好几年，但他仍然能够从空气中感觉到她的存在。那姑娘却没有看到坐在那里唱歌的老虎。内蒙古姑娘和小伙子有说有笑地挑选了一个离老虎比较远的位子坐下来。此时，老虎唱了一首忧郁的歌曲。他一张嘴就吸引了内蒙古姑娘的注意。内蒙古姑娘频频地回头向他张望。老虎一曲没有唱完，内蒙古姑娘就来到了他的面前，坐在正对着他的一张椅子上，她双手支在膝盖上，像以前那样含情脉脉地看着他。那一刻，老虎觉得这个世界都融化了。

内蒙古姑娘约他来到他们的桌边，向老虎介绍了她的男朋友，男朋友说着一口蹩脚的国语，内蒙古姑娘说他从东京来，学的是时装设计。内蒙古姑娘说，哪天他要是开个人时装发布会时，一定请老虎到现场给他唱歌助兴。老虎说："他妈的，我要是去的话就唱一首《大刀向鬼子们的头上砍去》。"

他的故事很平淡，我只是不知道老虎所说的酒吧中的邂逅有没有谢云娜参与，是在谢云娜走之前还是之后。但这一切都不重要了，重要的是，那天的我非常想睡觉，我的情绪非常低沉。所以我问老虎又来石家庄干什么。我的问话显然出乎他的意料，老虎吞吞吐吐地说："没什么，没什么，就是来看看你，对，看看你。你还是那么能睡觉哇，睡觉还磨不磨牙？"

我对老虎假装出来的热情没有了兴趣。我说:"我困得要死,你随意吧。"我这句话等于是下了逐客令。

老虎知趣地拿起吉他,和我告别。他提醒我说:"睡觉的时候戴一个牙套会对你的牙齿有好处。"

谢云娜从厂里回来时我还在睡觉,我都不知道时间过去了多久。我告诉她老虎刚才来过了。谢云娜在我狭窄的宿舍转了几个圈,还掀开床帘往床下看了看,仿佛老虎是只猫能藏到床下。我不高兴地说:"走了,已经走了。"

谢云娜立即阴沉着脸问我:"是你把他赶走的?"

我说:"没有,我什么也没有说。"

谢云娜把我从床上拽起来,逼着我去火车站追老虎。我虽然老大的不情愿,但是看着她愤然而青色的面孔,只好穿好衣服去坐班车。我打着哈欠对谢云娜说:"我去追他可以,但是他愿不愿意跟我回来是另一码事。"

谢云娜说:"你要是不把他追回来我就永远不再见你。"

一路上我都有些闷闷不乐,我的美好的恋爱生活被这个突然闯入的老虎给搅得七零八落的。我承认自己的内心深处开始有些恨老虎了。我在火车站的候车大厅里转了足足有十圈,也没看到老虎的影子。我看到的那些人都很正常,生活对于他们来说是一个担子,挑在身上,显在脸上。而老虎和我们格格不入。他身上没有任何的担子,所以从他的脸上看到的只能是对无妄的目标的渴望和信心。

我已经尽了力,在返程的班车上,我都想好了向谢云娜解释的理由。他走得那么急,显示出这个地方对他没有任何的留恋。下了班车,谢云娜焦急地在班车点等着我。一看是我一个人,她扭头就走。我赶上去,我把我的理由喋喋不休地说出来。她根本就不听我的解释。她的眼里含着泪，她说："你是故意的，你忌妒他。"

我有口难辩。她没有向生活区走，而是一直向南，她显然要穿过邱头村，去南面一望无际的田地里去发泄一下。她喜欢在空旷的田野里奔跑。在我们恋爱的日子里，我没少跟在她的身后，在无边的田野里奔跑，每次都是气喘吁吁地看着她飞出我的视线，然后像鸟一样悄然降临。

在邱头村的村口，急速行走的谢云娜突然停下了脚步。她侧耳细听，我也学着她的样子。我听到她惊呼了一声："老虎！"

是的，我们都听到了老虎的歌声。那歌声是从一堆零零散散的人群中传出来的，是《朋友》。我们顺着歌声望过去，在邱头村的村口，稀稀拉拉地围着一圈人。谢云娜先于我冲到人群的后边，她分开人群走了进去。老虎正在用心地弹着吉他唱着歌，看到了我们，他只是点了点头，继续唱着：

> 如果你有新的，你有新的彼岸，
> 请你离开我，
> 离开我……

老虎被谢云娜带回了我的宿舍。我和他面对面坐着，而谢云娜忙前忙后，她忙碌的身影在我们中间来来去去。她准备了一大桌吃喝。她给我们每人倒了一杯啤酒。她率先举起杯来说："为我们的相聚干杯。"

我没有举杯，我觉得这场面非常地窘迫。老虎抓起了杯子，说："我不喝酒。"

谢云娜说："喝，这一杯都得喝，我先干了。"

她一仰脖，咕咚咕咚地把一杯酒喝了个干净。她锐利的目光逼视着我。我犹豫了一下，也端起酒杯喝了。老虎也跟着喝干了。谢云娜就伸出了手，她命令似的说："把你们俩的手也伸出来。"我们不知道她要干什么，缓缓地伸出了各自的右手。谢云娜把她的右手放到我的手上，然后把老虎的手放到她的手上。我们各怀心思的三只手叠着罗汉。谢云娜的手在中间。她说："好吧，我们是好朋友，我们永不分开。"

老虎几乎是被谢云娜硬给拉回来的。我不知道老虎答应暂时留在石家庄的理由是不是因为谢云娜。这个问题让我有些伤心。我宁愿去睡觉，晚上，我没有响应老虎的提议去买个牙套。我磨牙的声音也没有人听到。而谢云娜听到我磨牙的声音时已经是秋天了。我的磨牙声让她感到了寒意是那么地迫不及待。

老虎破例留在了石家庄，这个根本不可能对他的幻想有任何作用的城市，这个比大城市的节奏永远慢半拍的笨拙的地方。他没有住在我的宿舍里。他可能看出了我对他的某种防范。他选择了南郊一个叫作槐底的村子，在那里租住了一间民房。

那间民房还是谢云娜领着老虎在石家庄转悠了两天才定下来的。我没有时间陪他们去寻找房子，倒班的谢云娜不顾疲劳和困倦，自告奋勇地担当起了向导。他们从东到西，从北到南。九十年代初期仍旧有些衰败气息的石家庄，给了他们足够的空间去寻找。不断地挑剔的是谢云娜，她说要给老虎找一个相对来说安静的地方，以利于他写诗和写歌。事实上，他们找到的那个房子地理位置还不错。它在幽静的槐中路的南侧，向北走几步就是石门公园。

老虎在那所房子里正式住下来后，我们三个还在那里吃了顿饭。谢云娜从她的宿舍里拿了几件装饰品挂在了空荡荡的房间里，使那所房子有了一点生气。老虎也俨然那间房子的主人，好像他在那里扎下根来了。席间，我突然向他发问："你是不是想在石家庄娶妻生子呀？"

老虎愣住了，这个问题对他来说有些难度。气氛一下子凝滞了。谢云娜急忙打圆场说："什么娶妻生子，你也太俗了。老虎是那种人吗？只有你这样的人才想这么粗劣不堪的问题。结婚，生孩子，有什么意思。"

我脸色铁青地推开酒杯走了出去。我走下二楼，走出小院，在育才街上看到了一个乞丐。他趴在路边，身前放着一个破旧的帽子。我坐在了他旁边，我闻到了一股呛人的馊味。谢云娜跟了出来。她捂着鼻子拉了拉我的胳膊，她问我是不是生气了，她说她并不是说不想和我结婚生子。她还是把我从乞丐身边拽起来。我们站在街边，热气扑打着我们的脸。谢云娜一边擦着汗一边不无忧郁地说："其实我很矛盾，我非常非常爱你。因为你让我感到了温暖而安全。我想跟你结婚。如果不是见到老虎。我以为我是这个世界上最幸福的人。"

我问她："难道不是吗？"

谢云娜说："我是。因为我不仅拥有你，我还认识了老虎，你让我感到了脚踏实地的幸福，而他让我的心能够飞翔。"

谢云娜所说的心的飞翔我一点也感觉不到，我只是感觉得到，我的爱飞走了一片。它变得不那么完整了。她搂着我的胳膊，头发在我的下巴上蹭来蹭去，她撒娇道："对老虎好点，你想想，他以前和你是多么要好的朋友。你不是说他是你在这个世上最好的朋友吗？你想想看，他辞去公职，只是为了心中的一份信仰。你还有信仰吗？"

她的疑问倒使我真正地思考了一下自己的生活。我疑惑地问谢云娜："我比老虎缺什么吗？"

"信仰。"谢云娜说。

信仰其实是个虚无缥缈的东西，就像是海市蜃楼。我问我自己，我以前有过吗？如果有，我在哪里丢失了它？

我的疑问一直持续到现在，仍然无法得到答案。就像是谢云娜，她追随着老虎，去追逐那梦幻般的信仰，反倒把自己也丢失了。

我曾经问过老虎，石家庄是他实现理想的理想城市吗？我的潜台词是这里并不适合他，这里适合我们把现实生活当回事的人居住。老虎抬头观天，隔了一会儿才回答我，他说："我珍惜我人生中的每一站。"他的回答很让我费解。

我顽固地以为，老虎之所以停止他的漂泊屈身于这个不发达而且落后的城市，只有一个理由，那就是我的女友谢云娜。他们的关系让我甚至有些想发疯。但是我们都很小心，谁也没有去打破这种微妙的关系。那一层薄薄的纸，要去捅破需要多么大的勇气呀！

歌唱的老虎仍然会把唱歌当成他最重要的事业。他说要去石家庄的舞厅去唱歌，一方面，他不想让我们养着他这个闲人；一方面，他要保持自己的状态，他相信他会用最纯正的歌声打动黄小茂。他说他想写一首歌，献给谢云娜。

谢云娜兴奋不已地告诉我这个喜讯时，我无精打采。我说："好啊。"

谢云娜说："你大度点好不好。别那么小肚鸡肠。"

我说："我是真的说好。他给我写过一首歌，再给你写一首很正常呀。我想这应该叫情侣歌吧。"

那天晚上，谢云娜像只小鸟一样落在我的怀里，畅想着老虎给她写的那首歌。

一场大雨宣告了夏天的结束。谢云娜硬拽着我，陪老虎去舞厅里找一个唱歌的位置。我们在石家庄最热闹的中山路和裕华路奔波了将近四个小时，终于找到了三家愿意让老虎唱歌的舞厅。老虎非常有磁性的声音和他艺术家的外形让舞厅的老板们下了决心。我们从最后一家凯悦舞厅里出来时，已经是后半夜了。九十年代初期的石家庄街头，奔跑着的出租车并不多见。我们走在有点冷清的街道上，雨水淋湿了我们的衣服。我把自己的风衣脱下来，让谢云娜当一件雨衣。谢云娜却坚持要让老虎顶到头顶。她说："明天你就要到舞厅唱歌，冻着感冒了，我们今天的努力就白费了。"

老虎说死也不顶我的风衣。谢云娜说老虎不顶她也不需要。她明天又不用去唱歌，感冒对她没有任何作用。风衣重新回到我的手上。我拿着那件湿漉漉的风衣，心里十分酸涩，我随手就把风衣扔到了雨中。谢云娜和老虎冒雨跑在我的前面，她快乐的笑声在雨中飘散。

回厂的班车早就没有了。我们只好来到老虎租住的房子里。谢云娜在屋子里拉了一条绳子，把我和老虎的湿衣服晾到上面，这时她才发现我的风衣不见了，我告诉她风衣留在了雨里。谢云娜瞪了我一眼，她说："我们只能在这儿凑合一晚上了。明天一早我们得回厂。"

那天晚上，我和老虎倚在墙边打着盹。谢云娜把那条绳子拉在了床边，晾着的衣服成了一个床帘。她摸黑脱去了自己身上的湿衣服，把湿衣服也搭在了绳子上。我们听到那坚硬的床板响了几声。谢云娜躺了下去。过了好一会儿她突然说："老虎，你忘记吃药了吧？"

每天，老虎都要吃点保护嗓子的药。在那个滂沱大雨的深夜，谢云娜在困意绵绵之中的提醒，似乎给了老虎某种灵感。半个月之后，当他在凯悦舞厅唱歌时，他演唱了一首我们以前从来没有听到过的歌，那首歌的名字叫《丽达，我爱你》。他说就是那天晚上，他的脑子里回味着谢云娜有些缠绵而倦怠的声音，创作了那首歌。

第二天一早我们就赶回了厂里。我还要上班，谢云娜也要去接班。她是白班。

一到晚上，谢云娜就抑制不住自己内心的渴望。她买了几个烧饼，算是我们的晚饭。我有些犹豫着说，我晚上要赶一篇稿子，明天要用。谢云娜说，你就不能到舞厅里去写呀，当初海明威不就是在酒吧里写小说吗？我喜欢海明威，我想当海明威一样的作家。我听信了她的蛊惑。我们风风火火地坐班车去见老虎。在班车上，我闭着眼对谢云娜说："我看我们像是去赶谁的葬礼。"

谢云娜说我是乌鸦嘴，她说："今天可是老虎的第一场演出。没有我们给他捧场，他会很失落的。"

其实在百盛舞厅，最为失落的那个人是我。我曾经试想着像海明威一样在艰苦的环境下写出那篇稿子。可是我无法做到，舞厅里的灯光太过暧昧，噪声太大，谢云娜的掌声也太响亮。老虎很沉着冷静，不愧是走南闯北的人。他说这首歌献给他旅途中的两位好朋友之后，老虎有些苍凉，有些嘶哑的歌声就回荡在舞厅之中，所有的人都被他的歌声吸引住了。他唱道：

朋友啊朋友，
你可曾想起了我，
如果你正享受幸福，
请你忘记我。

朋友啊朋友，
你可曾记起了我，
如果你正承受不幸，
请你告诉我。
……

他的歌声甚至让我想到大学时代。想起了我们四个人：贺斌、老虎、大付和我。我们一起去青海湖冒险，一起办中文系的系刊《菩提》，一起在夜晚里寻找着一个个电影院，一起在盘旋路吃牛肉面，一起喝点小酒庆祝老虎的诗发表在《星星诗刊》。那时候我们亲如兄弟呀！可是现在，我的女友那么地迷恋于他，似乎老虎对我的女友也存有某种强烈的依恋。我不知道，以前的那个老虎和现在的这个老虎，哪个才是真正的他，哪个才是我的那个朋友老虎。

一晚上，老虎要跑三个舞厅，我们跟在他的身后，谢云娜忠实地背着他的吉他。而游手好闲的我好像是一个旁观者。我们从一个舞厅里出来，再骑上自行车匆匆地赶往下一个舞厅。让我稍感欣慰的是，背着吉他的谢云娜坐在我的背后，她的双手紧紧地搂着我的腰，脸贴在我的背上，这才让我感到了她的爱离我那么近。微风吹拂着我们年轻的面庞，爱情这个东西在我们胸中风一样鼓荡着。

在最后一家舞厅凯悦，我女友谢云娜终于被老虎的歌声击溃了，老虎还在台上唱歌时，她就把手伸向了我，她紧紧地握着我的手，她的手心里汗水涔涔。她盯着台上的老虎，身体不自觉地慢慢地向我倾斜，几乎都靠在了我的肩上。在老虎的歌声间隙中，我能听到谢云娜的喘息声此起彼伏。后来她突然拽起我，向外面跑去，我不知道发生了什么，我只能被她拉着，像是她手上的一块布随着她的节奏摇摆着。我们奔跑着来到了舞厅的外面，暮夏的夜晚有了丝丝的凉意，她赤裸的臂膀在路灯的映射下闪着清冷的光。舞厅的旁边是一条幽深的小胡同，月光被高高的楼房挡在了半空中。谢云娜拉着我深入到胡同中，她把我摁在坚硬而凉飕飕的墙上，猛烈地吻着我。我能听到她急促的呼吸声，能感受到她身体和嘴巴上的力量，那力量那么固执，那么地富有攻击性，就像是鳄鱼。我被她突如其来的亲热弄得有些毛手毛脚，完全是被动地承受着她的热吻。我甚至无能地出现了片刻的松懈。她急速地说："快快，别停下。"

老虎说，他的创作激情在这个叫作石家庄的北方城市达到了高潮。我不知道他说的是不是实情。他待在我们身边的短短的一个多月时间里，他的确在狂热地写着诗歌，创作着有关爱情的动听歌曲。他的诗歌以一本本的数量累积着。我的女友谢云娜仿佛就是他灵感的源泉。她的欢笑、她无微不至的关心，甚至她坦白的对老虎的崇拜，都让老虎才思泉涌。他们在位于槐底的那间小小的房间里，热烈地谈论着歌德、弗洛伊德、拜伦，他们为了迈克尔·杰克逊而争吵得面红耳赤，他们还和颜悦色地戴着一副耳机欣赏着克莱德曼的钢琴曲、舒伯特的小夜曲。每当那样的时刻来临，我都有一种深深的被抛弃感。我只能用目光冰凉地扫视着他们忘我的样子，无助地看着他们脸上统一的表情，眼神里统一的神情，连他们的手势都是那么地整齐划一。更无法让人容忍的是，两人在达到高度的意见统一时，还会情不自禁地拥抱一下。而这一切都发生在我的眼皮底下。有时候我的内心会出现短暂的狂躁不安，我会用大声的咳嗽，会用走来走去的身影来引起他们的注意，告诉他们，我也在，我是那个叫谢云娜的年轻女孩的男友。但是他们好像完全忽略了我的存在。他们照样发泄着他们发自内心的冲动。有一天，我向谢云娜透露了我的忧虑，我酸酸地说我曾经也怀揣过梦想，我也对他们所说的人、所说的事激动过。谢云娜看我的目光有点异样，她说，我知道，可是我觉得现在的你挺好的，你让我发狂地爱着你的身体。

谢云娜把我归在肉身的狂欢之中，她从老虎的音乐、从老虎执著的目光中得到的激情完全地献给了她所说的肉身的欲望之中。每天晚上，她都会把我从舞厅中拉到外面，或者舞厅的卫生间里，在幽暗的夜色中，从亲吻和抚摸中得到她想要的肉身的安慰。那个时候的谢云娜是那么地激情四溢，那么地让我心旷神怡。而只有那个时候我会忘掉老虎的存在。

我女友对于我的身体的需要在老虎的歌声中跃上了巅峰。

老虎暗中创作了一首歌，他说那首歌是献给谢云娜的。在凯悦舞厅，老虎动情的歌声似乎十几年之后仍然回荡在我的耳边，但是我不知道，躲在哪个深山中的谢云娜是否还能忆起那个夜晚，那个有些阴郁的秋天的夜晚。

他唱道：

oh，丽达

我是拉兹呀

我就是和你情意绵绵共度良宵的那个拉兹呀

oh，丽达

许多年来我欠下你的情债

要到哪一天　哪一年

才能偿还

oh，丽达

我是拉兹呀

我就是背负你的倩影独自流浪的

那个拉兹呀

不知能否找到你的歌声让我

要到哪一天　哪一年

才能回家

唉丽达呀丽达

我亲爱的姑娘

你要我为你痛断肝肠

为了寻找你

背井离乡吗

我的家中还有老母亲

养着一群鸡和鸭

守住一间小平房

等着我把媳妇领回家

可是丽达呀丽达

我亲爱的姑娘

找不见你叫我怎么心甘

叫我如何能

理得心又安

我只好背起破行囊老吉他

走向遥远的天涯

让那血液流得飞快

让心中装满你呀丽达

oh，丽达

我是拉兹呀

我仍旧在自己的命运中艰苦地流浪

为了寻找你

oh，丽达丽达

多少次我在梦中看见你

要到哪一天　哪一年

才能停止

牵挂

　　那首歌让我的女友谢云娜泪流满面，而我的反应就没有那么激烈，我丝毫听不出那是专门为谢云娜创作的歌曲。我甚至有点怀疑老虎是把他心中的所有美好的女人的形象都集中在了这一首歌中。他不过是信手拈来，把它献给了此时离他最近的姑娘谢云娜，那个对他佩服得五体投地的充满了幻想的姑娘，我可怜的女友。

　　老虎唱得荡气回肠，热血沸腾，同时也感染了所有的人。那天晚上，老板特意多给了他五十块钱。从凯悦出来，老虎意犹未尽，他说他想请我们俩去吃宵夜。在槐北路的路口，烤羊肉的香味还在飘荡。谢云娜却意外地拒绝了老虎的好意，她坚持要回厂。我为难地看了看表，我提醒她，班车早在一个半小时以前就没有了。谢云娜的神情在路灯光下令人捉摸不透。她说："你不能骑车带我回去呀。"

　　那天晚上，我摸黑骑了二十公里。通往化工厂的路在茫茫的田野和黑暗中蜿蜒曲折，危机四伏。没有月光给我们引路。一路之上，我都在和强烈的疲劳与险恶的环境做着斗争。一路上，我也在思索着谢云娜为什么非要回厂，为什么要把情绪激动的老虎留在那个空空的房间里。一路上，我也没有找到合理的答案。而我身后的谢云娜似乎很安静，像是睡着了似的，她静静地趴在我的背上，一句话也没有说。在十公里处，一块石头暗算了我们一下。我们连车带人摔倒在路当中。重新上路后，谢云娜竟然没喊一声疼。我问她为什么不说话，也不叫疼。谢云娜幽幽地说："我在想。"

　　我问她想什么。她就再也闭口不谈了。回到化工厂，我们像是两只流浪的猫悄悄地回到我的宿舍。我已经累得筋疲力尽，我都忘记了锁自行车。我一进宿舍就像一只八爪鱼那样瘫在了床上。谢云娜却突然趴到我身上，问我知不知道一晚上她都在想什么。我有气无力地说不知道。谢云娜的那句话像是一个路标永远地立在我爱情的起跑线上，她说："我想让你把我的身体撕开。我身体里有一团火。"

　　她那句情意绵绵的话让我有些蠢蠢欲动，可是我的身体在经过长途的跋涉之后并不争气，我连抬手的力气都没有了。我迷迷糊糊地睡着了。我似乎感觉到她在脱衣服，她在帮我脱衣服。我感觉到了寒冷，我似乎听到了自己磨牙的声音。

　　我醒来时已经天光大亮，谢云娜没在身边，我赤裸的身体僵硬而虚弱，像是一只冻僵了的蝎子。我看到了在我的胸口一排排清晰的牙印，它们组成了一个心形。我摸了摸那些牙印，有的已经有了血迹。我怎么一点也没有感到疼痛？她是什么时候给我留下的印迹？

　　我摇摇晃晃地去上班。一上班就接到了谢云娜主任的电话，他恼怒地问我谢云娜为什么这一阵子总是无缘无故地旷工，为什么今天她又没有去接班。我敷衍他说谢云娜的老父亲又得了重病，她要天天去照顾他。主任说："小刘，你当我是傻瓜呀。你告诉她，她今天要是不来上班我就把她交到人事处了。如果她被开除了你可别怪我。"

　　我去了趟谢云娜的宿舍。同宿舍的小王刚下夜班正在睡觉。她说她下班后就没见到谢云娜。我请了假坐班车去找老虎，谢云娜只有这一个去处。将近十点钟，我在老虎租住的院子外徘徊。院子外的便道上停着一辆漂亮的红色本田轿车。那耀眼的光芒使我的头有点晕，一定是昨天晚上骑了一夜的自行车的缘故。我的徘徊说明了我内心的烦躁，我想该是和老虎摊牌的时候了，我们三人之间这种莫名其妙的关系早就应该结束了，我拿定主意，要让他离开我们的生活。

　　一个匆匆跑出来的人撞到了我的怀里，是谢云娜。她抬头看了看我，眼里浸着泪水。我顿时怒火中烧，我抱住她，问她是不是老虎欺负她了。谢云娜摇摇头不说话。我撇下她，气冲冲地上了二楼，一脚踹开了老虎的房门。看到屋内的景象我便有些后悔自己的莽撞。房间内并不只有老虎一个人，还有一个姑娘。那姑娘惊讶地看我一眼，叫道："小刘，你好。"

　　那个姑娘正是老虎大学时的女友。内蒙古姑娘的秀发光滑地梳向脑后。她笑起来还是那么气质优雅，阳光灿烂。

　　我不禁尴尬地搓着手说："你，你，你来了。"

　　老虎抬头看了看我，他的目光里竟然充盈着一丝惊慌。内蒙古姑娘以前可是他的骄傲，如今她的到来为什么会令他紧张而不安？

　　我只好放下自己的愤怒，我说："你们聊，你们聊。我不打扰你们。"内蒙古姑娘漂亮地微笑着。老虎却突然从床边站起来，快步走到我身边，他求援似的看着我说："请你留下来。"

　　我假装没有看到他胆怯的目光，我说："你们久别重逢，一定有很多话要说，慢慢聊啊。"我轻轻地为他们掩上了门。走下楼梯时，我痛快地松了口气。

　　谢云娜迎上我，忐忑地问我老虎会不会跟那个内蒙古姑娘走。我说，他要是跟着内蒙古姑娘走了是他的神气，是他的幸运。你没看到吗，内蒙古姑娘今非昔比，你看到那辆日本车没有，我猜想一定是内蒙古姑娘的。

　　我的猜想并没有错，那辆本田车是内蒙古姑娘从北京开过来的。那天中午，我们四个人挤在她那辆小巧的红色汽车里，鼻子里全是浓浓的香水味，内蒙古姑娘要请我们去国贸酒店吃饭。汽车在街道上穿行，我注意到老虎并不是很开心。他的头一直转向窗外，石家庄平庸的街景还不至于让他目不暇接。

内蒙古姑娘和老虎说了些什么没有人知道。我们知道的一点是内蒙古姑娘给老虎带来了好消息。席间，内蒙古姑娘不断地与我和谢云娜碰杯，她殷切地希望我们能够劝说老虎，让他再去一趟北京。她说她已经做了所有的工作，太平洋唱片听了老虎的歌，他们答应给老虎出一张专辑。

我说："这是好事呀，我代表老虎谢谢你呀。"谢云娜私下拉了拉我的袖子，我急忙改口说："对对，这句话不用我说，应该老虎亲自给你说。"

席间，老虎并没有说一句感激的话，他有些落寞和心不在焉。谢云娜的眼神不住地向老虎脸上扫。只有我坦然地和内蒙古姑娘喝着酒。内蒙古姑娘的酒量很大，她说有一次她喝过一瓶的草原白。她的豪言让我惊诧不已。本来内蒙古姑娘吃完饭要返回北京的，但是她喝了太多的酒，只好住了下来。去酒店前，她掏出了一个闪闪发光的精美的塑料袋子，她把袋子放到老虎的面前，对他说："这是合同。如果你同意，就在上面签上你的大名。如果你对自己的事业还足够尊重，你可以下午就和我去北京；如果你还有别的想法，我也希望你尽快地给我一个答案。"喝了那么多的酒，内蒙古姑娘的意识还是那么地清醒，足以说明了她心思的缜密。

没有人知道内蒙古姑娘是何时返回北京的。那天下午，我独自返回了工厂。谢云娜没有被我的苦口婆心说动。她赌气道："你让他开除我吧。那种千篇一律的生活我早就烦透了。"

我说："老虎都要走了，你还跟着他干什么？他又不是你的男朋友，我才是。"

　　谢云娜夸张地用一种异样的目光打量着我，伸手摸了摸我的头，说："你没发烧吧，是不是喝酒喝多了，说起胡话了。你看老虎，他心里并不痛快。一个靠幻想和信仰生活的人，是不需要怜悯和同情的，你看出来了吗？"我急于要去赶班车，我没有时间去和她探究什么幻想和信仰。我走之前提醒谢云娜，你让老虎快点走，走得越远越好。

　　老虎真的要走了，促使他下了决心的并不是我的那句话，而是内蒙古姑娘居高临下的善意。他相信那是她用钱换来的一切，他相信那些钱并不属于他曾经爱过的那个姑娘，他相信太平洋唱片根本就没有听他的歌，他相信自己永远只能奔波在路途之中。做出这个决定时，他的面前只有一个人，谢云娜。他把他内心的话全都倾诉了出来，我女友谢云娜纯真的心灵、毫无遮掩的爱憎给了旅途中的老虎极大的宽慰。在老虎眼里，我女友谢云娜就像是一条清澈见底的河流。

　　他们具体谈了些什么，我无从知道。那个令人沮丧的下午，我在匆匆地赶回化工厂。一个下午就可能改变人一生的轨迹，这是我在谢云娜离开之后得出的结论，这个结论有些心酸，还有些苦涩。

　　快下班的时候谢云娜在电话亭里给我打了一个电话，她对我说："你必须马上来见我，我有一件重要的事情要对你说。"是什么重要的事她没有细说，便匆匆地挂断了电话。

　　我重新披挂上阵，自从老虎来到我们身边之后，我们好像都在疲于奔命，而这一切都是为了谁，却让人无法捉摸。

　　我赶到老虎租住的房子，老虎和谢云娜已经正襟危坐着等待着我。悬在空中的一百瓦的灯泡显得很刺眼。谢云娜坐在床边，而老虎抱着他的头坐在靠门边的一张木凳上。老虎看了看我，把目光转到了墙角。谢云娜向我招招手，她示意我坐到她身边，然后对老虎说："你出去吧。"老虎听话地站起来向外走，我们俩错身时他还冲我露出了非常友好的微笑。那一刻我还不知道他微笑的背后隐藏着什么。

门关上了，我们静静地听着老虎下楼的声音由近至远。谢云娜抓住了我的手，她的笑容在那个夜晚令我永生难忘，那是从容而淡定的笑容。她说："我想告诉你，你和老虎是两类人。你们完全生活在不同的内心之中。你活在现实里，而老虎却活在信仰里。你的生活让我感受到了实实在在的身体的愉悦，而老虎却让我的心灵体验了飞翔的快乐……"

她滔滔不绝的话语令我有些无所适从，但是我从她略显忧郁的表情上看出了某种不祥之兆，我打断了她的比较，我说："你想说什么？"

谢云娜略微怔了一下，然后说："我想跟他走。"

那句轻描淡写的话不是霹雳，而是一把刀，凶狠地扎进了我的胸膛。我呆呆地坐在她的身边，我听不到她的呼吸声。

谢云娜的话语如同水一样流进我的脑子里，它们越来越多，我感到了有些胀痛，有些冰冷，有些摇摇晃晃。她说她早已经厌倦了现在平淡而庸碌的生活，她说把梦想压迫在内心深处是一种残忍的自慰。她说她要告别这样的生活，想跟着老虎去尝试另外一种让幻想变成现实的生活。我告诫她说她的选择是冷酷无情的，她根本没有顾及我。

她说："你放心，我跟着他的只是心灵。我的身体永远都留在你的身边，我会随时回到你的身边。我会和你亲吻，却不会和老虎亲吻；我会和你做爱，也不会和老虎做爱；我的身体永远都只属于你，思想会跟随着他。"

我仍然用各种困难来阻止她愚蠢的选择。我说你会被开除，你会一无所有。

谢云娜的果断在那个秋天变得那么地让人无法接受。她没有反驳我，而是默默地去除了身上所有的衣服，她有些瘦弱的身体如同剑一样

刺进我的眼睛里，我流下了泪水。我说："请别离开我！"谢云娜没有
回答我。她快速地脱掉了我的衣服。她把我拉到了床上，钻入了我的
身下。

那个令人伤心、令人眩晕、令人痛恨、令人向往的夜晚，成了我
生命中永远无法抹去的伤疤，我甚至不知道用什么方式来表达我内心的
感受，我只能随着她的节奏，在槐底陌生的小屋里，在吱呀作响的小床
上，被一种莫名的爱情陶醉着、迷幻着、痛恨着、忧伤着。

他们走时，我选择了沉默来表达内心的不满。我没有去火车站为他
们送行。我不知道谢云娜都随身带了些什么生活用品，我只知道，在我
的手心里，紧紧攥着的那一缕黑黑的东西叫作头发，是从一个叫作谢云
娜的瘦弱的姑娘头发上拔下来的。她的叮嘱在风中飘荡：你想我的时候
就看看我的头发。谢云娜的头发很好，柔顺、乌黑而光滑，像是用广告
中的海飞丝洗的。

谢云娜不在的日子成了一片伤心的海洋。只有在她匆匆赶到我身
边的那一天，海水才会静静地退去。最初的时间里，谢云娜像她说的那
样，三五天或者一周会突然出现在我的身边一次，每一次她都是风尘仆
仆的，征尘未落便迫不及待地把我拽到了床上。每一次，谢云娜的激情
都会让我暂时地忘掉痛苦，和她一起徜徉在欲望的浪尖之上。每一次，
谢云娜都像是闪电一样迅速地出现又离开，和我做爱像是她旅途中的加
油站，她洗个澡，换一身衣服，吃一顿我做的饭，然后又鸟一样飞走。
她的离去又是我的又一轮忧伤日子的开始。我开始邀请朋友们喝酒，化
工厂旁边的小酒馆成了我最忠实的家。太原、郑州、济南、西安……从
她嘴里说出的那些城市，还有那些不知名的小县城，在我的脑子里流星
一样闪过。我都无法把他们的行踪和那些地名联系在一起。

即将进入冬天的时候，内蒙古姑娘突然出现在我面前。她还是开着那辆红色的本田车。我从窗户里望下去，停在楼下的那辆车仍然是那么耀眼、鲜艳。她笑了笑，并不自然。我告诉她，老虎早已经离开了石家庄，我没有对她说谢云娜跟老虎在一起，我觉得难以启齿。她问我老虎现在在哪里，我说不知道。我从抽屉里拿出了那份合同，那是老虎让谢云娜交给我的。老虎可能预感到了内蒙古姑娘会来，所以他提前埋了伏笔。内蒙古姑娘没有接那份合同。她说，既然他不需要，这份合同就没有任何价值了。她又试着问我，老虎难道没有留给她什么话吗？

我摇摇头，说："没有，他像风一样消失了。"

内蒙古姑娘显得十分地大度，她笑笑，说："没关系，他是什么人我很清楚。我知道他不会接受这份合同。我只是心里还存有一丝幻想。我本来就不应该做这种无用功。"

她盛情邀请我一起吃饭。我看着她表面灿烂的笑容，想到了我，很痛快地答应了。

在凤凰酒店，我们被彼此的酒量给征服了。内蒙古姑娘问我怎么不见小谢。她还记得谢云娜。我喝了口酒说："她，她跟老虎走了。"我垂下头，我感到那酒气在脸上乱窜。

内蒙古姑娘没有再追问下去。她默默地看着窗外。窗外，冬天已经深入到大街小巷，但是在玻璃的这一边，季节已经失去了它本身的意义。我们的脸上都有些微微地泛红。酒意给了我们谈论老虎的勇气。内蒙古姑娘是我的领路人，她率先谈到了老虎，她说："你知道在北京都发生了什么吗？"

我摇摇头，谢云娜向我描述的北京的一月是简单而片面的。对于谢云娜的为什么突然离开北京回到我身边，到今仍然是一个谜，我以为内蒙古姑娘会说起谢云娜，不禁一阵紧张。

内蒙古姑娘的眼神有些迷茫，所以她没有看出我的紧张。

内蒙古姑娘说："老虎辞了职，从昆明跑出来，是为了我。"

我随着内蒙古姑娘的眼神一起回到了她的记忆中，那个曾经被谢云娜描述过的记忆完全呈现了另外的面貌。

她说："我曾经在上海待过很长一段时间。那时候我在一家外企做文秘工作，我当时的男友比我大二十岁。他是个老板，很有钱。他替我买了一套房子，一周和我相聚一两次。老虎找到了我。他把自己多年来写的诗拿给我看，给我唱那些动听的歌曲。"说到这里，她还轻轻地哼唱了一首老虎为她写的歌：

> 遥远的街头
> 一张脸
> 在风中
> 闪动
> 闪动
>
> 一张秋月般丰满的脸
> 在风中
> 在远方
> 一阵哀怨吹上我的心头
>
> 一张脸
> 水汪汪的丹凤眼
> 一句话
> 孤零零的语言

我没有什么办法能够告诉你

离开你

是不得已的转变

又或者说是不忍见你的哭泣

可是谁来安慰我这无法忘却的思念

在没有人的地方偷偷想起你

才知道

这就是一种怀念

当夜晚席卷我的欢乐和悲伤

我就看见你在远方悲悲切切的双肩

一行泪

静静掉在素洁纸面

一双手

轻轻摊开满掌哀怨

遥远的街头

一张脸

在风中

闪动

闪动

内蒙古姑娘记忆中的上海和我印象中的夜上海是吻合的，暧昧的小曲、灯红酒绿。她说起在上海妖媚的空气中，老虎那个外乡人，那个并不合时宜的人的到来是多么地格格不入。她说当老虎的眼神扫过她的男友时，眼神是充满了仇恨的。内蒙古姑娘说，比她大二十岁的男友在某一天的夜晚突然地死去了，他的死亡没有任何的征兆，他死时，CD机里反复唱着邓丽君的歌曲。关于老板的死一直是一个谜。连警方都没有给出一个令人信服的结果。内蒙古姑娘的声调突然有些发抖，她说："我记得很清楚，他死的那天晚上，老虎就不见了。"

我的身体猛地打了个冷战，"你怀疑老虎杀了你男友？"

内蒙古姑娘说："我没有说。我不相信他有那个胆量。"

她接着说："后来我就去了北京。然后遇到了现在的男友。老虎领着小谢去北京时，我正准备要和男友去欧洲度假。那天晚上我们在酒吧里看到了老虎，我知道他肯定了解我的行踪。他是在那里守株待兔。他告诉我说，他有了新的女友，他的女友是世界上最好的姑娘。我见到了小谢。我发现小谢果然是一个很好的姑娘。但是她看老虎的眼神和老虎看她的眼神是不一样的。我看出了破绽。我并没有刻意地去揭穿他。我知道他想用这种拙劣的把戏来激怒我。我没有上他的当。我和男友从酒吧里出来，却没想到老虎突然从黑暗里蹿出来，他用吉他向我男友的汽车上砸去。他的吉他坏了。汽车只是划破了一点漆。我男友非常气愤，把老虎狠狠地揍了一顿，还把他扭送到了派出所。老虎在派出所里大骂日本鬼子。警察们都偷偷笑。他只在派出所里待了一夜就给放了出来。大概是他骂日本鬼子骂得比较厉害吧。"

我问她："那一晚，小谢在干什么？"

内蒙古姑娘回忆道："我不知道。那天晚上，我的眼里只有老虎疯狂的举动。"

内蒙古姑娘走时，犹豫了一下，对我说："不要告诉老虎我去了哪里。我要去日本了。"

　　最终我还是违背了内蒙古姑娘的叮嘱，告诉了老虎她的去向，我相信，老虎不可能追到日本，那个有着樱花的国度不是他喜欢的。

　　那个冬天给了我所有关于寒冷的记忆。在寒冷的逼迫下我才发现，谢云娜已经有很长时间没有回到我的身边了。她的欲望之火似乎被寒冷给浇灭了。直到有一天，她慌慌张张地站到我面前，就像是从地底下冒出来的。她的嘴上起了一个大泡，脸上黑黑的，头发乱糟糟，我大吃一惊，我说："你去要饭了？"

　　谢云娜没有理睬我的惊讶的玩笑，她说："快去取点钱，跟着我走。"

　　老虎在河南一个叫作邓州的小城市生了病，一病不起，天天高烧不退，说胡话。谢云娜哭着说："快去救救他。他快死了。"

　　我带着钱，跟着失魂落魄的谢云娜坐火车去了河南。一路上我都在打量着谢云娜，她的目光变得那么坚毅，形象却已经十分地陌生。她紧紧地攥着的手，仿佛要把我的手掌攥穿。她告诉了我他们漂泊不定的生活，他们哪里是去寻找梦想，简直就是乞丐的生活，从一个地方漂泊到另一个地方。老虎的歌声和诗歌就是他们的一切。

　　我们匆匆地赶到那个叫作邓州的小城市时，老虎躺在一个小旅馆里的床上，两眼像是两个铃铛。他高大的身体此时蜷缩成一团，像是一只干瘪的虫子。谢云娜俯身对他说："小刘来了，他带了钱，我们去医院吧。"话还没有说完，谢云娜就呜咽起来。

　　我看着他的样子也顿时打消了痛恨他的想法，这哪里还是那个充满了幻想的诗人和歌手老虎？我伸出手在他的眼睛上晃了晃，他的眼睛睁得大大的，却没有任何反应。我把他们欠旅馆的钱先还上，然后雇了一辆出租车把他送到了离此最近的那个城市南阳。在医院里，看着那些液体慢慢地进入到他的身体里，老虎纸一样的脸色在慢慢地消失。

两天后，老虎的眼睛就能转动了。他仿佛是刚刚看到我，他的声音像是一只苍蝇，他问我来这里干什么。

我说："我只是吃饱了撑的，来这里散散步。"谢云娜在我身后掐了一下我的后背。

老虎想笑一下，他的胡子就机械地动一下。

在那个绿树荫荫的医院里，我无法抑制地要告诉他关于内蒙古姑娘的一切。坐在床边的我，像是一个法官，我在观察着他的表情的变化，想从他每一个细小的动作中找到蛛丝马迹。我说："你做这一切并不是为了什么崇高的理想，你只是为了一个姑娘。"

我的话让谢云娜非常震惊，她说："他病还没好，你不要刺激他。"

我告诉他内蒙古姑娘去了日本，再也不会回来了。她要在樱花盛开的季节里成为一个新娘。老虎听完我的话，突然从床上挺起来，呆呆地坐了一会儿，猛烈地吐出了一口鲜血。那口鲜血落在了白白的床单上，像是一朵正在绽放的玫瑰花。谢云娜大声地斥责我的无情无义，她急忙跑去找医生。

老虎的身体在短短的几天时间里就恢复了。我们走出医院的大门，来到南阳的一个普通饭馆里，饭馆的外面是一条拥挤的街道，有很多商贩的叫声穿越冬天的空气，来到我们的耳朵里。饭馆里的老虎在我的追问下承认了自己的爱，承认了自己所做的一切都是为了那个内蒙古姑娘。他先看了看谢云娜，然后才娓娓地向我们道来他对内蒙古姑娘的爱，决定了他的一切，他的辞职，他的旅途，他的诗歌，他的歌唱。他说，所有的一切都是为了那个内蒙古姑娘。谢云娜默默地听完了他的讲述。我却有些得意，我相信，看穿了老虎的谢云娜会告别老虎，结束他们荒唐的旅行，回到我的身边来。

　　老虎讲到最后，声音变了调，泪水在眼眶里打着转。他对谢云娜说："对不起，让你陪着我这么长的时间。"

　　谢云娜突然站了起来，她没有哭。她说："我只问你一句话，丽达那首歌你是为谁而写的？"

　　老虎仰天闭眼了好一会儿，才说："不是你。"

　　谢云娜转身就向饭馆外跑去，她的身体撞倒了一张桌子，上面的碗筷慌张地撒了一地。我踩在破碎的碗片上向外走，临走的时候我对老虎说："我真想把你撕了。"

　　我追了出去。我们没有向老虎告别。不知道他去了哪里，而且，此时的他已经不重要了。我们一路无话地赶回了石家庄。谢云娜不吃不喝有两天时间，她呆呆地坐着，从天黑到天亮。不管我怎么相劝都无济于事。我正要把她送往医院时，谢云娜却失踪了。我从单位回到宿舍，我刚刚去请了假，想带她到医院去。宿舍里空无一人。桌子上，她给我留了一张纸条，上面潦草地写着一行字：我走了，不要问我去了哪里。

　　我发疯似的冲出去，在班车点，在生活区，然后火车站，汽车站，都没有她的踪影。那个我深爱着的姑娘，那个令我忧伤的姑娘，那个外表温柔内心狂野的姑娘，就这样永远地离开了我的生活。

　　一年之后，一个去过五台山的朋友说在那里看到了谢云娜，她出了家。王姓朋友说给我时还有些犹豫，他说，也许是我看走了眼。我乘车去了五台山。我找遍了所有的庵堂，都没有找到谢云娜。后来，我听说她就在河北，在邢台的某个村子，一个简陋的庵堂里。而那个时候，我已经和现在的妻子结了婚。她出生在新疆石河子，她对那个叫谢云娜的姑娘一无所知。我妻子喜欢看老虎在云南电视台主持的读书节目，她说老虎的主持很有品位，很好。

羞耻之乡

　　我站在派出所门外，看着他们俩几乎是并排走向我。黄登明高高大大，头发蓬乱，他一眼就看到了我，越过我妻子小佟，快步跑向我。黄登明的脸上根本没有一点羞愧的表情，好像，他刚刚不是从看守所里被放出来，而是去了一趟银行或者超市。

　　黄登明带着风冲到我面前，紧紧地抱着我，使劲地拍打着我的背，嘴里嘟嘟囔囔的，大意是我早就把他给忘得一干二净了，要不是这次他被抓起来，还不一定能不能见到我之类的。他说着说着，居然动了情，不住地揉着眼睛。等他停止抒情，放开我时，我看到他的眼睛有点红润。我说，走吧，走吧，先回家再说。我妻子赶上来，没说一句话，用眼睛狠狠地剜了我一下，像刀。我的心就猛地一痛。黄登明和我从小一起长大，一直到十八岁我离开家乡远赴兰州上大学，他都是我最要好的朋友。也就是十八岁，成了我们人生的分水岭，我上学，考研，然后在城里工作；黄登明开始在家里种菜，种蘑菇，后来听说去了外地打工。这是十年来我们第一次相见，尴尬得让我有些不好意思，因为毕竟见面的理由有些牵强和羞愧：黄登明在公共汽车上偷窃被便衣抓进了看守所。他给我打电话，说请我无论如何也要把他捞出来。他早就摸清了我的底数，说："你媳妇不在公安局吗？"

坐在我家的沙发上，黄登明有些兴奋，"我早就有你的手机号，从你表姐那儿得到的。只是我不想打扰你，我想着什么时候我也在城里发了财，买了房，到时候再和你联系，没承想，这次意外让我们的见面提前了。"黄登明笑呵呵的，满不在乎的样子。

而我，一和他说话就感觉到脸发烫，所以一晚上我都尽量地绕开那个话题，尽可能地不去提他被抓这件事。但是黄登明似乎非常想说起这个话茬，他说着说着就拐到那上面去了，他说："你怎么就不问问我是怎么抓进去的？你就不感兴趣吗？"他说完，好奇地盯着我看。

我的脸一下子就红了，扭头看了看妻子，妻子也转过脸装作在看电视。我嗫嚅道："是啊，是啊。"

那是个多么令人脸红心跳的夜晚啊，羞耻感让夜色变得透明，仿佛夜色根本就遮蔽不住我们害羞的身体似的。黄登明，他的声音在屋子里环绕，像是粗暴的手揭开了我们身上的遮羞布，"这已经不是什么秘密了。在五仓乡人人皆知，大陈庄是个远近闻名的偷盗村。你是早就离开了家乡，你不知道这二十年来发生了什么。"

黄登明说，在大陈庄，几乎人人都是窃贼，他们分布在大江南北，黄河两岸。黄登明自豪地说："这么给你说吧，除了青海西藏，每个省都有大陈庄的人。他们成了那些城市的一分子，丰富了当地人的生活，为那些城市和省份的 GDP 做出了不小的贡献呢。"黄登明把窃贼的工作上升到国计民生的高度，让我们夫妻俩目瞪口呆。其实这还是我第一次听到这样的说法，就是我唯一还留在大陈庄的大表姐，来城里看我时也没有说到过，后来我想想，她之所以回避谈论这个内容，可能还是出于内心的一点点尊严。据大表姐说，大表姐夫和她的两个儿子，早就出去到南方打工了，每年春节回来一次。大表姐家这几年倒是生活日见起色，新起了宅院，大表姐甚至还动过要到南方某城市生活的念头。

"我是起步比较晚的一个，"黄登明无比懊悔地说，"榆木疙瘩一个，这是我老婆说我的。所以我只能就近在这个城市待着，这里好，离家乡近，攒点钱也能及时地送回去。不像是栓子，在广州偷足了一年的钱，过年挤车回家时在火车上让广州当地的小偷给偷得一干二净。"

他的话让我替我的表姐夫和两个外甥担心，但是我没有问，我仍然对表姐夫和两个外甥心存侥幸。我希望他们如大表姐所说的那样，在东莞的外资企业里做工。大表姐曾经给我看过他们在那个外资工厂外的照片，那块大大的写有"××有限公司"的大牌子旁，我的大外甥黄强意气风发，身边还拥着一个江南的年轻姑娘。那张照片成为我大表姐炫耀的资本。"他们就没想过干点别的？在其他的城市里。"我问黄登明。我的问话让妻子非常不满，她又用眼神狠狠地剜了我一下。

"干什么？"喝了点酒的黄登明有些亢奋，脸色红红的，"这可是几十年来咱们村摸索出来的一条最好的生财之道。以前？什么没干过，你想咱们那地方，盐碱地多，种庄稼不行，搞养殖，蔬菜大棚，做短工，哪一个能快速致富？都不能。黄文贯是第一个，他在河南郑州发了财，是咱们村第一个起了二层楼的，听说还在郑州买了房，娶了二房老婆，但是他发财不忘乡亲，回村里办了学习班，专门教授偷窃的知识、技艺。"

"他办这样的班就没人管吗？"我妻子插嘴道。

"谁管哪。村主任想管，可是他说话也不顶用了，谁听他的。那时候，谁家的宅子盖得多听谁的。"黄登明说话的样子犹如他就是那个黄文贯。

"你也上了学习班？"我问。妻子已经忍无可忍，躲到了卧室里。

　　黄登明略有些遗憾地说："我是'黄埔'五期了。比较晚了。一期、二期的都发了大财。有的人还办了工厂，当了老板。"

　　那天晚上剩余的时间里，我再没有问其他的问题，我明显感觉到了气氛有些压抑，羞愧让我几乎无地自容，面对黄登明，我恨不得要找个地缝钻进去，仿佛，我是他们当中的一员。黄登明走时，再次拥抱了我，他叮嘱我，以后遇到什么麻烦事，比如被人偷了抢了的，就找他。黄登明说："这个城市的大街小巷，到处都有大陈庄的人。办事很方便的。"走到门口，他没有忘记谢谢我妻子小佟，他看了看卧室的门，"弟妹睡了吧。告诉她，下次我进去了，还得捞我呀。"

　　那天晚上，我妻子小佟对我发了脾气，那是我们俩结婚以来，她第一次发那么大的火。她告诫我说，以后再不管你们村这些破事，都是些什么人？一点道德廉耻都没有了。他们满脑子想的都是什么呀。我无言以对，出于事理，是不应该帮这个忙，可是情理呢，我能脱得开吗？小佟气愤地指责我："你脱不开，那下次你去求所长放人。我可丢不起那人。"

　　我妻子小佟在公安局户籍科工作，军人出身，对社会上的丑恶行径深恶痛绝，如今，盗贼上门来做客了，哪能让她心安理得？我好说歹说让她安静下来，属于我们的夜晚也才刚刚来到。我翻来覆去睡不着觉，还是从床上悄悄地爬起来，给乡下的大表姐打了个电话。其实电话接通后我就有些后悔，因为我并没有想好要和大表姐说些什么，怎么说，都是一团糨糊。大表姐抱怨说，这么大老晚的，有什么重要的事情呀？我看了看表，时间确实很晚了，半夜一点十分。我不那么自信地说："表姐夫好吧？"

　　表姐打着哈欠说："你表姐夫在东莞呢，你是知道的。"

　　我又不咸不淡地问："那两个外甥呢？"

　　表姐说："你今天是怎么了，突然想起他们来了，那两个不争气的孩子，还能干什么，还不是也在东莞打工呗。我告诉你。小强要结婚了，在东莞结。你到时候一定去呀。你可是我们家最有出息的人。"

　　我哼啊哈的，又问："他们天天上班吗？"

　　表姐有些不耐烦了，"你明天问好不好？我最近有些失眠，刚刚睡着，就让你吵醒了。告诉你，他们可不得天天上班哪。你姐夫还是什么车间的一个主管，很受外国资本家的重视呢，一个月四五千块钱呢。不比你挣得少。"

　　我急忙说："那就好，那就好。"匆匆地挂断了电话。表姐的电话令我将信将疑。如果黄登明说的属实，那表姐夫和两个外甥就肯定也在东莞做贼。也有另外的可能，大表姐也蒙在鼓里，或者，大表姐对我虚与委蛇……在胡乱的猜测中，我迷迷糊糊地进入了梦乡。

　　后来的事实说明，黄登明真的不是一个合格的盗贼，他接二连三地被警察抓进去，一被抓就给我打电话。我妻子在做了三次委屈的好人之后，终于给我下了最后通牒，如果再有一次这样的事发生，她就要把离婚提上议事日程了。后来黄登明倒是消停了一阵儿，有很长时间没有他的消息，我还对妻子说，没准他这次犯了重罪了，关进去出不来了。说实话，以前之所以我妻子能够假公济私，找人保他出来，都是因为他的罪责并不重，小偷小摸，没有实质性的社会危害。当他有三个月时间没来打扰我们时，我倒开始担心他了。妻子责怪我没有一点立场，这样的人你还担心他干什么？他死了倒是给社会做出了贡献。我说她对人的态度刻薄了，一点也不包容。两人你一言我一语，唇枪舌剑了一番，谁也无法说服谁。

　　如果不是我的原因，黄登明可能会一辈子都龟缩在那个叫大陈庄的乡村，在自己女人的谩骂声中，拖着一条残腿，一边喝着烧酒一边回味自己在城里的偷窃生涯，他的余生也许就这样无奈而又苦涩地度过，因为在我找到他之前，他已经完全失去了继续偷窃下去的雄心壮志。他是大陈庄有史以来最失败的一个盗贼。在城里混了六年，只给家里挣了三千块钱，还不如在家种田的收益，倒是被抓进去的次数创下了历史新高。当我踏上返回大陈庄的道路时，一路上，耳朵里除了灌满了歌颂那些在南方某某大城市偷窃成功者的光辉业绩外，就是关于黄登明的笑话。他们把他每一次被抓进去的笨拙都编成一个个的小笑话，用来解除旅途上的困倦和打发多余的时间。是的，是我改变了他的生命轨迹的，因为我家失窃了，丢了几千块钱和一块表，更为关键的是小佟妹妹的档案袋也一同被窃了。小佟妹妹佟施，刚刚从大学毕业，如果没有档案，她就成了彻头彻尾的黑户了，什么工作呀、前途呀都成了一团迷雾了。看着哭哭啼啼的妹妹，爱怜而凄然的妻子只能同意我去找来黄登明试试，她不放心地说："和你一样，我怀疑市公安局的破案效率。死马当活马医吧，试试也无妨。"但是她特别地强调，"这可不是我们助纣为虐呀。"

就这样，我拨通了黄登明留给我的电话号码。接电话的并不是黄登明，而是另外一个人，他告诉我说，他是黄登明的同乡，他听黄登明说起过我，也听他父亲说起过我。他说他是大陈庄谁谁家的儿子，我一时也想不起来。我问他黄登明在不在。他吃惊地说："你不知道他回去了吗？他不干了。"原来，黄登明在一起未遂的偷窃事件中被路人群起打了一顿，左腿被打坏了，回家养老去了。我说："他才多大岁数，就回家养老了。"

回乡的路充满了羞耻。那是一趟专门开往我的家乡大陈庄的汽车。车上的人我都不认识，他们也都不认识我。他们旁若无人地互相讲述着在各地偷窃的经验，互相吹捧着自己的成绩。有一个人甚至还在吹嘘着自己所在那个城市的警察的愚蠢，在他夸夸其谈的讲述中，那个东南城市的警察像是一个个笨拙的企鹅。另外一个人，身边腻着一个浓妆艳抹的姑娘，短裙子根本无法遮住她的屁股，红色的内裤随着车厢的晃动一闪一闪的。那个中年男人，捅了捅我，问我："你是哪个村的？大陈庄的？我怎么不认识。你在哪个城市？"我急忙说："我去找一个人，找个人。"中年男子用眼睛斜着紧挨着他的浓妆姑娘，暧昧地眨巴着眼说："你看怎么样？我小老婆。她不工作，天天在家里替我数钱。"我没有回答他的话，故意把眼睛转向窗外。中年男子看我并不热情，也不在意，便又搂着姑娘和其他人高谈阔论起来。在回乡的汽车上，我是整个车厢里最失落的那个人，也是最受冷落的那个人，他们杂乱而高昂的声音完全把我的思想给淹没了。

一下车，我直奔黄登明家。黄登明正躺在院子的一张竹床上睡觉，怀里还抱着一个空酒瓶子。一条黄狗卧在他的脚边，眼睛乜斜着看我。我把他摇醒，他睁开惺忪的眼睛端详半天才认出是我，他说："你坐呀，别客气。"我四下看了看，也没有什么可以坐的东西，便说："我不客气了……"我刚说了半句话，就看到一个胖胖的女人从大门外冲进来，风风火火地直扑竹床，一把揪住了黄登明的脖领子，怒气冲冲地吼道："喝，喝，喝，喝死你拉倒，我好早点嫁个健全的人。你看看像你这么年轻的男人，哪个还在村子里胡吃海喝等死？哪个不在城市里挣了大钱？"黄登明抱紧怀里的酒瓶子，目光怯懦地在自己的脸前游移着，残疾的右手悬空晃悠着，嘴里小声说："我没有喝，没有喝。"胖女人此时才看到我。她警惕地盯着我，仿佛我和黄登明是同类。"干什么的？"声音很干硬。

我说服了黄登明跟我一起踏上返城的道路。他的妻子，对黄登明能够重新返回城市抱有极大的希望，她特别叮嘱我："如果登明实在不能胜任偷窃的工作，你就给他随便找个什么活干干，也比在家里强呀。你说，我两个儿子上学，以后成家立业，都得指望他呢。"

其实我想好了要帮黄登明，在我们单位给他找一个看门的活还是有把握的。我说："放心吧嫂子，我不会让他再去上街干那些违法的事儿了。我一定给他找一个体面点的活。"

黄登明的妻子毫不隐讳地说："如果他还能干以前的活，你也别拦他。"

在大陈庄，我的大表姐是另外一种生活状态。她生活在幻想之中，她坐在宽大的房子里，每天和一帮妇女打打麻将，然后就是琢磨着什么时候去东莞，参加大儿子的婚礼。大表姐说："他们决定不回老家举行婚礼了。一是觉得来回太费时间和精力，二是我的大儿子早就不习惯咱农村的生活了，他已经把自己当城里人看了，他想着以后挣足了钱在城里买房子，安家立业呢。"

我看着表姐塞到我手里的几大本相册，都是她的大儿子和他的女朋友的。而表姐夫和小外甥的照片却少得可怜。我问起原因，大表姐说："他们不愿意照呗。老少仨爷们，就老大长得排场，要不找那么个好媳妇。"

眼前的一切，打消了我的疑虑，于是我敞开心扉，告诉了大表姐我心中的忧虑。我说我已经知道全村很多男人，也有一些女人都分散在全国各地，干着一些不光彩的事情，那些事情让我觉得心里很不安。我说："他们把大陈庄叫作偷窃之乡，我听了感到很难过。真的，表姐，非常难过。"我忧伤的样子其实和表姐的反应并不相称，表姐根本不在意我有多忧伤，多沮丧，她只是平淡地说："兄弟，我一开始也和你一样。我去苏庄赶集时，别人一听说我是大陈庄的，都躲着我走，好像遇到了瘟疫一样。当时别提有多难过了，但是后来我看到我们村所有出去做了那种事的人，回来都跟没事人似的，他们的生活一天天好起来，我也就不难过了。总比以前那么穷苦地守着一点薄地拮据地过日子强吧。日子都是自己选的，不能强求的。"

我用异样的目光盯着表姐，我说："你原谅他们的作为，你也认可他们的行为吗？"

表姐叹了口气，"你说能怎么办呢？就算我再能够理解他们的做法，我也不能容忍你姐夫和两个外甥也去做同类的事情。你不知道，现在的乡下，夜晚静得有些恐怖。就是白天，你也很少见到年轻人。仿佛这是个空空的村子，而所有的希望都在远方。"

"你会自豪吗？"我小心地问表姐。表姐的回答让我觉得心安了许多，一路之上的羞耻也稍稍得到了一丝的安慰。

表姐说："当然。我告诉他们，哪怕是讨饭吃也不能干那种伤天害理的事情。所以，当我面对村子里剩下的那些妇女时，我觉得心里比她们敞亮许多。别看她们脸面上高高兴兴的，经常收到男人或者孩子们寄来的钱。可是她们内心的担忧更重，所以你看看，其实她们苍老得更快。因为她们心思重嘛。你看我，是不是显得比她们年轻。"

表姐让我看一封表姐夫的来信。信写在一张信纸上，页眉上的单位名称已经被撕下来了，留下不规整的锯齿状的痕迹。表姐夫初中没毕业，字迹潦草而难以辨认，表姐夫在信中说："我们每天都拼命地工作，堂堂正正地做人，干干净净地做事。不求别的，只求能够安心地面对自己。"表姐夫安抚表姐说，他们远离大陈庄的人，不管同乡人如何嘲弄他们，引诱他们，他们都不会去做令内心不安的事情。表姐夫在信中信誓旦旦地说："大陈庄的人，难道就只会偷窃，只有被人耻笑的份吗？"

独自留在大陈庄的大表姐，内心有着与大陈庄其他人迥然不同的心情与寄托，她告诉我说，她还是希望大儿子能够回家乡来结婚，不管走得多远，根都在大陈庄呢，哪有在外地成家的，这让乡亲们说起来还以为有什么事呢。表姐恳求我有空的时候带她去一趟东莞，去看看姐夫他们，顺便和他们商量一下大儿子的婚礼。她说她从来没有出过远门，最远的地方就是到过县城。我答应了表姐。我说："我也想看看他们生活得如何呢。"

大陈庄，我的家乡，被人叫作偷窃之乡的地方，还有多少希望之光让我去期待呢？还有多少表姐夫这样的人，在为了一点点内心的安宁做着无力而平淡的努力呢？微弱，或者渺小，但总能够积蓄足够的能量，保持住尊严吧。

我们是在黄登明妻子满含热望的目光中离开大陈庄的。不论黄登明在她眼里多么地无能和被她所鄙夷，她仍然对黄登明抱有幻想，她叮嘱黄登明要学聪明点，要和同村的人多学一点，她怪罪黄登明："不就是把别人的钱变成自己的吗？哪有那么难？你少喝点酒，脑袋瓜灵活点，手快点。腿不行，还有手呢。"转过头她又对我说："他要是实在不行，你一定要给他找个挣钱多又省事的活呀。"黄登明腿脚不利索，却比我走得还快，他三步并作两步就蹿上了汽车。他坐稳当后打开车窗玻璃对自己老婆说："我替我兄弟找到档案就回家呀。"他老婆骂道："你回来试试，看我不打断你那条腿。"

在回城的汽车上，我问黄登明，这次出来有没有什么想法？黄登明不知从哪里掏出一小瓶酒，先陶醉地喝了一口，然后说："走一步算一步吧。我对做贼已经心灰意冷。不知道能干些什么。"一路之上，我都在鼓励黄登明，打起精神，好好想想他的未来，不要虚度自己的后半生。黄登明突然问我："那你说，怎么样才算不虚度呢？"

"做正经人该做的事。"我说。

黄登明笑了，"你看我这样可以吗？前半生努力都做不到，后半生难道就可以了？那还不是天大的笑话。"

黄登明所言并不夸张，大陈庄人在生活了二十多年的城市里仿佛是一个个幽灵，始终飘散在城市的上空，那是因为大陈庄人真的遍布大街小巷，他们以偷窃为生，并以此为乐。回到城里的黄登明，拖着他不大利索的身体，很快就融入了他熟悉的人群之中。我真的害怕他就像是水融入大海那样一去不复返，更让我担心的是他重操旧业，不但不能替佟施找回档案，又给社会增加了负担。那个阶段，我是个矛盾的个体，一边在内心里谴责自己道学上的虚伪，一边又无法停止对黄登明的依靠，就算我妻子是公安局的人，一个小小的失窃案，根本无法得到足够的重视，而且，破案的线索也毫不明显，无形中也加大了破案的难度。佟施是个被娇惯了的孩子，她天天哭天喊地地催促姐姐说："你要让我等到老哇。"

大陈庄偷窃技术最差的黄登明，此时成了我们手中唯一的救命稻草。好在，三天之后，黄登明终于两眼窝黑黑地，神情疲惫地出现在我们家门口。要不是我扶着他，他都无法迈进门。黄登明嘶哑着嗓音说："吃的，喝的。快！"我们坐在他对面，几乎是惊诧万分地看着他把两包方便面四个鸡蛋吃下去。据黄登明讲，大陈庄为这座城市贡献了三十一名偷窃分子，他们分布在不同的地方，火车站、长途车站、公交车站、商场、影院等等，分片包干，从来不逾越。他们也从来不互相打探，有极自律的职业道德。黄登明叹口气，"我这是在引火上身。要想从他们身上打听到点消息真的非常难，非常难。"黄登明的感叹给我妻子的脸上蒙上一层失望的阴云。但接下来黄登明的另一句话让阴云很快散去了。他说："不过，他们总算是给我面子。他们可能是觉得我无法对他们构成威胁。谁让我是大陈庄最差劲的小偷呢，我以前从来没有意识到，这也是一个优势。他们认为我已经不再是他们中的一员，所以他们可以和我分享一些秘密。"

黄登明走访了遍布在人群密集区的三十个兄弟。"只有一个，大刘，没有人知道他的去向，"他说，"不过，这不会影响大局。"兄弟是他的叫法，泛指大陈庄的惯偷们。他们给了他无数条线索，让他这三天里马不停蹄，几乎就没怎么睡过觉，忘记了吃饭。他拍了拍自己背后的包，"看到没有，我也学会了收集资料，他们每一次工作的详细地点、时间、成果，数据都在这里边呢，我们可以共同来找一找。这需要时间。"话说到这里，他再也撑不下去，倒在沙发上睡着了。我们把包从他的背上悄悄地拿下来，从包里掏出那些记录着每一个窃贼所做的每一件事的纸片，纸片五花八门，种类复杂，有写在皱巴巴的打印纸上的，有写在分不清什么颜色和形状的纸上的，有写在糖纸上的，竟然还有写在卫生纸上的。那些材料记录得很详细，几月几日几时许，哪个区哪条街道哪栋楼几楼几号，到手了什么东西，有的上面还记下了被光顾者的名字与单位。真像是一个城市各色人等的分类表，从他们盗窃的价值也能够分出等级，富人、平民或者穷人。看着这些琳琅满目的纸片，我们几乎感觉到像是进入了一个个陌生的家庭，看到了他们不被人知的隐私。我和妻子同时感觉到了某种无法言明的不自然，我们俩互相偷偷地看了对方一眼，妻子说："我们这样做是不是不大好？"

我回答："是。这好像和我们的生活离得太遥远了。"

小佟又说："可是我们不看怎么可能从中找到蛛丝马迹呢，你看看小施的样子，跟丢了魂似的。找不到她的档案，她得把我们给折磨死。"

我们俩就是在种种复杂心态的互相作用下，小心而忐忑地仔细辨认着那些模糊而潦草的字。小佟不时地发出一些感慨与诅咒，她说："他们早晚会下地狱的，干了多少坏事。有多少家庭会因为他们而遭受痛苦啊。"我们硬着头皮去辨认和搜索的那些纸片，还是因为我的缘故而戛然而止了，一张纸片上的信息先是引起了妻子的注意，然后她把纸片交到我的手上。她像是发现了一个新大陆，"你们局长的。他们偷了你们局长！"真的是王局长。从来没有听局长说过自己家被盗之事，这倒让我感到有些新鲜。纸片上关于局长的内容与其他的没什么两样，寥寥几句而已。我草草地扫了一眼，便让妻子拿开了。妻子问我为什么不看了。我说，不想看，局长的事，跟我何干。妻子特别提醒我说，你不想知道他丢了什么，为什么不去报案？我摇摇头，不想。在我的印象里，局长一直是一个谦谦君子，严以律己，宽以待人，从来没有过是非。对于这样一个端正的领导，我是打心眼里佩服的，因此，对于有关他的闲言碎语我从来不会留意的。

忙乎了大半天，其实有价值的线索并没有。我们昏昏沉沉地睡去，第二天醒来时黄登明早就不见了踪影，不知道他是什么时候走的。那段时间，黄登明神出鬼没，间或出现在我们面前，给我们带来一些互相矛盾的信息，那些信息去伪存真的过程让我们感到十分地疲惫，而黄登明，却越来越干劲十足，朝气蓬勃，他残疾的身体突然间像是重新焕发了生机，行走的速度快了，脑子转动得快了，对问题的分析也敏捷了。他背上的包越来越鼓，里面收集到的信息也越来越庞杂。他把那些信息分门别类，然后把相关的汇聚成一个完整的故事，实际上，他所干的事情已经远远超出了我们要求的范围，每一起盗窃，每一个背后的人，每一个家庭，都成为他分类的标准。他把相关的内容组织起来，用订书机认真地订在一起。我问他是怎么把那么多有关盗窃的细微的线索连成一个完整的故事的，他神秘地笑笑，说，不知道，天分吧。他所说的天分可能确实存在，我们都发现了他在这上面投入的程度，和他的热情。黄登明，在偷窃的道路上屡屡受挫之后，居然在另外相反的事情中找到了自信和乐趣。我妻子满怀忧虑地说："我感觉他现在已经偏离了轨道，有些不误正业。档案呢，小施的档案呢，好像离我们越来越远了。你看看小施吧，天天以泪洗面的。你不心疼啊。"

我安慰她说："不是那么容易的事。就算是大侦探，也不是得从众多的信息和线索中寻找到一点点蛛丝马迹吗？"

妻子不满地说："好像我们在培养一个业余侦探。"

妻子埋怨归埋怨，她还是保持着一个警察应有的素质。在对那些材料的对比和整理过程中，她与黄登明的配合从来没有出现过差错，面对激情四溢的黄登明，她也从来没有表现出些许的气馁。更多的时候，在我们家的客厅里，是他们两个在认真地辨别，激烈地争论，和气地达成一致。这样的日子大约持续了十天。他们得出了一致的结论：已经不在这里的大刘是档案丢失案中最大的嫌疑者。黄登明说："他去了东莞。"这个结论并不是他的兴之所至，而是经过了科学的论证，合理的推断，据知情人讲，我家的失窃可能是大刘在这个城市的收手之作。他早就抱怨这个城市太麻木了，太没有激情了，在这里待下去，不利于他事业的发展。我暗自有些伤感。他们把偷窃也当成事业，我真的不知道，我的故乡，是怎么回事。我问，为什么是东莞而不是其他地方，比如郑州、武汉？黄登明显然有些自得地说："你不知道，东莞是大陈庄的大本营。咱们村，有一百多人在那里，你走在东莞的大街上，时不时地会碰到大陈庄的人。你还会以为，那是大陈庄。"

去往东莞的飞机上，并排坐着的是我、大表姐和黄登明。因为之前的承诺，我把大表姐从家乡接了出来。一路之上，大表姐都在兴奋地和我畅想着他们重逢的喜悦，大表姐掐着指头给我算着他们有多久没见面了。大表姐说："两年，整整两年了，我只收到钱，却没见到他们的影。"而黄登明却十分安静，他没有忘记带上他那个装满了证据的包，即使飞机令他晕眩，他仍然会不厌其烦地仔细地工作着。我劝他歇一歇，他说："不累。我从来没有像现在这样忘我。"临下飞机时，他突然拽了拽我的衣袖，嘴巴凑到我耳朵边，"我告诉你一个秘密。"我看着他神秘的目光，根本猜不透他要说的是什么。他接着说："关于你们局长的。他的资料最多最全，也最能看出他的底细。这里面有很多故事。"

我大吃一惊，"你专门搜集了他失窃的资料？为什么？"

黄登明露出狡黠的笑容，"这也是一个秘密。你要不要看看，有关你们局长大人的秘密？"

我摇摇头，"我为什么要看？我不看。"

黄登明说："你真顽固。就像我老婆那样顽固，她一直以为我也可以像村里其他人那样靠偷发财致富。"

在飞机上，我和黄登明关于局长的谈话仅此而已，但是局长的影子在那之后就一直挥之不去，它像是阴云一样始终跟随着我。局长到底是个什么样的人？难道不是我们认可的具有亲和力的那个人？

没有人来接大表姐，这让她很失望，她嘴里不停地嘟哝道："你不是给老大打电话了吗？他不是说要来接我们吗？"我确实给表姐的大儿子黄强打过电话，黄强也说过要来接机。我急忙给黄强打电话，却一直是关机状态。我对有些失望的表姐说，也许黄强工作忙脱不开身呢。我们在宾馆里住下后，电话仍然打不通。黄登明却不管我们和黄强通上话没有，他兴奋异常，仿佛这个陌生的城市深处，有一个强大的磁场吸引着他，他一刻也无法在宾馆里待下去了。我洗脸的工夫，他人就不见了。表姐坐在宾馆的床上，眼中的喜悦已经被未见到亲人的失落所代替，她一动不动地坐着，连洗脸都懒得去。我劝慰她："黄强肯定会联系我们的。他知道我们飞机几点到，他也知道我们现在早就到了东莞，他怎么能不来找我们呢？我们只要在宾馆里休息好，吃好，等着他来找我们。"

可是一直到晚上，我们也没有等到黄强的电话。打过去永远是关机。黄登明也是杳无音信。我和表姐只好分别睡下了。我翻来覆去睡不着，越想越觉得事情有些蹊跷，黄强如果不来，还有表姐夫和二外甥呢，总不至于都忙得抽不出身来吧。我好不容易刚刚睡下，手机便响了，是一个陌生的电话号码，我一听是黄强的声音便埋怨他为什么要欺骗自己的母亲。电话那头的黄强却先抽泣起来，他说："表舅，我是无路可走了。你可得救救我。"

那个不眠的夜晚，我和外甥黄强就在宾馆附近的小巷子里碰面了。没有见到表姐夫和二外甥，我隐隐地觉得有些不对了。他坚持不去宾馆，说是怕见到母亲。月光像是从天空中漏出来的，淡淡的，把我们的影子投到脚下，陪伴着我们，见证了我外甥黄强的忧伤与无助。黄强说："我有两年没回家了，就是怕见到妈妈。我不知道该怎么对她说，怎么解释所发生的一切。"

东莞，一个离我的家乡上万里的遥远地方，悲伤从黄强的叙述中漫出来，浸透了那个深深的小巷，像是风，吹进了我的心里。黄强说，父亲两年前就去世了，是一次意外。他在实施一次盗窃时，被人发现，慌不择路，从二十层楼梯口的窗户掉了下去。黄强说："我和弟弟赶到时，爸爸已经成了一个肉饼，你根本想不到，一个人能被拍成那个样子，薄薄的，仿佛，他身体里所有的东西都被挤出来了。我早就对他说，这么大岁数了，腿脚不灵便，就回家养老吧，由我和弟弟在这里足够养活他和妈妈了。可他不听，他总说，干完最后一次就回家给我们俩盖大宅子去，这句话他说了有无数次，可是哪一次也没有兑现。我不知道，在天上，爸爸是不是已经给我们俩盖好了大宅子。"

我没有去质问他们为什么会追随着大陈庄男人的脚步，成了一个窃贼，我也没有问，为什么他们会瞒着母亲。事实能够说明一切。我的每句话似乎都显得多余。黄强说："这两年,我们俩加倍地工作。想早点挣够钱,好回去孝顺母亲。偏偏弟弟又被抓进去判了三年。只剩下我自己。你说,我怎么去面对妈妈?"他哭泣着蹲在我的脚下。

"所以你就欺骗你母亲。"我还是忍无可忍,终于舒出了心中憋闷的恶气,"你给她写假信,给她报平安,告诉她你们在这里做着正当的工作,你们不会同流合污。"

"那我能怎么办呢?"黄强无奈地说。

我问:"我姐夫在哪里?"

在凌晨三时的东莞街道上,两个异乡人要去看望一个逝者。黄强的样子像是早就融入了这个南方的城市,他用破旧的电动自行车载着我,穿大街走小巷。东莞的夜晚有些闷热而潮湿,风夹杂着陌生的空气打在我的脸上,打乱了我的思绪,我几乎想象不出表姐夫以前的模样。他为什么非得要到这个陌生的城市来冒险,为什么会把自己的生命搭在一件毫无意义的事情上呢?即使偷到再多的钱,他良心上会安宁吗?这些疑问,都在那个陌生的城市夜晚中,随汗水流逝了。

表姐夫就装在一个豆腐乳的瓶子里。豆腐乳的标签还残留着一半,王致和的。方方正正的玻璃瓶子,红色的塑料盖子。盖子上蒙了一层厚厚的灰尘。瓶子里面的表姐夫呈粉末状。他已经无法看到我们了。而我,也根本无法通过瓶子里的他想到他以前的模样。这就是我在某个偏僻的小出租房里看到的表姐夫的形象,粉末状的表姐夫。东莞,凌晨三点二十七。

我哀伤地看着喜欢蹲着的外甥黄强,问他打算怎么办,他母亲,我的表姐还在宾馆里,没有人知道,这个夜晚她是怎么度过的。"不知道,不知道,我要是知道就不会把手机关掉,就不会不去机场接你们,就不会躲着不见母亲,就不会蹲在这里。"黄强哭着说。

我盯着瓶子里的表姐夫，突然问黄强："你爸叫什么名字？"

黄强愣了一下，侧仰着脸看了我半天才小声说："黄建国。"

"黄建国。"我轻声念了一下，仍然无法记起他的模样。

在回到宾馆时，我已经和黄强商量好了如何去向表姐说。对于表姐来说，她即将要得到的事实是双重的打击，一个是谎言的破灭，另一个也是更加凄然的主题是表姐夫的辞世。我告诉黄强，对于他和母亲来说，说谎和被欺骗，同样是痛苦的。"打开天窗吧。"我满腹忧伤地说。

清晨七点，我们回到了宾馆。表姐像是早就预料到了似的，她端坐在房间的床边，头发梳理得非常整齐。我们推门进去，我在前，黄强在后。表姐抬头看了看，她看到了黄强，却没有激烈的反应，她只是把眼神停留在我们俩的脸上。我从表姐的脸上看出了明显的疲态，整个晚上，可以肯定的是她和我们一样，也熬过了一个不眠的夜晚。我说："表姐，我们先下去吃饭吧。昨天就没吃好饭，我肚子都饿了。"

表姐冷静地说："今天，肯定有比吃饭更重要的事情。"表姐的预言让我一阵心酸。

黄强咕咚一声跪在了地上，他忏悔道："妈，你打我吧。都是我不好。我没想骗你。"

表姐没有扶儿子，她的冷静让我感到非常吃惊，我不知道她那份沉着源于哪里。她几乎像是听别人的故事一样听完了儿子黄强的讲述，虽然是第二次听，我仍然有些动容。黄强讲完后，屋子里出现了长久的沉默，那令人窒息的气氛让跪在那里的外甥黄强十分不安，他不停地擦着脸上的汗水和泪水偷偷地观察母亲。表姐开口说话了，像是大梦初醒，她问儿子黄强："你爹在哪里？"黄强颤巍巍地从随身携带的包里掏出了那个王致和的豆腐乳瓶子，因为经过了路上的颠簸，里面呈粉末状的表姐夫有些倾斜。表姐把粉末状的姐夫搂在怀里，眼泪才止不住地流下来。

　　整整一天，表姐都没有动地方，她像是一尊雕像那样一动也不动，不吃不喝不说话。我告诉黄强，让表姐自己陪表姐夫待着吧，我们坐在我的房间里，也是相对无语。黄强最终还是无法忍受长久的寂静，窗外，城市的喧嚣声此起彼伏，像是号角，催促着他。他坐立不安，试探着对我说："表舅，我实在不能耽搁一天，你听听，外面的那个城市，它每时每刻都在提醒我，它不是我的。所以我得努力工作。你在这里陪着我妈好不好？"

　　父亲的死，看来并没有让他警醒，让他在执迷不悟的道路上悬崖勒马。我叹了口气，恨铁不成钢地说："你以为你妈来这里只是为了把你爸爸接走吗？"

　　黄强说："接走也好。要不我爸在这里待着也挺无聊的，因为我根本没有时间陪他说话。"

　　我再次叹了口气，挥了挥手，我知道，表姐夫的死都无法撼动的事情，我的任何话语也是无效的。我看着黄强从房间里消失，我还听到他说，他绝不会给大陈庄人丢脸的。独自呆坐在宾馆房间里的我，甚至能够清晰地看到黄强从这里走之后的情景，他肮脏的手，他丑恶的动作，我后悔自己不能阻止他。可是，这是我所要做的吗？

　　夜晚，像是送给我的一块遮羞布，让我稍稍得到了一丝的安宁。我来到表姐的房间，房间的门是虚掩着的，表姐并没有在房间里。她从大陈庄带来的大大的包还在床头放着，白白的床单上，明显地留着她坐着的痕迹。我脑子里顿时一片空白，表姐不会去寻短见吧。这个想法一旦出现，立即就吓出了我一身的冷汗。我急忙从房间里出来，在楼道里碰到了服务员，我问她见没见到我表姐，服务员说她没有注意。我从宾馆里冲出来，宾馆所在的小巷子里弥漫着从不远处大街上飘来的嘈杂之声，那声音仿佛是一条涓涓的小溪，正在向外流淌。而外面人声鼎沸的大街，正是那个城市躁动的河流。我在那个河流里奔来奔去，找了好几条街道，也没有找到表姐。我身心俱疲地回到宾馆，表姐仍然没有踪影，我茫然若失，不知道该怎么办，我的目光，落在窗外迷离的夜色之中，看着拥挤的高楼大厦，突然有了一丝的恐惧，我匆匆忙忙地跑出房间，跑到了宾馆的楼顶。我的恐惧，就停留在楼顶的边缘，表姐正直直地站在楼顶的边缘，脸冲着茫茫的夜色，背对着我。我不敢大声地叫她，腿脚发软地悄悄靠近她，城市的空气厚厚地卷上来，扑在我们的脸上、身上，我突然发力抱住了表姐，把她拉到楼顶的中央，我这才大声而无力地质问她："你怎么能想不开呢，还有黄强、黄伟，他们都还需要你呢。"我能感觉到表姐的眼泪，一滴滴地落在我的手背上。

过了好半天，她才慢悠悠地说："兄弟，你把手放开吧。你把我箍疼了。"

我不放心地说："我松开手，你还跳楼不？"

表姐惨然说："不了。"

我们回到房间里，表姐向我诉说了她站在高高的楼顶的感受，她说："一开始我想着去跳楼呢。可是我的手碰到了你姐夫，他待在那个豆腐乳瓶子里，那个瓶子可是玻璃的，不是像我们家里的棺材，你见过我们家乡的棺材吧。那可真是让人放心，厚厚的木头，要六个膀大腰圆的小伙子才能抬得动，可是你姐夫，他却待在这么一个玻璃瓶里。我一跳下去，玻璃瓶就会碎。到那时候，即使我死了，你外甥他们还能找到我，还能把我的骨灰送回咱们老家，把我放到厚厚的安全的棺材里，可是你姐夫呢，要是瓶子碎了，你外甥他们想找到他就难了。"表姐说着，仿佛姐夫真的永远地遗失在了这个陌生的城市里了，她伸出手像去抓，却什么也没有抓住。

表姐打消了死的念头，她说她站在楼顶一直在看着这个无边无沿的城市，夜晚给这个城市更增加了一丝的神秘色彩，表姐说她怎么也想不通，为什么他们一来到城市里，就会有另外的想法。表姐说："我要给你姐夫买一个像样的骨灰盒，让他体面地回家。我还要去看看黄伟。我还要让黄强找一份体面的工作。我还要见见黄强没过门的媳妇。你说我能回家吗？"表姐想要在这个她并不熟悉也并不喜欢的城市里干太多的事了，她有太多急迫的理想不得不在这里去追求，我的表姐，前半生从来没有什么大的理想，而如今，背井离乡的她，强打起精神来要去挑战一下自己了。

黄登明在消失了两天之后突然出现在宾馆里了。他背上的包更加地鼓了，所有的表情都写在他的脸上，他无比兴奋的心情使他的脸看上去有些肿，他说："你猜猜我见到了谁？"

"大刘？"我回答。

黄登明摇了摇头，"不对，大刘，我早晚有一天会见到他的。我几乎找遍了所有在东莞的大陈庄人，他们这几年在这里可是发了财了。也有没见到的。你姐夫我就没见到，还有十来个，他们有的进了监狱，有的死了。你姐夫可真是命不好。"

我说："别说我姐夫。说说大刘。我们来是来找大刘的。"

没有找到大刘，黄登明并没有显出多大的失望，他说："快了，我明天就能找到大刘了。他刚刚来，不大合群，所以找起他来有点难度。但是你猜猜我找到谁了？对了，你肯定猜不到。二丫。"他看我一脸的茫然，补充道："就是西街张大叔家的二丫，小时候每天和我们一起玩，后来和你一起上了高中，没考上大学，就嫁给了苏庄的苏国立。后来她男人死了，她也来到了东莞。"

我想起了她，一个圆脸而单纯的姑娘，高中时还曾经偷偷地给我抄过一首舒婷的诗。那首手抄诗早就不知被我扔到哪里去了。

黄登明说："你知道吗，我一直偷偷地喜欢她。就是现在也是。"

"她在这里干什么？"我小心地问他。

黄登明眼睛里的亢奋稍稍地减弱了一下，闪过一丝的阴影，"和他们一样。"这句话，他说得很快，那句话的意思好像是一块肮脏的抹布，他急于要把它扔掉。

"怎么可能？"我还在想着二丫的模样。

不可能的事情已经太多，我儿时记忆里美好的乡村已经成为盗窃之乡，我表姐最朴实的梦想已经成为泡影，我的曾经世代为农的乡亲，如今却与一个令人厌恶的名词联系在一起。而这所有的一切，对于我而言，除了震惊和惋惜之外，只剩下了手足无措的份了。到底哪里出了问题？这么长时间以来，我一直在问自己。很显然，这个问题是如此地沉重，它远非我一个普通的小小公务员所能解释得了。

第二天，表姐早早地就和黄强出了宾馆，赶往郊外的东莞监狱，去探视她的二儿子黄伟。临行前，表姐问了我一个奇怪的问题，她说她能不能把黄伟从监狱里领出来，回家自己教训他。我说："这怎么行呢，那是监狱，又不是托儿所。"我劝表姐见了黄伟让他好好地改造，争取早日宽大。表姐突然冒出一句："你说，如果我没有生这两个儿子，生活会不会更美好？"

我不知道表姐所说的美好是指哪方面，我只能含糊其词地说："不能这么想。你没有了黄强黄伟，也少了其他的乐趣，谁不希望儿孙满堂呢？再者说，你即使没有了这样的烦恼，还会有另外的烦恼找上门来。你说是不是呢？"

表姐点点头，似乎是同意我的话，她又说："那你姐夫呢？如果从一开始我就不嫁到你们村，会怎么样呢？"此时的表姐，完全在幻象的破灭中无法自拔，有太多的疑问她只能从过去和回忆中去寻找答案。她黯然的表情和僵硬的动作，都让我觉得有些心疼，我说："表姐，你别想那么多了。我姐夫，看到你这样子，也会不快乐的。"

表姐去监狱探视的那天，我们从宾馆里出发，去见二丫。我的热情不高，因为我担心我见到的二丫是完全陌生而又完全令人反感的一个女人，但是黄登明告诉我，要找到大刘，二丫是关键之人，因为他们俩现在同居着。我问黄登明大刘离婚了？黄登明说，没有啊，他老婆在家里，照顾他的父母呢。黄登明特别强调："大刘是个不合群的人，独来独往。大陈庄其他人基本不知道他在哪里。他显得很神秘。只有二丫知道他的行踪。"

果然，二丫的言谈举止已经不复当年，她言语粗俗不堪，让我听着脸红。二丫甚至对我有些莫名的敌意，极尽挖苦讥讽之能事，她说："你以为你比我们高贵吗？你以为你比我们活得更像个人吗？不对。你看看你们，为了一点点蝇头小利，为了一点点的自尊，你们得夹着尾巴做人，见人说人话，见鬼说鬼话。"

我无言以对，我看着二丫，她激愤的脸已经变形。我说："我不是你想象的那种人。"

"我不和你讨论谁是谁非。我只问问你，你有没有妄想？"她紧紧地盯着我的眼睛。

我躲闪着她的目光，"什么才是妄想？"

她根本不需要我的回答，她不会在乎我的感受，此刻，在街心花园里，她只想着她自己，她的目光告诉了我一切，她说："我有。我真的有妄想。我妄想把这个城市偷为己有。"她伸开双臂，做了一个拥抱的动作，仿佛，整座城市已经在她的掌握之中。

我们的谈话不欢而散，在她走后不久我就发现她已经让敌意化成了现实，她趁与我握手告别的时机，把我口袋里的钱包偷走了。无形之中，我也成了大陈庄的帮凶。我的脑子里，早就没有了那个曾经给我抄过舒婷诗歌的姑娘的影子了。我郁郁寡欢地独自返回宾馆，黄登明和我分道扬镳，他推说要去继续寻找大刘。他无奈地说，我以为今天她会透露一些大刘的消息，可是她守口如瓶。他说："我跟着她，准能找到大刘。"

傍晚时分，黄登明万分沮丧地返回宾馆，他低落的神情与之前的意气风发大相径庭。他呆坐在我对面，久久地没有说话。直到自己忍不住那么沉闷的气氛，他才怪罪我为什么不问问他为何如此沮丧。我说，你想说自然会说，如果不想说，我不管怎么逼你，你也不会说的。

傍晚，东莞的夜色像是被一个大大的口袋套住了，连我都有了想要从口袋里掏东西的下意识。我吓了一跳，继续听黄登明讲他一厢情愿的劝解。和我分手后，黄登明追赶上了二丫。他义愤地说："我觉得我一生都没有什么远大的理想，而这一次，我要对得起自己。"

我问他是不是去劝说二丫放弃在东莞的一切了。

黄登明低下失败的头颅，"她不听我的。相反，还把我臭骂一顿。她骂我是个叛徒，竟然背叛大陈庄。说我是大陈庄的不肖子孙，是不义之徒。你说我是怎么了，连我以前最爱的人、最可信的人，都这样说我。我真的做错了吗？"

我不解地问黄登明，哪个才是真正的大陈庄，以前的，现在的？黄登明挠挠头，说："大哥，你这不是难为我吗。我怎么知道这么高深的道理，这都是你们这些读书人没事干瞎想的问题。我们才不管那一套呢。有钱了自然就好，这是再简单不过的道理。"

"那你觉得呢？"

黄登明低头沉思了一下，然后抬起头来，他的眼睛里汪着泪水，动情地说："我真的不喜欢偷窃。我从一开始就不喜欢。我是个被动者，我更不喜欢我喜欢的姑娘去偷窃。"

表姐很晚才从监狱里回来。黄强悄悄地溜进我的房间，无比惆怅地对我说："表舅，你还得帮我一个忙。我妈明天要我把我的未婚妻领来。可是我办不到。"

据黄强讲，那个照片上的姑娘并不是他的未婚妻，那个江西九江的姑娘不过是他租住的房子的邻居，每一次照相他都得付姑娘一定的报酬。

"没有谈婚论嫁？"我问。

黄强有气无力地说："连普通的朋友都不是。就是金钱关系，照一次相给她一次钱。除此而外，彼此见面都懒得说话。"

我不大明白他们之间的关系，可是我无法拒绝外甥黄强的请求，他眼泪汪汪地说，如果他母亲连最后的这一点希望都破灭的话，他真的不知道该怎么办了。在小偷外甥哀伤的表情作用下，我无奈地成了他的同谋，他也说到了我的心坎上，我也不知道，我们的东莞之行，会以怎样的结局收场。它可能会彻底沦为一次悲伤与绝望之旅。

拯救表姐的行动当天晚上就要实施。我悄悄地与黄强出了宾馆，他骑着一辆破烂的电动自行车，载着我回到他的租住屋。他让我在屋子里稍稍等待，姑娘就住在二楼。不大一会儿，他们一前一后地进来了。姑娘看上去与照片上无二致，鸭蛋脸，眼睛很大，看到我目光就向一边斜去，脸就红了，很腼腆，姑娘小声说："你只说是照夜间的照片。他是摄影的？"黄强称姑娘叫小齐，他解释说我不是搞摄影的，而是他的舅舅。

小齐说："你舅舅会照相呀？"

黄强耐心地说："这次不是照相。"

小齐就说："要是不照相，我就回去了，我得洗脸睡觉了，明天一大早还得去饭店呢，那么一大堆活。"

黄强急忙说："你先别走，我舅舅有话和你说。"

小齐说："我又不认识你舅舅。难道你舅舅也要和我拍照片？他这么老，可得付双倍的价钱。"说着，她偷偷地看了看我，看我一下，她的脸就红一些。

黄强在姑娘面前表现出来的顺从令人吃惊，姑娘的每一句话、每一个眼神，他都小心地去应付。"我舅舅不拍照。"他说。

"他不拍照那找我干什么，黄强，我真的要回去了。"小齐固执地说。她的眼睛始终看着自己的脚下，她穿了一双塑料拖鞋，粉红色的。

黄强求助地看了看我，我只好开口说话："小齐姑娘，我不拍照，我来找你有其他的要事相商。"

小齐仍旧没有看我，声音仿佛是从她身体深处飘上来的，"什么事呀？"柔柔的。

我咳嗽了几声，"我想让你扮一个人。"

小齐脸慢慢地往上抬，正好能看到黄强的膝盖处，"啥人哪？照相行，扮人我不在行。"

黄强抢着说："其实也不难，就一个小时的事儿。"

"那到底扮谁呀？"她的目光又向上抬了一点，落在黄强的腰际。

这次只有我来说明了，因为黄强张了张嘴没有说出那几个字，他是羞于说出来，他看姑娘的神色其实有些慌张。我说："就跟你以前一样，扮黄强的未婚妻……"

我话还没说完，小齐就连忙摆手说，不成不成，人家还没结婚呢，传出去多不好哇。她立即就反应过来，抬起头冲着黄强说："原来你以前让我和你拍各种各样的照片，是让我冒充你的未婚妻呀。你怎么不早说呢？你要是说了，我肯定也不干的。"

小齐的反应是再正常不过的，我只有向她说出了隐情，告诉她黄强的父亲去世了，而黄强的婚事，是唯一能够让他妈妈活下去的理由。但是我隐瞒了黄强父亲真正的死因。小齐是个内心丰富的姑娘，她被黄强的故事感动了，泪水在眼眶里打着转，她抬起头看了看黄强，说："原来你有这么忧伤的生活呀！"

小齐姑娘的感动是真实的，但是她的要求更加真实而不可动摇，她说："五百块钱，一分也不能少。"

我说："好吧，成交了。"

等小齐姑娘走了，黄强埋怨我说，给的钱太多了，每次我都是和她讨价还价的。我说："你再找一个姑娘，这个数不一定够呢。我看姑娘还挺真性情的。如果你真的能和她好，那是你的福分。"

黄强苦笑了一下，说："表舅，人家要是知道我干那一行，肯定不愿意的。"

"你也知道干那一行不好了？那为什么还要干呢？为什么不收手呢？"我质问他。

黄强解嘲地说："我倒是想金盆洗手不干了，可是我爸不就白死了？我爸白死了不说，我拿什么钱去娶老婆，养我妈？还有我弟呢，我总得给他挣点钱，要不他从监狱里出来不恨死我呀。"

宾馆里，躺在床上的我久久无法入眠，我突然意识到了这次的东莞之行，毫无意义而言，谎言无处不在，而我也成了谎言的同谋与制造者，谎言究竟要维持什么？

一个屋檐下，遭到二丫训斥的黄登明也是彻夜难眠。他躺在床上翻来覆去，一整夜我都听着宾馆的席梦思吱扭扭地叫着，直到天光发白，黄登明好像是突然找到了良方似的大叫一声从床上坐起来，他说："武力，武力。"

声称要使用武力的黄登明第二天眼圈黑黑的，深表歉意地对我说，搅扰我睡眠了。我的境况其实也好不到哪儿去，一夜无眠使我困顿不堪。没等我问他如何使用武力，黄登明连脸都没洗便迫不及待地冲出房门，去找二丫了。

东莞的那个五月，对于我来说，混乱而燥热。而他们，我的表姐、黄强、小齐，还有黄登明，好像都在按部就班地延续着他们的生活。他们忧伤，悲痛，快乐，焦虑，却好像从来没有感到过羞耻，而羞耻却一直尾随着我，让我心神不安。我心底的羞耻到底从何而来，这是源于我的大陈庄的乡亲的作为，还是因为我自己的虚伪的无力感？潮热的东莞根本无法回应我的疑问。

小齐并没有食言，她如约与黄强出现在了宾馆里。小齐还稍作了一番打扮，抹了口红，口红的颜色十分艳丽。表姐为了这次会面也精心作了一番准备，她还特意把那个盛放着姐夫的豆腐乳瓶子摆到了桌子上显眼的位置，以便让姐夫能看到未过门的儿媳妇。见面因为是在一个特殊的环境和气氛之中，当事的几个人都显得有些紧张，黄强是害怕母亲明察秋毫，也害怕小齐临时反悔，所以他不时地去看看母亲，又盯一会儿小齐。表姐却不时地用眼睛去扫桌子上粉末状的姐夫，仿佛瓶子里的姐夫能够给她一种神灵般的信念似的。而小齐，仍然是腼腆的，脸始终倾斜着向下，目光不敢正眼看人。整个过程没有超过半个小时，因为黄强特别强调了，小齐还要去上英语课。因此，整个见面的过程被大大地压缩了，即使如此，我的表姐，仍然对这个未过门的儿媳妇比较满意。当黄强与小齐匆匆离开后，表姐眼含热泪看着瓶子里的姐夫，嘴里小声说着什么。

那次会面，表姐丝毫没有觉察到有什么异样。那之后的第二天，她才从我的手里接过黄强的一个存折，上面有一万块钱。表姐万分诧异地看着我。我说："黄强走了，和他的未婚妻一起走的。他们去了大西北，黄强说，他要彻底忘掉以前，开始崭新的生活。他和小齐商量好了，等他们安定下来，就来接你。"

表姐哭了，她捧着那一万块钱，埋怨着黄强，为什么不当面告诉她，为什么就这样匆匆地离开了。表姐痛苦的哭泣，把我印象中的那个叫作东莞的城市完全地变成了悲伤之地。她不理解黄强，其实黄强更加不理解的是他的母亲的突然来访，母亲的来访虽然戳穿了他的谎言，但也破坏了他习惯的生活方式，母亲不允许他沿着父亲的路继续走，母亲发誓要看着他改邪归正，他激愤地说："这可能吗？表舅，你说。"

我说："可以啊，你还年轻，你还有太多的路可以选择。"

黄强摇摇头，"表舅，你和我妈一样的老观念。我想好了，我这几天都在想这件事。我必须走。离妈妈远远的，对她，对我，都是好事。"年轻的黄强，却有着与表姐夫一样固执的性情，他说出来的事情是不容更改的。

黄强是早有准备，他早早地就买好了去兰州的火车票。和小齐去宾馆的当天晚上七点二十，他就乘火车离开了待了五年的东莞，奔往遥远的大西北了。他只是给我打了个电话，告诉我，他在东莞的手机送给了小齐，小齐会交给我一个信封，是送给他母亲的。小齐来时，我问她，黄强走时是不是挺难过的。小齐说："没有啊，他还和我拍了好几张照片，而且，这次，他很大方，给的价钱也很公道。"她拿出他们刚刚拍的照片，照片上，黄强笑得很灿烂。

东莞，该是说再见的时候了。

我也要走了，假期很快就要结束了。谎言与悲伤交织的一次旅行，当它快要结束时，我开始有些莫名的失落。我此行的目的，我要寻找的东西，此时，仍然是个未知数，这就如同我的外甥黄强，他未知的生活，那么不可预测，但是他从来不去考虑。

黄登明没有走。是因为一些外力的原因，他被人打了，断了三条肋骨，当我踏上返程的列车时，他躺在医院的病床上，正在一边输液一边回味着被打的经历。打人者是大刘，隐藏了许久的大刘终于忍受不住黄登明对二丫的不断的骚扰，当黄登明又一次不厌其烦地劝说二丫放弃现在的生活时，大刘突然蹿出，掏出早就预备好的铁锤，给了毫无防备的黄登明重重一击。后来在医院的病床上，黄登明忍着疼痛对我炫耀说，他这是激将法，如果不采取这种办法，大刘根本不可能现身。他说，大刘行为诡秘、狡黠，对所有人都充满了怀疑。即使黄登明是大陈庄的人，他也从不往来，害怕引人瞩目的黄登明招惹来警察。黄登明自得地说："但是他喜欢二丫，这就是他的弱点。"

黄登明没有招来警察，他只是以此来作为交换，让大刘说出档案案件的实情。大刘看着头破血流且痛苦万状的黄登明，只能告诉了他。说完他还把黄登明送到了医院，他说："我从来没见过你这样的傻瓜。"

"你说，我是不是傻瓜？"躺在医院里的黄登明问我。我无法回答，只是在回味黄登明的话，按照大刘的说法，档案袋有可能还在 A 市，大刘把它和其他一些东西放在一个大箱子里，寄存在了以前的房东那里。黄登明说："你放心吧，档案肯定在里面。他是个细心人，偷到的东西从来不乱扔的。"

我们在医院告别时，黄登明又想起了他经常背着的那个包，他建议我还是看看我们局长的情况，他丢了些什么，那些东西与他个人都有着紧密的联系，"你完全可以从他丢失的那些东西来判断他的为人，一张纸片、一个电话号码都是有价值的，更别说，你们局长，丢失的东西比这些更有价值，更耐人寻味。你也可以以此来利用一下他。是不是呀？"

黄登明的话，以及他以前不断的暗示，像是一个小小的爬虫，停留在我内心深处，不时会浮上来，轻轻地咬我一下。那种痛痒痒的，有一点的痛楚。而每一次，我都会忍住噬咬的痛楚，让它慢慢地消失。

表姐没有随我一同回去。东莞成了她心中难以言说的一个污点，她要在那里努力把它抹去。她放心不下仍在监狱中的黄伟，我离开时，她用手指着自己的脑袋说黄伟的思想出了问题，即使是在监狱里，他仍然不思悔改，她要在那里一边打工一边等待黄伟从监狱里出来。说这话时，我忧伤的表姐，怀里抱着粉末状的姐夫，她似乎喜欢上了那个玻璃瓶子，瓶子上残留的商标已经被她彻底地清洗掉了，玻璃瓶子干净而明亮，仿佛她能透过玻璃与姐夫聊天似的。表姐叮嘱我一定不要把东莞发生的事情告诉给我的妻子小佟，她噙着眼泪说："不要让小佟看不起我们大陈庄人。"

大陈庄，也让我无颜去面对我的妻子。当我返回家中时，我根本没有想好如何去和妻子交谈，告诉她短短的几天时间里所发生的事情，告诉她大陈庄人的生活状态。其实，我的担心是多余的，我妻子面若桃花，笑容可掬，她像迎接一个功臣一样来迎接我，这使我受宠若惊。我还以为小佟的档案已经找回了，我小心翼翼地问是不是这么回事。妻子笑了笑，说，可以说是，也可以说不是。妻子的笑容隐藏着秘密，也隐藏着阴谋。妻子话里的话满含着深意。这深意既是大陈庄人的陷阱，也是我的穷途。

据我妻子讲，在我返回 A 城的途中，东莞与 A 城的警察已经同时行动，一举捣毁了盘踞于两地的两个最大的盗窃团伙，盗窃团伙的主要成员基本是大陈庄人，他们多以家庭和家族为单位，呈规模化集团化，已经形成了相当的破坏力，对两地治安环境造成了极恶劣的影响。此次行动据说得到了有关人士的大力协助与配合，在基本摸清盗窃团伙底细的情况下，两地警察迅速出击，打掉了这两个危害社会稳定的毒瘤，大快人心。第二天，我没有看报，报上的内容都是妻子向我复述的。我心里说不上是什么滋味，悔恨，自责，同情，痛心，似乎都不对。从内心的感受来说，我是不希望我的故乡变成一个盗窃之乡的，我更不希望，我的同乡们都成为一个个不劳而获的盗贼。但是，当我无意之中成了一名抓获他们的同谋者时，我又感到了无比的羞愧。我问妻子："档案呢？"

妻子对我的提问感到非常的意外，"档案？啊，对了，档案。其实档案并不是主要的问题了，关键是小偷哇，你能允许他们逍遥法外，因为他们是你的同乡，你无法表达对他们的厌恶，因为你身体里流淌着和他们一样的血液。那是你心里最害怕，也是最不愿意触及的一个黑暗的点。好了，我是你妻子，由我来把那个点拿出来，放到太阳底下晒一晒吧。"

此时，档案似乎已经不那么重要了，当档案失窃后的最初时间里，我的妻子，与我一样有着同样的对于窃贼的痛恨和对佟施情绪的极大的忧虑，但是随后，妻子作为一名警察，她的思想中，无情代替了同情，正义取代了泛爱。

妻子的话没有让我开心，反倒加重了我的心思。

"那么，他们都被抓起来了？"

"那是当然，抓起来了。这是自然的。你的那个发小，黄登明，起了最关键的作用，他就是报纸上所说的有关人士。他锲而不舍的工作，为我们提供了详实的资料。我真的很佩服他，他要是做警察很合格的。"妻子有些洋洋得意。

我非常不开心，仿佛有一块鱼骨堵在喉咙里，我说："你们怎么能这样利用他，而且利用了我？"

"你站在哪一边，正义还是邪恶，公理还是歪理？你还有没有一点点的道德的底线？你这种心态很不对劲，你该醒醒了。"

　　妻子的话并不是没有对我产生任何的影响，那种影响是复杂而多变的，此时的我，已经无法分清自己是个什么样的人。当我妻子细数我受到过的教育，重复着以前老师曾经教育过我的那些道理时，我没有感到反感，相反，却感到了一丝的恐惧。恐惧源自哪里？是外界的变化，还是我内心的反应？

　　再次见到黄登明时，我内心的恐惧转化成无地自容，像是一个做了亏心事的孩子，我说："不管如何惩罚我，我都能接受。"

　　黄登明看上去有些萎靡不振，他没有兴师问罪，相反却显得比较羞涩，顾左右而言他，他根本不提已经发生的事情。他的眼睛也不正面地对我，只是问些无关痛痒的话。我注意到，他经常背着的那个蓝色的背包已经不在了，此时，他佝偻着的背上，空荡荡的，我感到了某些不自在。他的手里有一个纸袋，纸袋可能已经在他手里攥得太久了，所以边上显出了暗色的痕迹。他把纸袋推到我面前，"这是你们局长的资料，我只保存了这一份，其他的都烧了。我觉得你一定有用。所以就把它从东莞带回来了。"

　　我没有拿它，我妻子小佟，从侧面伸出手抓住了纸袋，她说："我来替他保管。他现在不想看，也许以后想看呢。"

　　黄登明与我们的分别颇有点伤感。他说他要远走他乡，他不可能再回到大陈庄了，也许是永远。他的话让我更加不安。我说："你家里还有老婆孩子呢，他们还盼着你回去呢。"

　　黄登明苦笑了一下，"你替我照顾一下他们。"他只说了这么一句，这一句足以让我感到了肩上的担子有多重。

　　黄登明的去向不得而知，只是在他走之前的那个夜晚，我们才有了一个稍微深入的长谈，一旦预设了自己的前途和命运，一丝淡淡的轻松就写在他的脸上，沉重与沮丧都隐藏了起来，他喝了酒。这是我把他从大陈庄带回来之后他头一次喝酒。我说:"对不起,登明,我不应该把你带出来,也许,你一直待在村子里,就不会有这么多事,你就不会背井离乡。"

"你说错了。我应该感谢你才对。是你让我摆脱了以前的生活,是你让我认识到了自己应该做些什么,不应该做些什么。虽然,这件事情我是蒙在鼓里的,虽然这件事的后果损害了大陈庄人的利益,但是当我完全忘掉自己的家乡,忘掉自己的感情,我得到的是一份心灵上的安宁。"他说着说着,眼里竟然充盈了泪花。

我完全没有想到他会有如此高的境界,连我都做不到。在他面前,我基本上算是一个伪君子,一个不敢正视自己的内心与感受、不敢面对现实与理想的人。

"那你不恨你弟妹了?"我追问。

黄登明略微犹豫了一下说:"开始有。我不骗你。毕竟,是弟妹使我陷入不义,使我有家难回。可是我转念想想,我弟妹有错吗?她做了一件她必须也应该做的事。和我们相比,她是个更纯粹的人。"

"那你打算干什么?隐姓埋名?"我忐忑地问他。

黄登明似乎已经放下了所有的担子,他笑着说:"我还会回来的。那个内心得到过一次拯救的黄登明已经死了,下一次,当他复活时,他会成为另外一个人。也许,那个人你会不认识。谁知道呢。"

他莫名的话语让我猜测不透。富有玄机,又看破红尘。世事真是难料。

黄登明对我妻子小佟的夸赞一直萦绕在我心里,持续了很长时间。正是因为他对我妻子的看法,使我保持了对小佟的冷静的判断,我们的婚姻才不至于走到尽头。但是我仍然对所发生的一切,对于大陈庄盗窃团伙的覆灭,对于黄登明的远走他乡,怀有深深的负罪感,这种感觉并没有随着时间的推移而慢慢地消失，相反，却越来越浓重，像是深秋的雾气，始终笼罩在我的生活之中。黄登明一去不复返，没有人知道他去了哪里，他说过要给我电话，可是一年的时间里，他都杳无音信。在他的家里，他孤苦的妻子与年幼的儿子，对于他的失踪充满了怨气和愤怒。他妻子每天都会在白天里诅咒和谩骂，而晚上用泪水把枕巾打湿。黄登明的小儿子已经上了初中，逃学，上网，打架，追女同学，无所不能。令人欣喜的是他还没有学会偷窃。那年的冬天，我不得不把黄登明的儿子黄耀民接到了城里，把他送到了我们城市里最严厉的启明中学里。我记着黄登明的临别赠言，我会把我的承诺坚持到底，让他远离大陈庄以前的恶习，让他走上人生正常的轨道。

我的表姐，在南方的那个现代化的城市东莞，她苍老的心依旧，她定期去看望监狱里的二儿子黄伟，并精确地计算着他出狱的时间，每熬过一天，时间便像是一枚枚的针扎在她不服气候的皮肤上。那年冬天里，她给表姐夫买了一个崭新的骨灰盒，黄澄澄的，金灿灿的，姐夫像是待在一个金碧辉煌的宫殿里。那个王致和的豆腐乳瓶子，她也没有舍得丢弃，她只是把瓶子外面擦洗干净，里面还残存着姐夫的骨灰。瓶子被她小心地用布包了一层又一层，放到了她行李的最深处。但是大儿子，那个同样令她不能踏实睡眠的黄强，她不清楚，他离她远还是离她的家乡大陈庄远。思念把她的心撕成了两半，她艰难地学会了使用地图，艰难地学会了几个汉字：东莞，兰州。地图上没有大陈庄，她把地图寄给我，让我在上面标出大陈庄的大概位置，然后用尺子丈量着它们互相之间的距离。到底，地图不能减轻她的思念，只能使思念越发地加重。因此，她打算春节过后，让我与她一起去一趟兰州，去看望黄强。我给黄强提前打了电话，让他做好母亲去的准备，因为，在我的想象中，黄强仍然需要像是在东莞一样做好充足的迎接母亲的准备。黄强作了难，因为他的身份仍旧没有改变，他还在做他熟悉的老本行，况且，最致命的一点是他已经无法再把小齐领到兰州，假扮成男女朋友的关系。百般无奈的黄强，决定冒险回一趟东莞，去央求小齐再和他演一出对手戏。他星夜赶奔东莞，实际上他仍旧心有余悸，发生在东莞的大陈庄覆灭事件早就深深地印在了他的脑海里。所以，越接近东莞，他的心揪得越紧。

黄耀民放了寒假，我请了两天的假去送他回大陈庄。在返乡的车上，我突然接到了黄强打来的急匆匆的电话，电话里他的口气既惊恐又激动，他说："你猜我看到了谁？"

我没有去猜，他无法控制自己的心情，立刻就告诉我他见到了谁。黄登明，没错，他见到了黄登明。

黄强怀着一颗胆怯之心进入东莞。熟悉的街道，熟悉的楼房，熟悉的空气，都让他觉得自己好像没有离开过一样，包括熟悉的小齐。小齐还是那个模样，害羞而清爽，像是一览无余的一道风景。稍有些不同的是，小齐有了男朋友，男朋友也是江西人，面目清秀，说话的声音硬而且难懂。小齐走到哪里，男朋友都尾随在身边，唯恐她跑掉似的。这让黄强感到不大自在。黄强把自己的意思说给小齐。小齐满口就答应了，她看着黄强的鞋，说："黄强，你在兰州发财了？你穿着一双耐克鞋呀。"

黄强低头看了看他的鞋，不知怎么的，他在小齐面前总是英雄气短，他连忙说："没有，没有。冒牌货。"而小齐的男朋友，自始至终都在盯着黄强看，把黄强看得都发毛了。

小齐的男友却流露出了反对的表情，他把眼睛从黄强身上移开，落到一脸兴奋神情的小齐身上。小齐正在对黄强说："你说黄强，兰州有没有什么好玩的。你到时领我去转转，钱不用你花的。听说兰州是甘肃的省会，敦煌是甘肃的吧？我也想去敦煌看看。"

"不行。"这话不是黄强说的,而是小齐的男友。

小齐转过脸来对着男友,"你凭什么说不行?你说凭什么?"

为了去兰州的事儿,小齐与男友吵翻了,小齐坚持她自己的主意,要随黄强一同去兰州。不过,她把去兰州的价钱提高了一倍。黄强都毫不犹豫地答应了。黄强对我说,她当时就是再加一倍的钱我都愿意。我问黄强是不是真的喜欢上了小齐。黄强红着脸说:"她从来没有因为我做过什么而看不起我。"看来,黄强还是在乎他在别人眼里的形象的。我问他小齐是不是知道他在做什么。黄强说:"也许吧。她能感觉到。她那么聪明。"

黄强偷偷地去看了看母亲,是小齐领着他去的。小齐表现得很大度,这次她没有提出报酬的问题。她像是东莞这座城市的主人,在招待一个异乡访客。母亲租住的地方比较偏远,接近市郊,房子窝在一堆二层小楼之间,阳光被旁边的楼房遮挡住了。母亲坐在屋子里,正在阴暗的光线下丈量着地图上的距离。他们偷偷地从窗户看着母亲。母亲非常专注,眼睛始终不离地图,只是上身随着她的手而稍稍地移动。黄强小声对小齐说:"我妈瘦了,黑了。"

从七拐八扭的小巷子里出来,黄强一直沉默不语,他暗暗地下决心要给母亲一个快乐的生活。

小齐仿佛是猜出了他的心思,突然开口问他:"你快乐吗?"

黄强强装欢颜,"当然。我很快乐。"

"你骗人。"小齐说,"快乐不是说说而已,它得是从内心深处里发出来。就像是悲伤,一样的。都是作不得假的。"

黄强反问小齐:"你快乐吗?"

"我?"小齐爽朗地笑了,"快乐。你看看我,哪有你那么沉重,我没有选择的痛苦,不用去哄骗自己的亲人,我想挣钱了就去工作。不想了，就在家里昏天黑地地睡觉，看电视。"

黄强说："那我让你和我照相你快乐吗？"

小齐破天荒地抬起头看着黄强，"快乐。我能让你快乐，我自己还能挣到钱，为什么不快乐。"

他们决定要返回兰州时，在车站邂逅了黄登明。很难说，是巧遇还是黄登明早就瞄上了黄强，他拍了拍黄强的肩膀。黄强转过身时，看到了黑黑的一张脸。黄强说："我当时真的认不出来他了，他几乎变了一个人，脱了形。眼窝深陷，头发长长的。身上还有一股很长时间没洗澡的怪味道。"

"他去了哪里？到东莞干什么？他又去了哪里？"我一连串的问题把黄强问得有些发蒙。他略微停顿了一下才说："表舅，我觉得你太关心他了。别人想找他是想找他复仇，你呢？你跟他也没什么关系。他这人，一点不值得同情。"

就像是黄强说的那样，所以，当他说出自己是黄登明时，黄强流露出来了极度的不信任与厌恶之色，他警惕地问他要干什么。黄登明没去注意黄强的态度，他的脸上满是哀求，他恳求黄强替他做一件事。他掏出一个布包来，里三层外三层的拆了半天才打开，里面是一摞厚厚的钱，崭新的。他说："这是我从银行里换的。总共有一万块。"黄登明想让黄强替他做的就是把这些钱分发到仍然在东莞的大陈庄的人手中，他们或者有兄弟，或者有儿子被抓进了监狱。

"你替他做了？"

"我不愿意。凡是大陈庄的人，都想他早点死去呢。可是小齐愿意，小齐脑袋瓜转得很快，她说，她可以做这件事，不过她得提成，她对黄登明说，你想想看，他们都分散在城市的各个角落，要找到他们可不是一件容易的事，他们有的还在东莞，有的可能都不在了。她要做的事情，比邮局的信使还要困难。"黄强说起小齐时，语气明显地有些向往。

黄登明勉强答应了小齐，但是他要求黄强一定在场，一定要起到监督的作用。他说，我不是不放心你，小齐，我是不放心他们能不能拿到钱。小齐的热心在一定程度上消解了黄强心中的怨恨，他说他不能扫小齐的兴。因此他们取消了立即回兰州的行程，开始完成一件令黄强愤懑却让小齐开心的事。黄强说，那件事情确实难以完成，不用说大陈庄那些做特殊职业的人，他们都住在偏僻的地方，以防引起别人的注意，找起来费时费力，更重要的是，东莞的抓捕行动之后，那些人的同党或者家属或转移了地点，或远遁他乡。"这真的是一件比登天还难的事。而小齐竟然乐呵呵地接了下来，我心里就是一百个不愿意，嘴上也得附和着她，谁让我有求于她呢。"黄强沮丧地说。

但是事情并不像黄强想象得那么难，因为黄登明早就有所准备，他是有备而来，他早就摸清了底细，他的怀里，揣着一张联络示意图。图是画在一张发黄的稿纸背面。圆珠笔的印迹时断时续。但是联络图画得还是很清楚明白，一看便知，哪条街道，姓甚名谁，家里现在的主人叫什么，那简直就是大陈庄的一个个户口本。黄强说，当他看到那张详尽的联络图时，他对于黄登明的怨气才稍稍地减轻一些。

接下来的整整两天时间里，冬天比北方温暖的东莞，带给黄强的并不都是温暖。按照黄登明的嘱托，当小齐把钱交给那些人时，并没有告诉他们为什么，以及来自何处。黄强没有露面，他只是远远地看着那些满怀警惕的乡亲，看着他们满脸的疑惑以及茫然，钱不多，所以也无法引起他们的兴奋。

"黄登明在哪里？"我迫不及待地问黄强。

"不知道。"电话里的黄强对于黄登明的去向并不感兴趣。他打来电话的目的只是要告诉我，黄登明有可能要找我，因为他还想让他把另外一包钱交给我，让我转交给那些仍在 A 城或者留在大陈庄的家属。开始他是想把这个任务同样交给黄强，但是黄强没有答应。黄强说："我这辈子都不一定回大陈庄。"

返乡的汽车上，有人在悄声地议论着 A 城或者东莞的事件，间或能听到一两句有"黄登明"三个字。黄耀民问我，他们说我爸什么？他们见我爸了？我无从回答，只能含糊其词地说："没有。他们只是说起你爸以前的事。跟你无关。"

大陈庄，在冬天里蛰伏着，仿佛永远都无法走出那个寒冷的季节。入冬以来，没有下过雪，空气干燥而阴冷，风像是棒子一样打在脸上。黄登明的妻子，早早地就在村口等待着。汽车吱呀呀地停在她身边，我们走下车，黄耀民叫了一声"妈"，她好像还没有反应过来，愣了一会儿，才去拿黄耀民肩上的书包。

黄耀民走得很快，一会儿就把我们甩了下来。黄登明媳妇看我一眼，幽怨地说："你见到他没？"每一次都是同样的问题。我仍然是同样的回答："没有，他总会回来的。"

大陈庄，冬天里有一种诡异的气氛。谎言仍然在一小部分人中间流传，至少，黄登明的媳妇，还不知道 A 城和东莞发生的抓捕事件，同样，她也不知道，自己那个遭人恨的男人到底死到了哪里。她说："我不逼着他去偷了，他要是回来，我再也不逼着他去偷了。"

我住在了表姐家。那是一个荒凉的家，到处弥漫着尘土的味道，我只是把床打扫出来，足够我在那里睡觉而已，所有的陈设，我尽量让它保持着原样。大陈庄，是什么模样，就是什么模样。我在村子里走了一遭，村子被黑暗包裹着，夜晚显得很厚很沉，像一直在做梦。露出灯光的院子稀稀落落，人声早就匿迹了，偶有一两声狗吠。快到黄登明家时，我突然看到一个人影从院门里出来，看样子像是黄耀民，我急走几步跟了上去。黑影走走停停，七拐八拐，在每一个黑暗的院落前停一下，观察，选择。类似黄耀民的那个人的举动非常奇怪，大半夜的，他在这个萧索的村子里要寻找什么东西吗？黑夜浓密，能遮挡住一切的阴暗与秘密，偶尔从某个窗户泻出来的暗淡的光，顷刻间也被夜色给吞没了。他终于在一个更大的黑暗之前停止了探寻，他翻墙而入，连贯而不拖泥带水。在看到他灵巧的翻墙的动作之时，我的心猛地一紧，血液升到了头顶。他要干什么？我躲藏在黑暗之中，就像是一个等待着罪恶发生的好事者，羞愧与同样的罪恶感使我感到了那个冬天的无比冷酷。约莫二十分钟的时间，黄耀民又从原路翻墙而出，而我就站在墙下等待着他，他手里多了一个小手电筒，光线微弱地在墙头下虚伪地晃着。我从黑影里站出来，喊了一句："耀民。"我的小声呼喊吓到了黄耀民，他背上的东西稀里哗啦地掉到了地上，待看清是我，他先是想跑，被我抓住了胳膊，他用手电光在我脸上扫了扫，长出了口气，说："叔叔是你呀。"

在那个寒冷得令人想要死去的夜晚，我们的每一句话似乎都显得多余。我提议他把偷来的东西放回原处，毕竟，黄耀民还是个中学生，我的威严起到了一定的作用，他没有顶撞，乖乖地又重复了翻墙的动作。之后我领着他回家，在沉默之中，他突然说："我见过我爸爸。"

他突然冒出的这句话仿佛把黑暗划过了一道光亮，我身上的冷意一下子就抖落掉了，"你说什么？你见过你爸？什么时候？"

"就前几天。他到学校来找我。"黄耀民气愤地说，"我看不起他那样子，偷偷摸摸的，一点也不像个男人。"

"他说了什么？"我的呼吸明显地加快。

黄耀民却并不着急，他慢条斯理地说："他能说什么。他说的话跟你们大人没什么区别。他跟叔叔你又不是一类人，却说出和你一样的大道理，我听着都特别滑稽，特别好笑。"

我说："他是你爸爸，他自然希望你学好，将来做个对社会有用的人。"

黄耀民嗤地笑出了声，"叔叔你别逗了。这话您信吗？没人会信的，骗人而已。我爸爸骗人也不会。他交给我一个包，里面有一些学习用品，更重要的是一摞钱，用报纸包着。里面还有一张纸条，上面写着好多人的名字，我看了看，都是我们村里的。我妈说，他们都在城里当小偷，后来被抓起来判了刑。他让我按名单上去送钱，一家一千块钱。你说我爸为什么要给他们家钱？"

我说："你爸爸给他们钱自然有他的道理。小孩子不要乱猜测。"

黄耀民却笑我敷衍他，他得意地说："不管是什么原因，我觉得自己的钱就是自己的，何必给别人呢。所以我没有把钱给那些人。我把它存起来了，那是我爸爸的，自然就是我的。他活不见人，天天躲着我们，给我点钱还不是应该的吗？"

大陈庄，一个无法自己掌握命运的乡村，浓重的夜色更加凝固了它的执著与悲情。我无法入睡，我也不知道，在遥远的东莞，我的表姐，是如何守着姐夫入眠的；我更不知道，黄登明的儿子黄耀民，是如何把自己往更深层的自我去潜藏，安心地睡觉的。

后来再没有人见到过黄登明。黄耀民初中马上就毕业了，当我要求他继续在城里读书时，他婉言谢绝了，他说他不能看着母亲天天诅咒父亲，他要去一个遥远的地方。我问他要去哪里，他神秘地说："连我也不知道。"

我的表姐，等待也快要到头了，她的二儿子黄伟，等到春暖花开的季节，就可以出狱了，在电话里，表姐说，她要先把表姐夫送回家，体面地下葬，然后去兰州，参加黄强的婚礼。

　　春天跑得很快，我们首先用皮肤去感受着它的温度和温暖。我们局长，他的形象一夜之间来了个逆转，有很多天看不到他了，副局长开始主持工作。局长在市里开会时被双规了。

　　我的妻子小佟，因为那次抓捕行动爱上了主持正义，她放弃了户籍警的工作，转行做了刑警。局长被双规的消息是她最早透露给我的，她不知从哪里摸出了黄登明留下的那个纸袋，她说："现在你可以看看里面的内容了。"

　　我没有看，点了把火，把它烧成了灰烬。